법왕전기

Fantastic Oriental Heroes

우독 新무협 판타지 소설

법왕전기 2

우독 新무협 판타지 소설

초판 1쇄 찍은 날 § 2006년 1월 27일
초판 1쇄 펴낸 날 § 2006년 2월 7일

지은이 § 우독
펴낸이 § 서경석

편집장 § 문혜영
편집책임 § 최하나
편집 § 장상수 · 문정흠

펴낸곳 § 도서출판 청어람
등록번호 § 제1081-1-89호
등록일자 § 1999. 5. 31
어람번호 § 제2-0826호

주소 § 경기도 부천시 원미구 심곡1동 350-1 남성B/D 3F (우) 420-011
전화 § 032-656-4452 팩스 § 032-656-4453
http://www.chungeoram.com
E-mail § eoram99@chollian.net

ISBN 89-5831-966-6 04810
ISBN 89-5831-964-x (SET)

법왕전기

Fantastic Oriental Heroes

우독 新무협 판타지 소설

2

도서출판 청어람

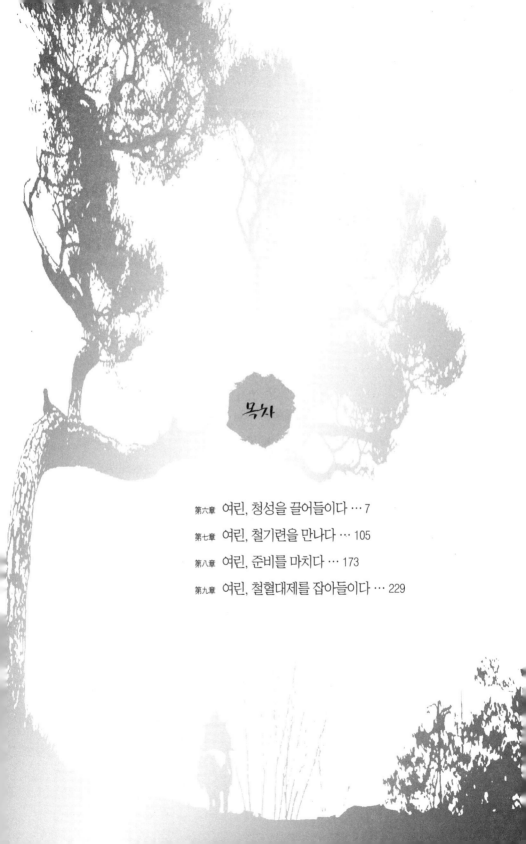

목차

第六章

여린, 청성을 끌어들이다

여리, 청성을 끌어들이다

어쩌면 철기방이 아니라
저 미친 흉포의 손에 죽임을 당할 수도 있겠구나

"포기하거라."

장문인 공산 진인(公山眞人)의 나직한 목소리를 듣는 순간 장문 직계의 일대제자 냉정검 청해일은 피가 거꾸로 솟구침을 느꼈다. 불만을 감추려 어금니를 지그시 깨물며, 그가 널찍한 방 아랫목 보료 위에 구부정하게 앉아 있는 장문인을 쳐다보았다.

"왜입니까?"

"너도 알지 않느냐? 우리 청성은 철기방의 적수가 되지 못한다."

너무도 천연덕스런 대답이었다. 마치 자신과는 상관없다는 듯 얘기하는 장문인의 태도에 참고 있던 청해일은 그만 언성을 높이고 말았다.

"세인들이 우리 청성을 뭐라고 부르는지 아십니까? 반호반구(半虎半狗)라고 부릅니다! 얼굴은 호랑이인데 몸뚱이는 개라는 뜻이지요! 한때는 중원 서북방의 패자로 불리웠던 청성이 철기방에 눌려 개처럼 벌벌 떠는 나약한 존재로 전락했다 이겁니다!"

"반호반구라……. 거, 꽤 그럴듯한 비유로구나."

"윽!"

불경스럽게도 눈을 부릅뜨며 청해일이 노스승을 노려보았다. 밭고 랑처럼 깊은 주름과 열꽃처럼 군데군데 피어난 검버섯이 청성의 몰락 을 대변하고 있는 듯했다.

"후우우!"

저도 모르게 기운이 쭉 빠져 그는 어깨를 축 늘어뜨렸다.

한때 소림과 무당에 이어 구파의 세 번째 자리를 차지했던 청성이 다. 그러나 지금은 어떤가? 형산파나 해남파에도 밀려 구파 외로 분류 되고 있는 실정이다.

청해일은 문득 하우영의 얼굴을 떠올렸다. 백 년 만에 청성이 배출 한 최고의 무골(武骨). 사문의 기대를 한 몸에 받다가 불같은 성질을 이 기지 못하고 자신의 사부, 벽산 진인을 죽음으로 내몰고 스스로는 피에 굶주린 야차가 되어 철기방도들의 피를 찾아 헤매는 하우영 말이다.

오랜 연적이자 도저히 뛰어넘을 수 없는 벽이라는 열등감을 안겨줬 던 그가 파문장을 내던지고 사문을 뛰쳐나갔을 때 그는 환호했고, 그만 한 무공을 지녔으면서도 고작 포두라는 말단 관직에 머무는 하우영을 한심하게 생각했었다. 그러나 이제 와 새삼 그가 부러워지는 청해일이 었다.

'차라리 나도 그 인간처럼 검을 뽑아 철기방도들의 목을 베어버릴 수 있다면…….'

제자의 심사를 헤아렸는지 노스승이 한마디 툭 던졌다.

"후학들은 늘 젊은 혈기를 경계해야 한다. 하찮은 치기가 때론 사문 전체를 곤경에 빠뜨릴 수도 있음이니."

곤경이라고요? 우리 청성에 지금보다 더한 곤경이 또 있을 수 있습니까?

목구멍을 비집고 나오려는 불만을 억누르느라 청해일은 억지로 침을 삼켰다.

사단이 벌어진 건 정확히 열흘 전이었다.

청성파의 속가제자가 운영하는 유진현의 한 마작방에서 웬 눈먼 땅부자가 금화 천 냥을 잃어주었다. 분통이 터진 땅부자는 그 후 사흘 밤낮을 마작방에 머물렀고, 그동안 그는 유진현 외곽에 있는 기름진 농토 십만 평을 토해내야 했다.

철기방의 발호로 세가 쪼그라들 대로 쪼그라든 청성은 표국이나 전장 등 큰돈이 되는 사업은 벌일 엄두조차 못 내고, 속가들이 운영하는 주루나 마작방 등을 통해 들어오는 수입으로 그나마 밥술이나 먹는 처지였다.

유진현의 마작방에서 옥토 십만 평을 벌어들였다는 소식은 당연히 사문에 소요되는 모든 재화를 관리하는 재운당(財運堂) 당주 청해일에게도 급보로 전해졌고, 돈 들어올 구멍은 좁고 돈 나갈 구멍은 대가집 대문처럼 널찍해 늘 전전긍긍하던 청해일은 크게 기뻐했다. 그 돈을 어떻게 쓸까 궁리하다가 잠을 다 설칠 정도였다.

그러나 청해일의 단꿈은 그리 오래가지 못했다.

돈을 돌려달라고 행패를 부리던 땅부자가 마작방을 지키던 속가제자들에게 매질을 당해 급사하고, 땅부자의 친동생이라고 들이닥친 작자가 철기방 외원(外院) 소속의 구흘이란 놈이었다.

며칠 후 구흘이 이십여 명의 철기방 방도를 이끌고 사문까지 쳐들어와 합의금 조로 유진현의 마작방 운영권을 요구했을 때에야 청해일은 이 모두가 철기방의 농간이었음을 깨달았다.

좀 더 조심하지 못했다는 자책감이 지나가자 불같은 노화가 치밀었다. 유진현은 사천성에서도 청성파의 영향 아래 있는 몇 남지 않은 현 중 하나였고, 마작방을 넘긴다면 현 전체가 철기방 수중으로 떨어질 게 분명했다.

'이번만은 사생결단을 내리라.'

그래서 청해일은 냉정검이란 자신의 별호를 만들어준 한 자루 폭이 좁은 협봉검을 갈아 세우고 장문인 공산 진인을 찾았던 것이다. 하지만 빈 산이란 별호답게 스승은 허허로운 대답만 늘어놓았다.

'아아, 청성의 영화는 이대로 끝장이 나고 마는 것인가?'

괜스레 콧잔등이 시큰해지는 청해일이었다.

장문인의 마지막 애제자이자 청해일의 막내 사매인 수연이 조용히 방문을 밀고 들어온 건 바로 그때였다.

"장문인과 중요한 말씀을 나누고 있거늘, 무슨 일이냐?"

심기가 불편한 청해일이 죄없는 수연을 향해 눈을 부라렸다.

스무 살.

꽃봉오리처럼 피어오르고 있는 수연이 큰사형의 갑작스런 짜증에 황망히 머릴 조아렸다.

"소, 송구합니다. 대문 밖에 웬 손님들이 찾아와 장문인 뵙기를 청하는지라……."

"누구라더냐? 혹시 구흘이란 놈이 다시 찾아왔느냐?"

목소리를 높이던 청해일은 수연의 대답에 그만 눈이 왕방울만해졌다.

"손께서 말하길, 벽산 진인의 옛 제자가 찾아왔노라 전하면 아실 것이라 했습니다."

"설마 하우영 그 자식이?!"

장문인의 방 안은 솔 향으로 가득 찼다.

지난가을에 따서 겨울 볕에 말린 찻잎으로 끓인 차는 진하디진했다. 따끈한 차 녁 잔이 놓인 소반을 가운데 두고 청해일과 공산 진인, 그리고 여린과 하우영이 둘러앉아 있었다.

청해일의 시선은 차 향을 음미할 생각도 않고 탁배기처럼 벌컥벌컥 들이키는 하우영의 얼굴에 박혀 있었다.

'예나 지금이나 무식한 놈!'

청해일의 눈가로 불꽃 같은 적의가 일렁거렸다. 분기를 못 이겨 잠시나마 하우영의 처지를 부러워하기도 했지만, 청해일은 자신이 한때 사형이라 불렀던 저 남자를 증오했다. 저 남자는 청해일 자신이 목숨보다 사랑하는 아내를 의심하고 폭행하게 만드는 원인 제공자였고, 또한 사문 전체로는 청성이 배출한 마지막 초절정고수였던 벽산 진인이 헛된 죽음을 맞도록 만든 장본인이기도 했다. 그러니 어찌 그를 미워하지 않으랴.

아내 진영의 파리한 얼굴이 떠오르자 청해일은 참지 못하고 하우영을 향해 한마디 툭 쏘아붙였다.

"염치도 좋네. 예가 어디라고 다시 기어들어 와 들어오긴?"

하우영이 스윽 고개를 돌려 청해일을 보았다. 그의 눈꼬리가 사납게 치켜 세워졌음은 물론이다.

그런 눈으로 보지 마라. 난 이미 하우영 네놈이 알고 있던 코찔찔이 청해일이 아니다. 그렇게 말하고 싶어 청해일은 허리를 쭉 폈다. 그러나 하우영은 가소롭다는 듯 한마디 툭 내뱉을 뿐이었다.

"새끼, 예나 지금이나 싸가지없는 건 여전하군."

"뭐, 뭐야?"

여린이 하우영을 거들고 나섰다.

"이 작자가 하우 포두가 말했던 청성제일의 밴댕이 소갈딱지 청해일이오? 사형을 보고도 인사조차 않는 걸 보니 하우 포두의 말이 모두 맞는 것 같구려."

차앙!

"죽여 버리겠다!"

격분한 청해일이 협봉검을 뽑아 들며 박차고 일어섰다.

동시에 하우영도 천천히 거구를 일으키며 등에 메어진 커다란 혈부의 자루를 잡았다.

"네 실력으로 날 죽일 수 있을까?"

당장이라도 격돌할 것 같은 두 사람을 공산 진인이 제지했다.

"손님을 모셔놓고 무슨 무례냐?"

탕탕!

공산 진인이 손바닥으로 찻상을 두드리며 준엄하게 타이르지 않았다면, 아마도 두 사람은 오늘 피를 보고 말았으리라.

공산 진인이 여린 쪽으로 시선을 옮기며 나직이 물었다.

"방금 연수(聯手)를 하자고 하셨소?"

"그렇습니다."

"타도 철기방을 목표로?"

"그렇습니다."

"으음……."

낮은 침음을 흘리며 공산 진인은 당돌한 줍포의 얼굴을 주시했다.

얼굴은 타고난 귀상이었으나 버릇처럼 실실거리는 경박한 웃음이 마음에 걸렸다.

'아마도 새파란 젊음 때문이겠지.'

공산 진인은 감히 타도 철기방을 입에 담는 줍포의 치기를 젊음 탓으로 돌렸다.

찻잔을 내려놓으며 공산 진인이 여린을 향해 낮지만 단호한 음성으로 말했다.

"아무래도 잘못 찾아오신 것 같소. 청성은 결코 관부의 싸움에 끼어들지 않을 것이외다."

하우영을 노려보던 청해일이 공산 진인을 확 돌아보았다.

그도 관과 철기방의 갈등에 대해선 익히 알고 있었다. 하지만 이 정도일 줄은 몰랐다. 방금 줍포사신은 자신과 장문인 앞에 사천성 성주 직인이 선명하게 찍힌 격문을 디밀었었다.

격문에는 지엄한 황제 폐하의 명을 받아 대역무도한 철기방을 타도하기 위해 나선 성주 대인의 결의와 자신의 대리인인 신임 줍포사신 여린에게 인적, 물적 지원을 아끼지 말아달라는 당부가 적혀 있었다.

중앙 직이라곤 하나 고작 정십삼품에 불과한 일개 즙포가 타도 철기방 전선의 선봉장이라는 게 기가 찰 노릇이었으나, 철기방 척결을 위한 황제와 성주의 의지는 확고한 듯했다.

'성주가 오천의 위군을 동원한다면…….'

청해일은 공산 진인이 아무런 고민도 없이 천제일우의 기회를 포기하는 것이 불만스러웠다.

"다시 한 번 생각해 보시죠. 청성으로서도 나쁜 제안은 아닐 겁니다."

"손님 돌아가신다. 대문 밖까지 정중히 모시거라."

재차 종용하는 여린을 향해 노스승은 단호히 축객령을 내려 버렸다. 청해일 자신도 원수 같은 하우영이니 저 솜털도 가시지 않은 애송이 즙포와 연수 따원 하고 싶지 않았다. 그러나 작금의 청성이 처한 상황이 상황인지라 약간의 여지라도 남겨두는 게 좋을 듯싶었다.

'노인네가 늙어갈수록 고집만 늘어가는군.'

속으로 툴툴거리며 일어서는 청해일을 따라 여린과 하우영도 몸을 일으켰다.

하우영이 공산 진인을 지그시 쏘아보며 이를 악문 소리로 씹어뱉었다.

"벽산 진인의 혼이 아직 구천을 떠돌고 있소. 부끄러운 줄 아시오."

순간 공산 진인의 눈이 부릅떠졌다.

수액이 모두 빠져 버린 고목처럼 일체의 감정도 드러내지 않던 그의 얼굴에 처음으로 표정이란 것이 나타났다. 물론 분노의 표정이었다.

"네가 감히 벽산의 이름을 입에 담느냐? 그를 죽음으로 몰아넣은 게 누구냐? 바로 세상 무서운 줄 모르고 날뛰던 못난 제자 놈 아니더냐?"

청해일이 놀란 토끼 눈을 하고 공산 진인을 쳐다보았다. 지난 몇 년간 노스승이 이처럼 격한 감정을 표현하는 걸 보지 못했기 때문이다.

하우영은 이글이글 타오르는 눈으로 공산 진인을 노려보았다.

잠시 후 그의 입꼬리가 위쪽으로 슬쩍 들려지는가 싶더니 경멸과 비웃음이 가득 담긴 말이 흘러나왔다.

"맞아. 내가 스승을 죽였다. 그러는 당신들은 퇴락한 사문의 서까래 밑에 숨어 천여 명에 이르는 사형제와 사문의 영광을 위해 산화한 수많은 사조들의 위명을 천천히 죽여가고 있지 않은가? 명예롭게 당장 죽는 것과 세상의 조롱을 받으며 천천히 말라죽는 것 가운데 둘 중 하나만 택하라면 난 기꺼이 전자를 택하겠다."

"무엄하다!"

청해일이 다시 협봉검을 뽑으려 했다.

터억!

"윽!"

거의 동시에 허리춤에서 물 흐르듯 뽑혀 나온 여린의 목검이 미처 협봉검을 다 뽑지도 못한 청해일의 턱 밑에 대어졌다.

'목검을 뽑는 동작조차 보지 못했거늘……?

두려움보다는 여린의 무위에 대한 놀라움 때문에 눈을 동그랗게 뜨는 청해일이었다. 청해일의 목에 목검을 겨눈 채 여린이 공산 진인을 향해 고갤 까닥했다.

"오늘은 이만 물러가지요. 하지만 오래지 않아 장문인 쪽에서 우릴 찾게 될 겁니다."

"아마 그런 일은 없을 게야."

봄을 재촉하는 햇살이 방바닥을 환하게 물들이는 광경을 공산 진인은 골똘히 지켜보고 있었다. 그의 마지막 직계제자 수연이 햇빛이 비치는 방바닥을 걸레질하고 있었다. 공산 진인의 시선이 등을 돌린 채 엎드려 방바닥을 닦고 있는 수연의 엉덩이에 꽂혔다. 순간 마른 황무지처럼 먼지만 풀썩이던 그의 눈매로 한줄기 기광이 스치고 지나갔다. 자신이 방금 저 어린 제자에게 색정을 느꼈음을 깨닫고 공산 진인은 부끄러워 눈을 지그시 감아버렸다.

수연은 청성산 인근에서 산적들을 만나 부모가 도륙당하고 혼자 울고 있던 어린것을 우연히 근처를 지나던 공산 진인이 데려다 제자로 삼은 아이였다.

그것이 벌써 오 년 전. 젖내 풍기는 어린 계집아이였던 수연은 어느덧 스무 살의 꽃다운 나이로 피어나고 있었다.

직계제자라곤 하나 수연에겐 따로 무공을 가르치지도 않았다. 그저 밤이면 노스승의 잠자리를 살펴주고, 아침이면 노스승에게 차를 올리고 방바닥을 닦아주는 수연을 공산 진인은 제자라기보다 딸처럼, 혹은 아주 가끔은 젊은 아내처럼 생각했다. 표현은 안 했으나 그만큼 수연을 생각하는 공산 진인의 마음은 각별했다.

"올해 몇이던고?"

알고 있는 내용을 공산 진인이 새삼스레 물었다.

"봄이 오면 꼭 스물이 됩니다."

"스물이라……. 한창 피어나는 나이로구나."

공산 진인은 왠지 허허로워져 천장을 올려다보았다.

공산 진인의 마음을 알아차린 수연이 고개를 다소곳이 숙였다.

"스승님께서도 아직 한창이십니다. 반로환동, 반로환동하더니 스승님께선 세월을 거꾸로 사시는 것 같습니다."

"녀석, 혓바닥에 꿀이라도 바른 게냐?"

어린 제자가 스승을 위해 농을 건넨 것임을 뻔히 알면서도 공산 진인은 싫지 않은 표정이었다. 오 년 넘게 자리를 살펴주더니 어린 제자는 이제 늙은 스승의 마음을 스승 본인보다 더 잘 알고 있었다.

십 년만 젊었어도…….

무릎 위에서 새삼 오른 주먹을 지그시 움켜쥐는 공산 진인이었다.

여린의 제안은 확실히 달콤했다. 철기방, 그 무도한 원수의 무리를 관의 힘을 빌어 일거에 쓸어버릴 수만 있다면 얼마나 좋을까? 하지만 쉽지 않으리라. 오로지 피 맛만 알 뿐 두려움이라곤 모르는 범 같은 철기방의 문도는 직계제자만도 일만을 넘었다. 게다가 외원(外院)과 내원(內院), 그 위의 상원(上院)에 웅크리고 있는 철기방의 수뇌부는 그 하나하나가 중원 전체를 통틀어도 백을 넘지 않을 것이라는 절정의 고수에 속하는 실력자들이었다.

사천성 성주가 휘하의 위군을 동원하여 철기방과 일전을 벌인다 해도 반나절 만에 전멸을 면치 못하리라. 만약 젊은 줍포의 말대로 청성이 연수한다면?

이 부분에서도 공산 진인은 고갤 설레설레 흔들었다. 패배를 뻔히 알면서 칼을 뽑는다는 건 수천의 목숨을 책임진 장문인이 할 수 있는 일이 아니었다.

"괜찮으십니까, 스승님?"

어느새 그의 마음을 알아차린 수연이 바싹 다가앉으며 걱정스레 물었다.

"난 괜찮으니 걱정 말거라. 그보다 오늘 산 아래 남동생을 만나러 간다지?"

천애고아가 된 줄 알았던 수연은 몇 년 전 스승의 배려로 친척들의 손에 맡겨져 키워지고 있던 두 남동생을 찾아내 왕래를 하고 있었다.

"예. 하룻밤만 묵고 돌아올 터이니, 오늘 밤 아프지 마시고 편히 주무십시오."

"오냐, 오냐. 내 걱정은 말고 편히 다녀오너라. 내 해일에게 일러 은덩이 몇 개 싸놓으마."

"감사합니다, 스승님."

고마운 마음에 눈물까지 글썽이는 수연의 얼굴을 들여다보며 절로 마음이 푸근해진 공산 진인은 빙그레 웃었다. 그의 늙은 가슴속으로 정인지 사랑인지 모를 훈풍이 스치고 지나갔다.

한낮임에도 키 큰 갈대밭 사이를 떠도는 바람은 아직 차갑다.

춘절이 지난 지 한참이었지만 동장군은 아직 위세를 잃지 않고 갈대밭 사이로 난 오솔길을 걸어오는 수연의 옷깃을 여미도록 만들었다.

사사삭! 사사사삭!

바람에 떠밀린 갈대들이 이리저리 흔들며 모래 쓸려가는 소릴 냈다. 하지만 수연의 가슴은 훈훈하기만 했다. 양팔로 꽉 끌어안은 봇짐 안에는 늙은 스승이 특별히 챙겨준 은덩이가 들어 있었다. 이 은덩이 덕분에 친척집에서조차 버림받은 그녀의 남동생들은 올 겨울도 무사히 넘길 수 있으리라.

'고마우신 분.'

노스승의 얼굴을 떠올린 그녀의 입가에 절로 미소가 걸렸다.

그녀도 자신을 바라보는 스승의 복잡한 눈빛을 느끼고 있었다. 절대 징그럽거나 하지는 않았다. 오히려 스승만 허락한다면, 그녀 쪽에서 스스로 옷을 벗고 자신의 따뜻한 몸으로 점점 차가워져만 지는 스승의 노구를 감싸 안아주고 싶었다.

어려서 조실부모해서일 것이다. 왠지 그녀는 철이 들면서 젊은 사내보단 아버지 같은 느낌을 풍기는 남자를 좋아하게 되었다. 그런 그녀의 이상형에 공산 진인은 너무도 딱 들어맞는 남자였다.

한 가지 아쉬운 점이라면 그녀의 마음도 모른 채 자신을 향해 피워 올렸던 욕정의 불꽃을 스스로 부끄러워하며 꺼뜨려 버리는 스승의 지나치게 고매한 인격이라고나 할까.

봄이 오면 스승께 마음을 전하리라.

봇짐을 고쳐 잡으며 부끄럽게 배시시 웃는 그녀였다.

"뭐가 그리 좋당가, 잉?"

그녀를 행복한 상념에서 깨어나도록 만든 건 오솔길을 가로막고 선 커다란 덩치의 사내였다. 평범한 흑색 무복에 찬바람을 막기 위해 개가죽으로 만든 피풍의를 어깨에 두른 사내는 범처럼 흉포한 인상이었다. 그 인상에 걸맞게 사내의 오른손엔 폭이 넓고 묵직한 대감도가 한 자루 쥐어져 있었다.

"저, 전 아무것도 가진 게 없어요. 제발 그냥 보내주세요."

수연은 사내가 산적이라고 단정했다. 그래서 스승이 챙겨준 귀한 은덩이가 들어 있는 봇짐부터 등 뒤로 숨겼다.

"이런 빌어먹을! 네년 눈엔 내가 산적 나부랑이로 보인단 말이냐?"

승냥이를 만난 토끼처럼 오들오들 떨며 뒷걸음질치는 계집을 향해 다가가며 갈산악은 쓰게 입맛을 다셨다. 하긴 지금 자신의 몰골이 딱 산적이었다.

'갈아 마셔도 시원찮을 견자 놈……!'

새삼 자신을 요 모양 요 꼴로 내쫓은 여린의 빙글빙글 웃는 얼굴이 떠올라 갈산악은 어금니가 부서지도록 갈아붙였다.

그 오안수포인가 뭔가 하는 화포 때문에 여린에게 굴복하고 자포자기하고 있을 때 현청 옥사 안이 파옥을 앞둔 듯 술렁이기 시작했다. 얼마 지나지 않아 그 소란의 원인이 독사성 때문임을 알았다.

철기방의 한주 향주이자 저 유명한 백학예원의 원주 독사성이 여린에 의해 붙잡혀 들어온 것이다. 갈산악은 하늘이 무너져 내리는 것 같았다. 독사성이 붙잡혀 들어온 것이 바로 자신의 자복 때문임을 누구보다 잘 알고 있었기 때문이다.

이제 영영 철기방으로 돌아갈 수 없으리라. 세상의 종말을 구경한 듯 절망하고 있는 그를 여린이 불러들였다. 그리고 예의 그 얄미운 웃음을 실실 흘리며 이렇게 말했던 것이다.

"그동안 고생하셨습니다, 갈 당주님. 이제 그만 나가셔야죠?"

"나가다니? 고것이 뭔 말이당가?"

"갈 당주님의 협조 덕분에 독사성이란 대어를 낚았습니다. 그러니 약속대로 갈 당주님을 방면해 드리겠단 뜻입니다."

"지, 지금 무슨 개뼈다구 씹어먹는 소리를… 캑… 캑캑……!"

너무 놀라고 황당해 갈산악은 목에 가시라도 걸린 사람처럼 헛기침을 토해냈다.

간신히 한숨 돌린 갈산악이 눈을 치뜨며 여린을 향해 쏘아붙였다.

"시방 뭔 개소리여, 잉? 독 사형께서 포박을 받은 것이 나의 주둥이 때문이란 걸 이미 전 철기방도들이 다 알 것인디, 아무 조치도 없이 밖으로 나갔다간 난 그날로 머리통 없는 귀신이 돼버릴 것이여!"

"아차, 제가 그 생각을 못했군요."

여린이 제 무릎을 치며 말하자 갈산악은 안심했다.

하지만 이어진 여린의 말에 갈산악은 그만 심장이 뒤집혀 버리는 줄 알았다.

"그래도 방면해 드릴 수밖에 없군요. 현청 옥사가 포화상태인데다가 죄도 없는 분을 가둬놓고 삼시 세 끼를 먹인다는 건 국고를 낭비한 일이 되니까요."

"자꾸 뭔 개소리여, 잉? 아무 방비도 없이 밖으로 나가면 난 즉시 죽은 목숨이랑게. 내 말 못 알아들어?"

"……."

여린은 눈을 껌뻑껌뻑하며 한동안 말이 없었다. 그러다 헤벌쭉 웃으며 이렇게 말했다.

"그야 그쪽 사정이지요."

"끄으으……."

당장 달려들어 저 얄미운 주둥이를 쭉 찢어놓고 싶은 충동을 억지로 찍어누르느라 갈산악은 피가 배어 나오도록 입술을 깨물어야 했다.

자신을 향해 히쭉히쭉 웃는 여린을 쏘아보며 갈산악이 나직이 물었다.

"원하는 게 뭣이여? 말을 해야 알지."

갈산악도 이젠 여린이란 인간에 대해 어느 정도 파악하고 있었다. 나이에 어울리지 않게 저 백 년 묵은 너구리 같은 인간은 절대 목적없는 말을 입에 담지 않고, 한 번 입에 담은 말은 반드시 자신의 뜻대로 관철시키고야 말았다. 그걸 알았기에 갈산악은 쉽게 체념할 수 있었다.

"어차피 똥통에 몸 담근 신세여. 뭐든 시키는 대로 할텡게 사람 피곤하게 말고 빨랑 얘길 해보드라고, 잉."

"허헛! 이것참, 저는 방면을 해드리고 싶은데 갈 당주께서 부득부득 도와주시겠다고 하니 몸둘 바를 모르겠습니다."

"헛소리 치우고 할 말만 해보랑게."

"실은 말입니다……."

여린이 자신 쪽으로 상반신을 기울이며 은근한 목소리로 운을 뗀 내용은 간단했다. 오늘 미시(未時)쯤 청계산 율목현으로 통하는 갈대밭에 웅크리고 있다 보면 이러이러하게 생긴 아리따운 처자 한 명이 지나갈 것이니, 그 처자를 욕보여라.

"욕을 보이라고? 이렇게 하란 뜻이여?"

갈산악이 손가락으로 제 목을 긋는 시늉을 하자 여린은 고갤 가로저었다. 죽이지는 말고 겁탈만 하라는 뜻이었다.

남자의 무서움에 대해 뼈저리게 느낄 수 있도록 아주 철저히. 실실 웃으며 말하는 여린의 얼굴을 새삼스런 눈으로 바라보던 기억이 난다.

관원이란 놈이 어찌……. 갈산악은 어쩌면 저 미끈하게 생긴 관원 놈이 피바람을 헤치며 악귀처럼 살아온 자신들보다 몇백 배 더 잔인한 인간일지도 모른다는 생각을 하고 있었다.

"까아아악!"

퍼억!

여린의 얼굴이 떠오르자 새삼 분노가 치밀었다. 비명을 내지르는 수연의 안면을 후려갈기는 주먹에 과도한 힘이 들어간 건 아마도 그 때문이었으라.

한편, 얼굴이 피범벅이 된 수연은 괴한이 봇짐에는 관심조차 두지 않고 자신의 웃옷 앞섶을 북북 찢어발기자 비로소 괴한이 자신을 겁탈하려 한다는 사실을 깨달았다. 괴한의 무지막지한 주먹질에 골이 흔들려 정신이 하나도 없었지만 수연은 필사적으로 저항했다. 몽롱한 그녀의 시야에 환하게 웃는 노스승의 얼굴이 보였다. 그녀의 은인이자 어버이이자 영원한 정인인 공산 진인. 그 자해한 얼굴을 떠올리자 수연의 가녀린 팔에 놀라운 힘이 불어넣어졌다.

"이년이 정말……!"

갈산악의 입에서 절로 욕지기가 튀었다. 마른 수수깡처럼 하늘하늘하던 계집은 의외로 강력한 반항을 하고 있었다. 이미 다리 속곳까지 걸레쪽처럼 찢어발겨서 검은 털이 적당히 뒤덮인 비부까지 훤히 드러났지만 어찌나 양쪽 다리를 둘러대는지 도무지 제대로 조준을 할 수가 없었다.

"가만히 좀 있어봐, 이년아! 매부 좋고 누이 좋은 일이랑게!"

갈산악이 수연의 허연 허벅지를 옹골차게 움켜잡으며 흉기처럼 생긴 자신의 거대한 물건을 수연의 비부에 맞추었다.

뻐어억!

이때 갈산악의 손아귀를 벗어난 수연의 한쪽 발이 정확히 그의 고환을 걷어찼다.

"끄어어어……!"

하늘이 노래짐을 느끼며 갈산악은 뒤로 천천히 넘어갔다. 그 틈을 놓치지 않고 반 벌거숭이 상태의 수연이 갈대밭을 헤치고 죽어라 내달렸다.

"사람 살려! 도적이야! 도적이야! 사람 좀 살려주세요!"

수연의 비명 소리에 갈산악은 퍼뜩 정신이 들었다. 땅바닥에 떨어진 대감도를 움켜잡고 갈산악이 박차고 일어섰다. 갈대밭 저 안쪽으로 달아나고 있는 수연의 뒷등을 노려보는 그의 눈가에 붉은 핏발이 섰다. 어느새 욕정은 사라지고 그 자리를 감당하기 힘든 분노가 채워졌다.

"육시럴 년!"

쾌애애액!

갈산악이 힘차게 대감도를 흩뿌렸다. 대감도가 핑글핑글 회전하며 정확히 수연의 뒤통수를 향해 날아갔다.

퍼억!

칼이 박히는 순간 수연의 뒷모습이 순간적으로 털썩 진동하는 것처럼 보였다. 마른 갈대밭 위로 붉은 피가 후두두 뿌려졌다. 무식한 칼질에 목이 반쯤 꺾여 버린 수연의 가녀린 몸이 나비처럼 힘없이 스러져 갔다.

쿠웅!

부릅뜬 그녀의 동공 속으로 너그러이 웃는 공산 진인의 얼굴이 떠올라 있었다. 그래서인지 그녀의 입가엔 어느새 미소가 걸렸다.

"카악, 퉤엣!"

수연의 시체를 내려다보던 갈산악이 신경질적으로 가래침을 뱉었다. 죽일 생각까진 없었는데 발목을 노리고 던진 칼이 재수없게 목에 틀어박히고 만 것이다.

뭐, 별 상관은 없겠지.

갈산악은 대수롭지 않게 생각했다. 철저히 능욕하는 것이나 목숨을 빼앗는 것이나 별반 차이가 없다고 생각했기 때문이다. 하지만 갈산악의 안도는 그리 오래가지 못했다.

"야, 이 개자식아아!"

천둥 같은 고함 소리에 놀라 고개를 돌린 그는 야차처럼 눈을 치뜨고 서 있는 하우영과 그 바로 뒤쪽에서 역시 차가운 표정으로 서 있는 여린을 발견할 수 있었다.

커다란 쌍도끼를 움켜잡은 하우영의 손이 벌벌 떨리는 것을 보고 갈산악은 죄도 없이 가슴이 선뜩해졌다. 하우영이 힐끗 여린 쪽으로 시선을 던졌다. 이게 다 네가 꾸민 일 아니냐? 그러니 잘 알아듣게 설명해 달라. 갈산악의 눈은 그렇게 말하고 있었다.

하지만 여린의 입에서 튀어나온 대답은 그의 기대와 많은 차이가 있었다.

"누가 죽이라고 했어?"

"에?"

"겁탈만 하라고 했지 누가 죽이라고 했어, 병신아!"

여린이 악을 쓰듯 빽 소리치자 동시에 하우영이 쌍도끼를 고쳐 쥐며 빠르게 걸어 나왔다.

"어어……."

갈산악은 무슨 말인가를 해야 한다고 생각했다. 무슨 변명이든 해서이 끔찍한 위기에서 벗어나야 한다고 생각했다. 하지만 그러기엔 자신을 향해 저승사자처럼 닥쳐 드는 하우영의 몸놀림이 너무 빠르고 단호했다.

"난 시키는 대로 한 죄밖에는 없당게, 건자 놈들아!"

갈산악이 피를 토하듯 소리치며 하우영의 머리통을 노리고 양손으로 잡은 대감도를 내리찍었다. 갈산악도 알았다, 자신의 실력으론 혈부의 털끝조차 건드릴 수 없다는 사실을. 하지만 멍청히 서서 죽을 수는 없는 노릇이었고, 그래서 본능적으로 대감도를 후려친 것이었다.

카앙!

갈산악의 불길한 예감대로 그의 칼날은 하우영이 들어 올린 도끼날에 너무 쉽게 가로막혔다. 하우영이 대감도를 힘껏 밀쳐 올리자 갈산악의 가슴패기와 얼굴이 훤히 드러났다.

쉬이이익!

두 자루의 커다란 도끼가 얼굴 양옆에서 바람을 가르며 날아드는 게 언뜻 보였다. 찰나의 순간 수많은 생각이 스치고 지나갔다. 허랑방탕하게 살아왔던 세월. 그중에서도 자신을 즐겁게 해주고 살아 있음을 증명해 주었던 수많은 여인들의 얼굴이 주마등처럼 지나갔다.

그리고 최후의 순간 아주 낯익은 여자의 얼굴이 보였다. 어머니였다. 자신을 책망하는 것 같기도 하고, 가여워하는 것 같기도 한 그 얼굴을 발견하는 순간 갈산악은 괜스레 코끝이 찡해짐을 느꼈다.

퍼어억!

그래서였을 것이다, 둔탁한 타격음과 함께 허공으로 튀어 오른 갈산악의 얼굴이 생각보다 평화로워 보였던 것은.

"헉헉……!"

발밑으로 구르는 갈산악의 머리통을 내려다보며 쌍도끼를 휘두른 자세 그대로 하우영이 가쁜 숨을 몰아쉬었다. 흥수는 처지했으나 마음이 개운치가 않았다. 아직도 끈끈한 분노의 찌꺼기가 남아 하우영을 불쾌하게 만들고 있었다. 하우영은 사납게 치뜬 눈으로 분노의 원인을 제공한 상대를 노려보았다.

하우영의 눈빛을 덤덤히 받아내며 여린이 나직이 말했다.

"인정하오. 내 실수였소. 하지만 여자를 죽일 줄은 정말 몰랐소."

"그럼 죽이는 건 안 되고, 죄도 없이 능욕당하는 건 괜찮단 말이냐?"

"보다 큰일을 위한 최소한의 희생이라고 해둡시다."

하우영이 대답 대신 갈산악의 피가 엉겨붙은 오른손 도끼로 불쑥 여린을 겨누었다.

"널 보고 있으면 왠지 기분이 나빠지곤 했는데, 이제야 그 이유를 알 것 같아."

"뭡니까, 그 이유라는 게?"

"네가 철기방을 치는 방식은 놈들이 적을 제거하는 방법과 아주 흡사해. 목적을 위해선 수단과 방법을 가리지 않는 잔혹함과 뻔뻔함. 오로지 피를 갈구하는 혈랑처럼 네놈에게선 피를 마실 수만 있다면 제 살붙이조차 씹어 죽을 수 있는 맹목적인 야성이 풀풀 풍긴단 말이다."

"……."

여린이 한동안 침묵을 지키며 하우영의 얼굴을 주시했다. 숨 막히는 침묵 속에 서로의 얼굴을 뚫어져라 노려보는 두 사람의 시선이 얽히며 퍼런 불꽃이 튈 것만 같았다.

먼저 입을 연 사람은 여린이었다.

"그래서 하고 싶은 말이 뭡니까?"

"네 목적을 위해 날 소모품으로 이용하지 마라. 그런 낌새만 보여도 내 혈부가 너의 목과 어깨를 분리시킬 것이다."

"명심하겠습니다."

여린이 씨익 웃으며 말했다.

살짝 드러난 윗니가 너무도 희디희어 하우영은 절로 미간을 찌푸렸다. 그 흰 이가 여린의 잔혹성을 상징하는 것만 같았기 때문이다.

'어쩌면 철기방이 아니라 저 미친 즙포의 손에 죽임을 당할 수도 있겠구나.'

불길한 예감에 하우영은 어울리지 않게 가늘게 몸을 떨었다.

청성의 장문인 관저 지붕에 핏빛 노을이 걸렸다.

맨발로 대청을 내려온 장문인 공산 진인은 제자들이 수습해 온 수연의 시신을 내려다보며 잠시 할 말을 잃었다. 수많은 제자들이 지켜보는 앞에서 사사로이 눈물을 보일 순 없는 노릇이었다. 목구멍을 뚫고 나오려는 울부짖음을 집어삼키려 공산 진인은 풍이라도 맞은 사람처럼 움켜쥔 주먹을 푸들푸들 떨어야 했다. 청해일이 고운 비단 천에 싸인 한 통의 서찰을 건넨 건 바로 그때였다.

"무엇이냐?"

"수연의 봇짐에서 나온 서찰입니다. 언뜻 보니 장문인께 전하는 것 같아 따로 보관해 놓았습니다."

서찰을 펼쳐 있던 공산 진인의 눈매에 어쩔 수 없이 눈물이 맺혔다. 서찰에는 노회한 스승에 대한 수연의 존경심과 한 남자로서 공산 진인에 대한 수연의 애정이 여과없이 적혀 있었다. 동생들을 만나고 오면 긴히 할 말이 있다고 하더니, 아마도 이 서찰을 건네려 했던 모양이다.

널찍한 소맷자락으로 서둘러 눈물을 훔친 공산 진인이 청해일을 돌아보며 물었다.

"수연을 해친 흉수가 누구라고?"

"갈산악이라고… 철기방의 사하현 당주랍니다."

순간 청해일은 똑똑히 보았다, 늙은 스승의 눈가로 불길 같은 것이 화악 치솟는 것을. 스승에게 저처럼 격한 감정의 기류를 읽은 것이 대체 얼마 만이던가?

공산 진인이 갈라지는 목소리로 무겁게 중얼거렸다.

"신임 줍포 여린이라고 했던가? 그에게 급전을 날려라. 청성은 타도 철기방을 위해 남은 여력을 긁어모아 진력을 다하겠노라고."

"명을 받들겠나이다, 장문인!"

움켜쥔 주먹을 가슴패기에 강하게 부딪치며 청해일이 씩씩하게 대답했다.

어느새 또 밤이 찾아왔다.

아직 겨울임을 증명하고 싶어하는 밤바람에 미친년 머리채처럼 출렁이는 갈대밭 한복판에 갈산악의 목 없는 시체가 쓰러져 있었다. 수연의 시체를 수습해 간 청성파 무사들이 시체에 분풀이를 하는 통에 그의 머리통은 어디론가 사라지고 없었다.

"쯔쯧, 고이얀 놈들. 아무리 미워도 시체는 시체에 걸맞는 예우가 있는 법이거늘."

몸통으로부터 한참 떨어져 있던 머리통을 찾아내 들고 오는 노인과 그 뒤를 따르는 '不生'이란 부적이 이마에 붙어 펄럭이는 생강시처럼 음산한 분위기를 풍기는 젊은이는 바로 소사청과 사문기였다.

"얼마나 고생이 많았느냐? 그만 일어나거라, 염왕의 백성아."

소사청이 손을 내뻗자 땅바닥에 처박혀 있던 목 없는 시체가 거짓말처럼 벌떡 일어서서 소사청 쪽으로 돌아섰다.

"그래그래, 여기 네 사형인 사문기처럼 헌헌한 모습으로 만들어줄 테니 너무 서러워 말거라."

소사청이 양손으로 잡은 갈산악의 머리통을 원래 있던 자리에 꾹꾹 눌러 고정시켰다. 어깨 너머의 사문기는 은은한 혈광이 맴도는 눈으로 그런 갈산악의 얼굴을 주시했다. 고갤 살짝 갸웃하는 것이 한때 의형으로 모셨던 갈산악을 알아보는 듯도 했다.

별다른 고정 장치가 없어 갈산악의 목은 당장 목 아래로 굴러 떨어질 듯 위태로웠다. 소사청의 기다란 손가락이 목과 머리통의 접합 부위를 스윽 훑자 그 부분에서 한줄기 검은 연기가 피어올랐다. 마치 아교를 바르고 뜨거운 인두로 지진 것처럼 갈산악의 목과 머리통이 철썩 달라붙었다.

터억!

소사청의 손이 이마에 대어지는 순간 갈산악이 번쩍 눈을 떴다. 그의 눈도 사문기의 눈처럼 붉은 혈광이 맴돌기 시작했다.

소사청의 손바닥이 뜨거워지는가 싶더니 그의 팔뚝을 타고 굵은 핏줄이 터질 듯 팽팽하게 돌출되었다. 소사청의 팔뚝을 타고 갈산악의 남은 진기가 꿀렁꿀렁 흘러들었다.

소사청의 두 눈도 시뻘겋게 충혈되더니 그의 입가로 알아듣기 힘든 불길한 주문이 흘러나오기 시작했다.

"바라마라바하~ 사라바마얌~ 옴바니시바옴~ 라히임바라~"

푸르뎅뎅하게 부어 있던 갈산악의 몸뚱이도 소사청이나 시문기, 목 내이처럼 깡마르며 이승의 것이 아니라 저승의 것이 분명한 범접하기 힘든 검은 광채가 맴돌기 시작했다.

"자, 이것으로 네놈 역시 위대한 시문(屍門)의 제자가 되었느니라."

갈산악의 이마빼기에 '不生'의 부적을 붙이며 소사청이 자랑스럽게 선언했다.

사하현 현청 즙포사신의 집무실 중에서도 아침 햇살이 은은하게 비추는 내실 한구석에 서서 곽기풍은 저로 모르게 꼴깍 침을 삼켰다.

똑같은 음식이라도 유별나게 맛있게 먹어 주변 사람의 식욕까지 당기게 만드는 사람이 있다. 지금 곽기풍의 바로 앞 갈산악이 취조를 받았던 그 탁자에 앉아 참으로 맛있게 소면을 먹는 사내가 꼭 그랬다.

후룩! 후루룩!

사내는 세상에서 가장 맛난 음식을 먹는 사람처럼 닭뼈를 우려서 만든 흔하디흔한 소면 국물을 땀을 뻘뻘 흘리며 마지막 한 방울까지 들이키는 중이었다.

"꺼어억~ 자알 먹었다."

터엉!

양손으로 빈 소면 대접을 내려놓으며 길게 트림을 하는 사내는 바로 독사성이었다.

곽기풍은 유심히 독사성의 얼굴을 주시했다. 뜨거운 소면을 급하게 먹는 바람에 양 볼이 발갛게 달아오르고, 이마에 송골송골 땀까지 맺힌 독사성에게선 도저히 냉혼흉살이란 무시무시한 별호의 흔적을 찾아볼 수 없었다. 모르는 사람이 보았다면 친근한 이웃집 아저씨와 같은 느낌을 받았으리라.

'소면 국물이라도 한 모금 나눠달라고 할 걸 그랬나?'

저도 모르게 뇌까리던 곽기풍은 자신의 겁없는 생각에 스스로 화들짝 놀랐다. 독사성이 누군가? 태연히 웃으며 수천을 몰살시킬 수 있는 독종 중의 독종이었다. 그런 그와 소면을 나눠 먹겠다니? 미친놈이 아니고선 불가능한 생각이었다.

곽기풍이 스윽 옆을 돌아보았다. 순간 자신과 흡사한 표정으로 독사성을 뚫어지게 바라보는 장숙과 단구의 얼굴이 보였다. 입가에 개침이 질질 흐르는 것으로 보아 어지간히 빼앗아 먹고 싶은 게 분명하다.

'한심한 놈들.'

장숙과 단구를 향해 혀를 끌끌 찬 곽기풍이 약간 떨어져 석상처럼 서 있는 여린과 하우영을 쳐다보았다. 곽기풍은 여린이나 하우영도 소면을 얻어먹고 싶은지 그것이 궁금할 뿐이었다.

여린이 독사성 앞으로 다가가 빙긋 웃으며 물었다.

"맛있게 드셨습니까?"

"덕분에."

"평소 소면을 즐기셨던 모양입니다."

"내가 재밌는 옛날얘기 하나 해줄까, 즙포 양반?"

"해보시죠. 귀를 열고 듣겠습니다."

친근한 웃음을 머금고 서로의 얼굴을 마주 보는 두 사람이 마치 사이좋은 삼촌과 조카처럼 보여 곽기풍은 기가 막혔다.

잠시 뜸을 들이던 독사성이 조용히 입을 열었다.

"내 나이 여섯 살 적에 황하 이북을 휩쓴 대가뭄으로 부모님을 여의고 고아가 됐지. 여덟 살 때까진 그래도 살 만했어. 관에서 운영하는 난민 구휼소에서 거친 음식이나마 먹을 수 있었고, 딱딱한 평상에서나마 등을 누일 수 있었거든. 하지만 나이 여덟이 되자마자 그곳에서도 쫓겨나고 말았어. 그때부터 낙양의 유흥가에서 동냥질을 시작했지. 하나 그 역시 쉬운 일은 아니더군. 웬 근본도 모르는 놈이 쳐들어와 자기들 밥그릇을 나눠달라고 하니 인근의 각다귀들이 그냥 있을 리 만무했지. 하루가 멀다 하고 전쟁 같은 싸움을 치러야 했고, 하루 한 끼라도 먹는 날이 손가락으로 헤아릴 지경이었어. 그날도 십수 명의 각다귀패들에게 뭇매를 맞고 막다른 담벼락에 기대어 주저앉아 있는데, 어느 근사한 장포를 입은 커다란 덩치의 어른이 다가와 손을 내밀며 이렇게 말하는 거였어."

독사성이 잠시 뜸을 들였다. 방 안에 있는 여린을 비롯한 좌중은 할아버지의 옛날얘기를 기다리는 소년 같은 얼굴로 독사성을 주시했다.

살아생전 가장 유쾌한 기억을 떠올리는 듯 만면에 웃음을 머금으며 독사성이 나직이 말했다.

"얘야, 너는 눈빛이 살았구나. 이 아저씨와 함께 일해보지 않으련?"

"그분이 바로 철기방 방주 철태산님이었군요."

"그렇네."

독사성이 고갤 크게 끄덕였다. 철태산이란 이름을 떠올리는 것만으로도 그의 얼굴엔 존경과 흠모의 빛이 떠올라 있었다. 눈빛까지 몽롱해지는 것이 마치 사랑하는 정인을 떠올린 숫처녀 같았다.

'힘들지… 힘들어.'

갈산악과 독사성은 확실히 풍기는 기도나 주군에 대한 충성도가 다르다고 생각하며 곽기풍은 미미하게 고갤 흔들었다.

이런 곽기풍의 걱정을 아는지 모르는지 여린은 눈을 반짝이며 독사성을 재촉했다.

"그래서요? 그래서 어떻게 됐습니까?"

"나는 눈앞으로 내밀어져 있는 그분의 손을 쳐다보았어. 참으로 커다란 손이었지. 그래서였을까? 난 이런 손을 가진 남자라면 모든 걸 걸어볼 만하다고 생각했어. 그리고 길을 잃은 황무지 한복판에서 신을 만난 여행자처럼 황송하게 그분의 손을 잡고 일어섰지. 그분이 날 객잔으로 데려가 처음 먹인 음식이 바로 소면이었어. 세상에 태어나 돈을 주고 사 먹은 최초의 음식이었지. 그 이후 아무리 기름진 음식이 널려 있어도 내가 세상에서 가장 좋아하는 음식은 소면이 되었다네."

"그렇군요."

감동받은 표정으로 여린이 고갤 끄덕끄덕했다.

독사성이 여린을 올려다보며 진중하게 말했다.

"내가 자네에게 이런 말을 해주는 건 피차 쓸데없는 시간 낭비를 하지 말자는 뜻에서야. 외원과 내원, 상원에 범 같은 고수들이 득시글거리지만, 한낱 향주에 불과한 나를 자신의 열두 의제 중 한 명으로 끼어줄 정도로 나에 대한 애정이 각별한 방주님이실세. 나 또한 대은(大恩)

에 감읍하며 그분을 친어버이처럼 생각하고 있지. 자네라면 제 한 몸 살겠다고 친어버이를 팔아넘길 수 있겠는가?"

"……."

여린은 대답하지 못했다.

심각하게 턱을 어루만지는 여린의 옆 얼굴을 힐끔거리며 곽기풍은 모든 게 끝났다고 생각했다. 갈산악은 그래도 입으론 충성을 외치지만 제 한 몸 끔찍이 아끼는 위인이라 파고들 여지가 있었다. 하지만 독사성에게선 눈꼽만큼의 틈도 보이지 않았다. 당연히 독사성을 발판으로 철기방의 최상층부에까지 접근하려던 여린의 계획도 벽에 부딪치리라.

"후우우!"

오히려 편안한 안도감이 밀려와 저도 모르게 한숨을 내쉬는 곽기풍이었다.

여린도 곽기풍과 같은 생각인 것 같았다.

"여러 건의 살인죄에 대한 감형과 사면을 조건으로 독 대인께 철태산을 엮어 넣을 수 있는 정보를 요구할 생각이었는데, 역시 힘들겠군요."

"불가능한 일일세."

"그렇겠죠?"

"점심 식사는 찐만두가 좋겠군. 남은 여생의 대부분을 컴컴한 지하뇌옥에서 보내게 될 것 같은데, 그 안에선 왜 그리 찐만두가 먹고 싶은지 몰라."

"으음……."

독사성의 말이 끝나자 여린이 나직이 침음을 흘렸다.

곽기풍의 귀엔 신음 소리가 꼭 항복의 표시로 들렸다.

'이번만큼은 당신도 어쩔 수 없을 테지.'

왠지 마음이 편안해진 곽기풍이 한결 부드러운 시선으로 여린을 돌아보았다. 순간 곽기풍이 움찔했다. 그는 똑똑히 보았던 것이다. 여린의 입가에 걸린 보일락말락한 미소! 여린이 무언가 회심의 꽁수를 숨기고 있을 때 저런 식의 미소를 짓곤 했다는 걸 곽기풍은 기억하고 있었다.

'설마 이 상황마저 예측하고 있었다는 건가?'

절로 이마에 땀방울이 송골송골 맺혀 곽기풍은 관복 소맷자락으로 땀을 훔쳐 내야 했다. 곽기풍의 예상은 적중했다.

여린이 독사성을 향해 싱긋 웃으며 이렇게 말했던 것이다.

"이제 남은 방법이라곤 독 대인께서 친아버지처럼 생각하시는 철태산 방주님을 배신하고 싶을 만큼 확실한 약점을 찾아내는 수밖에 없겠군요."

"호호, 내게 그런 약점 따위가 있을까? 난 이런 경우를 대비해 혼인도 하지 않아 아내도 자식도 없는 사람이야."

"가족이 없으시다고요?"

여린이 고갤 갸웃했다.

독사성은 자신만만한 얼굴이다.

"맞아. 가족이 없어."

"그거참, 이상하군요. 제가 조사한 바에 의하면, 독 대인께는 귀여운 따님이 하나 있으신 걸로 돼 있는데요."

"……!"

동시에 여유롭던 독사성의 얼굴에서 웃음기가 싹 가셨다. 곽기풍을 비롯한 좌중의 시선이 일제히 갈산악의 얼굴로 쏟아졌다.

독사성이 고갤 홱홱 가로저으며 강한 어조로 부인했다.

"딸이라니? 혼인도 하지 않은 늙은 총각에게 무슨 딸이 있을 수 있겠나?

'병신, 이미 걸려들었어.'

독사성의 부정의 어조가 강하면 강할수록 곽기풍은 여린의 정보가 정확하리라는 확신이 짙어졌다. 아마도 여린이 독사성의 약점을 제대로 깨문 것 같았다.

'무서운 놈……!'

새삼 여린이란 인간에 대한 소름이 척추를 타고 솟구침을 느끼며 곽기풍은 땀에 흥건히 젖은 주먹을 와락 움켜쥐었다.

여린은 서두르지 않고 차근차근 독사성을 벼랑 끝으로 몰아붙였다.

"물론 독 대인께서 혼인을 하신 적은 없지요. 하나 십 년 전쯤 한창 경극 배우로 명성을 날리고 있던 소미연이란 처자와 동거를 하신 적은 있지 않습니까? 당시 풍문에 의하면, 독 대인께서 소미연 노모의 목숨을 볼모로 강제로 겁탈을 하셨다더군요."

"뿌드득!"

독사성이 어금니를 갈아붙이는 소리가 곽기풍의 귀에까지 똑똑히 들렸다.

그러거나 말거나 여린은 쉼없이 독사성을 몰아붙였다.

"소미연은 평소 짐승처럼 생각하던 독 대인께 정절을 잃자 당장 동정호에 몸을 던져 한 많은 인생을 접으려 하였으나 다행인지 불행인지 그때 덜컥 아이가 들어서고 말았지요. 사랑이 아니라 오로지 욕념에 의해 태어난 아이의 이름은 독은비. 한주에서 그리 멀지 않은 서창의 비밀 가옥에서 모친과 단둘이 살고 있는 열 살박이 여아의 이름이 바로 독은비 아닙니까?"

무섭게 치뜬 독사성의 눈으로 가는 실핏줄이 거미줄처럼 번져 가고 있었다. 곽기풍은 독사성이 당장이라도 피눈물을 뿌리며 자신을 향해 독수를 펼칠 것만 같아 가슴 한구석이 선득선득하였다.

그런 곽기풍의 마음을 아는지 모르는지, 여린이 독사성에게 얼굴을 바싹 들이밀며 쐐기를 박았다.

"이웃들의 증언에 의하면, 매년 춘절이나 중추절마다 굉장히 부유해 보이는 중년의 남자가 아이를 위한 선물을 커다란 사륜마차 그득히 싣고 한밤중에 집을 방문한다더군요. 그 사내가 바로 독 대인이시죠?"

독사성이 분노로 전신을 푸들푸들 떨며 간신히 내뱉었다.

"너… 너 이놈, 설마……?!"

여린이 몸을 바로 세우며 태연히 대답했다.

"따님과 부인은 제가 잠시 모셔두고 있습니다."

"네 이노옴―!"

콰아앙!

독사성이 주먹으로 탁자를 박살 내며 박차고 일어섰다.

동시에 하우영과 장숙, 단구가 각각 도끼자루와 칼자루를 움켜잡으며 여린의 앞을 막아섰다.

여린이 세 사람을 가볍게 밀치고 앞으로 한 걸음 나서며 빙긋 웃었다.

"독 대인답지 않게 흥분하셨군요. 아마도 제가 독 대인의 약점을 제대로 짚어낸 모양입니다."

"이 천하의 불한당 같은 놈, 네놈이 그러고도 법을 집행하는 즙포라 할 수 있느냐?!"

독사성이 간신히 노기를 억누르며 씹어뱉었다. 머리털이 빳빳이 곤두서고 치뜬 두 눈에서 푸른 안광이 뿜어져 나오는 폼새가 성난 범이 따로 없었다.

하지만 곽기풍은 예감하고 있었다. 냉혼흉살 독사성이 머지 않아 여린의 먹잇감으로 전락하리란 것을.

슈우욱!

별 변화도 없이 밋밋하게 검을 찔러오는 위아래 흰색 무복의 위사(衛士)를 바라보며 청해일은 피식 실소를 흘렸다. 도대체 어떤 인간이 저런 삼류들에게 자신의 안전을 의뢰한단 말인가?

차앙!

허리춤의 협봉검을 뽑아냄과 동시에 청해일은 전광석화처럼 위사의 검봉을 향해 검을 내찔렀다. 똑바로 날아가던 청해일의 폭 좁은 검날이 구렁이처럼 위사의 검신을 친친 휘감으며 타고 오르더니 그대로 위사의 목젖을 향해 독니처럼 쏘아졌다.

포옥!

"꺽!"

검봉이 목젖에 작은 구멍을 내는 순간 위사가 고통스럽게 눈을 흡떴다. 부릅뜬 그의 동공으로 불신과 의혹이 스치고 지나갔다. 분명 자신이 훨씬 먼저 검을 뽑았고, 무방비로 서 있던 청해일의 목을 꿰뚫는 건 자신일 것이라 확신했던 모양이다.

'이것이 일류와 삼류의 차이다, 등신아.'

위사의 목에서 검을 뽑아내며 청해일은 차갑게 웃었다.

쿠웅!

눈을 흡뜬 채 뒤쪽으로 천천히 넘어가던 위사가 방바닥에 굉렬히 뒤통수를 처박았다.

검신에 묻은 핏물을 털어내며 청해일이 냉막한 눈으로 방바닥에 하나같이 목이 꿰뚫린 채 즐비하게 널브러져 있는 다섯 구의 시체를 내려다보았다. 위사들은 모두 아직 새파란 젊은이들이었고, 손속에 약간의 사정만 두었어도 아까운 목숨들을 살릴 수 있었을 것이다. 하지만 검을 뽑지 않는다면 모를까, 일단 뽑으면 반드시 끝장을 내고야 마는 청해일이었다. 그래서 그의 별호가 냉정검이다.

청해일이 스윽 고갤 돌려 서로를 부둥켜안은 채 와들와들 떨고 있는 모녀를 바라보았다. 사십 줄에 접어든 것으로 보이는 어미는 아직 젊은 시절의 아름다움을 간직하고 있었다. 딸년도 어미를 닮아 제법 귀염성이 있는 얼굴이었다. 어미 품에 안긴 딸년은 얼굴의 절반은 차지할 만큼 큰 두 눈에 눈물이 그렁하게 맺혔다. 청해일 자신과 마찬가지로 푸른색 도복 차림의 사제 십여 명이 검을 뽑아 든 채 모녀의 주변을 포위하고 있었다.

청해일이 모녀 앞으로 다가가 섰다.

그리곤 검봉으로 어미의 미간을 겨누며 착 가라앉은 음성으로 물었다.

"소미연이지?"

공포에 질린 여자는 딱딱 이만 맞부딪칠 뿐 대답하지 못했다.

피잇!

"꺄악!"

청해일의 검이 소미연의 뺨을 가볍게 스치고 지나가자 가는 혈선이 그어지며 핏방울이 튀었다.

"우와앙! 엄마! 엄마!"

계집아이가 어미의 목에 매달려 경기 들린 울음을 터뜨렸다.

청해일의 칼끝이 이번엔 그런 계집아이의 눈을 겨누었다.

"계속 입을 다물면 이번엔 딸년의 한쪽 눈을 취하겠다."

소미연이 청해일의 바짓단을 붙잡고 늘어지며 절박하게 소리쳤다.

"제가, 제가 소미연이 맞습니다, 나으리! 뭐든 시키는 대로 할 테니 제발 딸아이만은 살려주십시오!"

청해일의 시선이 자신의 바짓단을 붙잡은 소미연의 오른손에 쏠렸다. 오른손 검지에 큼직한 옥이 박힌 값비싼 반지가 끼워져 있는 게 보였다.

청해일이 소미연을 향해 단호한 어조로 말했다.

"내 말에 복종하면 살려줄 것이나 한 번이라도 거역하면, 너는 물론 딸년까지 비참하게 죽을 것이다. 알았나?"

"예, 예!"

청해일이 사제들을 돌아보며 명령했다.

"붙잡아라!"

사제 너댓이 재빨리 달려들어 울부짖는 계집아이를 억지로 떼어놓고 소미연의 어깨를 찍어눌러 엎드리게 했다. 그리고 오른손을 작은 의자 위에 올려놓았다. 청해일의 예리한 검날이 옥 반지를 낀 검지에 대어졌다.

"무, 무슨 짓을 하려고……?"

소미연이 공포에 질린 눈으로 얼음장 같은 청해일의 얼굴을 올려다보았다.

서걱!

동시에 칼날이 소미연의 검지를 가차없이 잘라 버렸다.

"까아아악!"

싹둑 잘려 나간 손가락 마디에서 피분수가 뿜어지는 것을 바라보며 소미연은 그만 의식의 끈을 놓쳐 버리고 말았다.

옥 반지가 끼워진 소미연의 손가락을 눈앞으로 들어 보이며 청해일이 엷게 웃었다.

여린은 무언가 증표가 될 만한 물건을 골라 보내달라고만 했다. 그러니 손가락까지 자를 필요는 없었다. 하지만 이렇게 하면 좀 더 확실한 효과를 볼 수 있다는 걸 청해일은 경험으로 알고 있었다. 그가 냉정검으로 불리우는 이유였다.

그날 저녁 서창의 작은 농촌 마을에 숨겨져 있던 아담한 장원 밖으로 준마 한 필이 바람처럼 내달렸다. 말 위에는 작은 옥함을 끌어안은 청해일의 사제 한 명이 타고 있었다. 그는 오늘 밤 안으로 사하현 현청에 당도해 옥함을 줍포사신에게 전달하라는 사형의 지엄한 명을 수행하는 중이었다.

현청 줍포사신의 집무실엔 호롱불마저 꺼져 있었다. 며칠간 계속된 야근에 지친 장숙과 단구, 화초랑은 물론 곽기풍까지 옷이라도 갈아입고 오겠다며 퇴청한 후였다. 그러나 굳게 닫힌 내실 문 안쪽에선 희미한 빛이 새어 나오고 있었다.

탁자 위에 놓인 호롱불이 탁자에 둘러앉은 독사성과 여린, 하우영의 얼굴을 을씨년스럽게 일렁거리게 했다. 독사성의 눈은 탁자 위에 놓인 옥함 속에 든 잘린 손가락에 고정되어 있었다. 손가락엔 낯익은 옥 반지가 끼워져 있었다.

여린은 조용히 독사성의 얼굴을 주시했다. 격분한 독사성이 발작이라도 일이킬까 봐 하우영은 오른 주먹을 쥐었다 폈다 하며 긴장의 끈을 놓지 않고 있었지만, 여린은 독사성이 그러지 않을 것이란 걸 알았다. 독사성의 눈에 어린 것은 분노가 아니라 일종의 회한처럼 보였기 때문이다.

"큭큭큭큭!"

여린의 예측이 옳았는지 독사성의 입술을 비집고 한없이 자조적인 웃음이 흘러나왔다. 독사성의 눈가엔 어느새 물기까지 어려 있었다.

"평생을 걸쳐 오직 한 여자에게만 마음을 주었다. 너무도 갖고 싶어 그녀를 불행하게 만들 줄 알면서도 강제로 빼앗고, 또 강제로 아이까지 갖도록 만들었다. 그러면서도 후회는 없었다. 더 이상 그녀가 불행하지 않도록 해줄 수 있는 자신감이 있었기 때문이다. 하나 그 자신감마저 이렇듯 물거품이 되고 마는구나. 그녀에게 준 유일한 선물인 옥 반지가 이렇듯 그녀의 손가락과 함께 내 앞에 돌아오다니. 나란 놈은 얼마나 쓸모없는 인간인가?"

독사성이 스윽 눈을 들어 여린을 보았다.

여린은 독사성이 갑자기 십 년쯤 늙어버린 것 같다고 생각했다. 머리카락도 갑자기 희어진 것 같고, 섬뜩한 안광을 내뿜던 눈도 생기를 잃었다.

독사성이 힘없는 목소리로 물었다.

"내가 방주님을 밀고하지 않으면 미연과 은비는 죽게 되겠지?"

"아마도."

여린은 부정하지 않았다.

"허허, 자넨 참으로 독한 사내로군. 나도 독하다는 소릴 들으며 자랐지만, 자네에 비하면 자네 나이 때의 나는 순진무구한 어린아이에 불과했구먼."

"칭찬으로 듣겠습니다."

"칭찬이지. 암, 칭찬이고말고. 혹시 다시 밖으로 나가 옛 친우들을 만난다면 꼭 자네 얘길 해주겠네. 비록 염라대왕과 원수가 되는 한이 있어도 절대 사하현의 즙포 여린이란 청년과는 원한을 맺지 말라고 말일세. 부득불 원한을 맺었다면, 괜한 고생 말고 그냥 스스로 목을 매 저승으로 도망치는 게 상책이라고 말해주겠네."

"……."

여린은 대답하지 않았다. 이제 철기방의 방주 철혈대제 철태산의 열두 의제 중 한 명이 자신 앞에서 철태산을 파멸시킬 결정적 단서를 제공하려 한다는 걸 직감했기 때문이다. 여린은 귀를 활짝 열어두고 차분히 독사성의 말을 기다렸다.

독사성이 의자 등받이에 상체를 기대며 차분히 입을 열기 시작했다.

"당금 황제 주변에서 인의 장막을 치고 있는 북경 조정의 환관들이 가장 두려워하는 인물은 바로 남경의 영왕일세. 전대 황제의 막내 동생인 그는 공명정대하고 용맹해 휘하의 병사들은 하나같이 범처럼 날랜 강병이고, 굶주림에 지친 백성들은 속속 그의 주변으로 몰려들며 선정을 칭송하는 노래를 지어 부르고 있네. 신흥 방파로서 세를 확장하기 위해 어쩔 수 없이 황권에 협력하긴 했으나, 방주께선 나약하고 방탕한 현 황제를 늘 못마땅하게 생각하셨다. 그런 방주와 영왕이 의기투합한 건 어쩌면 당연한 결과였지."

여기까지 말한 독사성은 목이 타는지 탁자 위의 물잔을 단숨에 비웠다. 성이 안 차는지 주전자를 통째로 들어 벌컥벌컥 물을 들이키는 독사성의 모습에서 그가 지금 얼마나 극심한 심적 갈등을 겪고 있는지 짐작할 만했다.

독사성이 다시 말을 이었다.

"하지만 하늘에 맹세컨대 방주나 영왕이 모반을 계획한 적은 없다. 사내 구실도 못하는 환관 놈들은 자신들의 인의 장막 속에 황제를 계속 가둬두기 위해서 늘 새로운 적이 필요했고, 그런 그들의 사악한 눈에 영왕과 방주가 제대로 걸려들었을 뿐이다. 놈들은 굶주린 유민들의 심상치 않은 동태와 남경의 민심을 증거로 제시하며 황제에게 잔뜩 겁을 주었고, 환관들과 결탁한 조정의 권신들까지 일제히 모반을 경계하는 상소를 올리니 멍청한 황제는 닭똥 같은 눈물을 줄줄 흘리며 환관 놈들에게 난을 평정해 달라고 애걸을 했다고 한다. 북경의 조정에서 영왕과 방주를 역도로 지목하고, 토벌을 선언한 지도 어언 일 년의 세월이 흘렀다. 하지만 북경의 금군(禁軍)이 출병했다는 소식은 아직 들리지 않는다. 이유가 뭘까?"

여린이 고갤 갸웃했다.

생각해 보니 이상했던 것이다. 켕기는 구석이 많았던 현 황제는 반란에 병적으로 민감해서 변방의 작은 마을에서 일어난 민란까지 금군의 기병대를 출병시켜 사방 백 리 안에 살아 있는 생명은 풀뿌리 한 포기 남겨놓지 않았던 것이다. 그런 황제가 철기방처럼 거대한 조직을 두고만 본다는 건 있을 수 없는 일이었다.

"황제를 망설이게 만드는 무언가가 철기방 안에 있군요?"

"맞다. 철기방에는 전대 황제이신 홍덕제께서 하사한 봉우금침어령(鳳友禁侵御令)이란 족자가 있다."

여린이 긴장된 목소리로 나직이 되물었다.

"봉우금침어령이면 황제의 친구가 살고 있으니 절대 침범하지 말라는 뜻……?"

"홍덕제께선 장성을 넘어 중원으로 침범한 몽골족을 정벌하기 위해 출병했다가 산해관에서 적의 계략에 빠져 큰 위기에 처한 적이 있다. 그때 황제를 구한 것이 바로 무림에서 차출한 금황군의 일원으로 참전한 방주셨다. 그 이후로도 방주와 막역한 사이를 유지하신 황제께선 방주에 대한 고마움의 표시로 자신의 사후에도 절대 명 황실에서 철기방을 공격하는 일은 없을 것이라는 맹세를 직접 적은 족자를 하사하셨다. 그게 바로 봉우금침어령이다."

"그럼 그 봉우금침어령이란 것 때문에……."

"천하의 망나니인 현 황제도 선친에 대한 효심만은 아직 남아 있는 모양이다. 환관들이 당장 출병령을 내려달라고 떼를 써도 망설이고 있는 이유가 바로 그 봉우금침어령 때문이라고 하더군."

"그렇군요. 전대 황제가 하사한 족자만 빼앗는다면, 철태산을 반란의 수괴로 수포하라는 황명을 받아낼 수 있겠군요."

"쉽지는 않을 거다. 그 족자는 열 겹, 스무 겹의 철통같은 방어막이 쳐진 수만 평에 이르는 철기방의 대장원 안에서도 가장 깊은 심처인 방주님의 처소에 보관되어 있으니까."

여린이 자신만만한 미소를 머금으며 말했다.

"세상에 완전한 요새란 없습니다. 천하의 시황이 황조의 명운을 걸고 건설했던 저 장엄한 장성이 오랑캐의 말발굽을 막아내지 못했듯, 철기방의 높다란 담장 어딘가에도 분명 작은 구멍이 뚫려 있을 것입니다."

독사성은 조금 전보다 더 늙어버린 얼굴이다.

모든 의욕이 사라진 노인 같은 눈으로 한동안 무덤덤히 여린을 쳐다보던 독사성이 피식 웃으며 말했다.

"자네라면 어쩌면 해낼 수 있을지도 모르지."

여린이 독사성을 향해 포권을 취하며 머릴 숙였다.

"협조에 감사드립니다, 독 대인. 따로이 독방을 만들어 독 대인께서 편히 거하실 수 있도록 배려함은 물론이고 최대한 빨리 자유의 몸이 될 수 있도록 최선을 다할 것을 약속드립니다."

독사성이 귀찮다는 듯 휘휘 손을 내저었다.

"다른 죄수들과 똑같이 대해주게. 그게 편하다네."

그렇게 말하곤 독사성은 지그시 눈을 감아버렸다.

여린은 독사성의 눈꺼풀이 가늘게 떨리는 걸 보았다. 여린은 어쩌면 그가 혼자 울고 싶어할지도 모른다는 생각을 했다. 그래서 하우영에게 눈짓해서 자리에서 일어섰다.

현청 깊숙한 곳에 자리잡은 집무실 문을 열고 나오며 여린은 삐져 나오는 웃음을 참을 수 없었다. 꿈에서도 소원하던 장난감을 손에 넣은 아이처럼 여린은 소리 높여 웃고만 싶었다.

"득의하고 있군."

하우영의 목소리에 여린이 흠칫 정신을 차렸다.

"예?"

하우영은 무엇이 못마땅한지 잔뜩 찌푸린 얼굴이다.

"좀 너무한다는 생각이 드는군. 어쨌든 자넨 줍포고, 난 포두야."

"독사성의 아내와 딸을 납치한 게 못마땅한 모양이군요. 그건 대명률에 어긋나는 불법 행위라 말하고 싶으십니까?"

"아닌가?"

여린이 문득 그 자리에 멈춰 섰다. 하우영을 향해 핑글 돌아서는 여린의 입가에 노골적인 비웃음이 걸렸다.

"그럼 한 가지만 묻겠습니다. 그렇게 말씀하는 하우 포두는 대명률을 꼬박꼬박 지키면서 철기방을 때려잡을 자신이 있습니까?"

"그, 그건……."

여린이 파란 안광을 내뿜으며 물었다.

"악마를 때려잡으려면 어떡해야 하는지 알고 계시오, 하우 포두?"

"……."

대답은 들을 필요도 없다는 듯 여린이 씨익 웃으며 내뱉었다.

"먼저 스스로 악마가 되는 겁니다. 아시겠습니까?"

"크흐흠……."

하우영의 굳게 다문 입술 사이로 신음이 새어 나왔다.

"피곤할 텐데 관사에 들어가 쉬십시오. 저도 오늘은 일찍 퇴청하렵니다."

늘 그렇듯 다시 한량 같은 미소를 머금은 여린이 하우영을 뒤로하고 천천히 걸음을 옮겼다.

정원 저편 어둠 속으로 멀어지는 여린의 뒷모습을 응시하며 하우영이 나직이 되뇌었다.

"악마를 잡으려면 스스로 악마가 되어야 한다라……."

순간 하우영은 땅을 밟고 서 있는 자신의 두 다리가 미세하게 떨리고 있음을 깨달았다.

그의 입가에 피식 실소가 걸렸다.

"이런이런, 저런 애송이 줍포의 기세에 질려 너 지금 떨고 있니, 하우영?"

초봄의 햇살을 받아 사금 가루라도 뿌려놓은 듯 반짝반짝 빛나는 내강(內江) 변의 깎아지른 듯한 절벽을 따라 수십 동의 정자가 자리잡고 있었다. 장강의 지류 중 하나인 내강은 봄이면 물빛이 더욱 파래지고, 강변을 따라 호위무사처럼 시립한 기암괴석들에 온갖 종류의 봄꽃들이 피어나 절경을 이루었다. 그래서 봄과 함께 수많은 상춘객들이 정자를 가득 메우곤 했다.

그 정자 중에서도 가장 높은 곳에 위치한 만경정 안에 싱싱한 회와 소홍주가 놓인 술상을 놓고 한 쌍의 선남선녀가 마주 앉아 있었다. 남자는 헌헌한 대장부였고, 여자는 한 떨기 장미처럼 화려했다.

남자의 이름은 공손무기, 군부의 최고 수장인 대장군이었다가 지금은 사천성으로 낙향하여 은둔한 공손승의 외아들이었다. 강직하고 수하들에게 늘 공명정대했던 공손승은 아직도 군부에 막강한 영향력을 행사하는 실력자였다.

"으하암!"

입을 가릴 생각도 않고 늘어지게 하품을 하며 남자를 건성으로 쳐다보는 여자는 바로 철려화였다. 세상의 인심이 변해 재물 있고 권력있는 모든 자들이 철기방을 멀리하고 있었으나, 평소 북경의 환관들조차 그 똥고집에 고갤 설레설레 흔들곤 하던 공손승만은 세상의 이목 따윈 두려워하지 않았다. 그러니 역적의 가문이 될지도 모르는 철태산의 여식과 자신의 아들을 선보였으리라. 황실과의 모든 소통이 끊긴 철기방으로서도 이 혼사가 성사되길 간절히 바랐음은 물론이다.

'따분해. 세상 모든 남자들이 따분해서 견딜 수가 없어.'

하지만 철려화의 나른한 시선은 가문의 소망과는 상관없이 공손무기의 어깨 너머 푸른 강물에 쏠려 있었다. 지금 철려화의 머리 속은 오로지 여린에 대한 생각으로 꽉 들어차 있었다. 딱 한 번의 만남으로 마음을 송두리째 빼앗아 버린 괘씸한 남자. 단언컨대 그를 얻을 수만 있다면 세상 모든 남자를 포기해도 좋으리라.

여린을 떠올리자 나른하던 눈에 생기가 돌고 입가엔 절로 미소가 번졌다.

공손무기는 철려화의 미소를 잘못 해석했다. 자신에게 한눈에 반한 여자의 항복 선언쯤으로 착각했던 것이다. 좋은 가문에 준수한 외모,

무엇 하나 빠질 조건이 없는 그로선 어쩌면 당연한 반응이었는지도 모른다.

"험험!"

두어 번 헛기침을 하며 공손무기가 목소리를 가다듬었다. 그리곤 철려화 쪽으로 상체를 기울이며 빙그레 웃었다.

"혹시 사대기서(四大奇書)를 읽어보셨나요, 철 소저?"

"아뇨."

철려화가 건성으로 대답했다.

그러나 모른다는 대답에 오히려 신명이 나는 공손무기였다.

"사대기서는 현 황조에서 쓰여진 '서유기', '삼국지연의', '수호전', '금병매' 등 네 작품을 말합니다. 사대기서는 모두 장회소설(章回小說)이지요."

"하아암!"

철려화가 다시 하품을 했다. 하지만 공손무기는 유난히 눈치가 없는 편이었다.

"그럼 혹시 장회소설에 대해선 들어보신 적 있습니까?"

"아뇨."

"장회소설이란 사람들의 입과 입을 통해 구전되다가 어느 시점에 장문의 글로 옮겨 적은 서책을 말합니다. 네 권의 회중소설 중 단연 인기가 있는 작품은 '삼국지연의'입니다. 형제 결의를 맺은 유비, 관우, 장비 삼형제가 온갖 지난을 극복하고 촉을 세운 과정은 정말 감동적이지요. 특히 제갈공명이 주도한 적벽대전의 장엄한 해전 부분에 이르면……."

"누가 듣고 싶다고 했나요?"

철려화의 뾰족한 목소리에 공손승이 멈칫했다.

"예?"

"누가 그런 따분한 얘기 듣고 싶다고 했냐고요?"

"하하! 따, 따분하다고요? 하지만 삼국지연의는 누구나 재밌어하는 대서사시로서……."

공손무기는 손수건을 꺼내 삐질삐질 땀이 흐르는 이마를 닦기 시작했다.

철려화는 이 순진하고 재미없는 청년의 체면 따윈 세워주고 싶은 생각이 추호도 없었다.

"그럼 그런 걸 좋아하는 여자한테나 가서 떠벌려요. 난 관심없어요."

"……."

공손무기는 한동안 멍한 표정이었다.

투툭.

그의 턱 밑으로 흐른 땀방울이 술상 위로 연달아 떨어졌다. 평소의 그였다면 이런 시건방진 여자를 용서할 리 만무했다. 당장 여자를 준엄히 꾸짖으며 박차고 일어서야 정상이었다.

그러나 지금 그의 눈앞에서 무엇이 그리 못마땅한지 눈꼬리를 한껏 치켜 세우고 있는 철려화는 너무도 아름다웠다. 지금껏 경험하지 못했던 그 도도함이 오히려 그를 미치도록 매료시켰다.

그래서 공손무기는 화를 내기보단 필사적으로 머릴 쥐어짜고 있었다.

어떻게든 상황을 반전시키고, 그녀로 하여금 자신의 남자다운 매력에 푹 빠지도록 만들 묘안을 찾아내느라고 말이다.

생각은 떠오르지 않고 침묵의 시간만 너무 길어졌다. 그리고 그 어색한 침묵이 이제 그를 마구 짓누르기 시작했다. 비명이라도 지르고 싶은 욕망을 간신히 억누르며 공손무기는 누구든 이 침묵을 깨뜨려 준다면 억만금을 줘도 상관없다는 생각을 하기에 이르렀다.

"저, 손님……."

그를 구원해 준 건 양손으로 쟁반을 받쳐 든 점소이였다.

"오, 그래! 무슨 일인가? 내게 무슨 용무라도 있는 건가?"

점소이가 너무도 반가워 공손무기는 눈물이라도 흘리고 싶었다.

뚱한 표정의 점소이가 그런 공손무기를 무시하고 맞은편의 철려화를 향해 말했다.

"저, 실은 소저께 전할 물건이 있습니다만……."

"내게?"

철려화가 고갤 갸웃했다.

그런 철려화 앞으로 점소이가 쟁반을 내밀었다. 쟁반 위에는 화선지 한 장이 돌돌 말려 놓여 있었다.

"웬 화선지야?"

별 생각 없이 화선지를 펼쳐 들여다보던 철려화의 눈이 부릅떠졌다.

"어, 이건 내 그림이잖아?"

그림 속에는 철려화의 옆모습이 그려져 있었다. 술상을 놓고 남자와 마주 앉아 있으면서도 남자가 아닌 강물에 시선을 던지고 있는 그녀의 도도함과 따분함, 그리고 약간의 애잔함이 잘 묻어난 일종의 미인도였다. 잘 그린 그림이었다. 특히 그녀의 복잡한 마음을 너무도 잘 표현하고 있었다.

"무슨 그림인데 그리 놀라시오, 철 소저?"

점소이 덕분에 약간의 여유를 되찾은 공손무기가 물었다.

그런 그를 철저히 무시하며 철려화가 점소이를 향해 눈을 치떴다.

"누구냐, 이런 요사스런 그림을 그린 놈이?"

"저쪽 손님께옵서……."

점소이가 턱짓으로 가리키는 쪽을 철려화가 돌아보았다.

"저, 저 남자는?!"

순간 철려화가 경악으로 눈을 부릅떴다. 바로 건너편 정자 안에서 홀로 작은 술상을 놓고 앉아 조용히 술잔을 기울이는 준수한 청년의 옆얼굴이 보였다. 여자처럼 곱상하면서도 귀티가 흐르는 얼굴. 여기저기 기운 흔적이 있는 단의 차림의 남루한 행색도 청년의 미태를 가릴 순 없었다.

"아는 청년이오?"

"……"

공손무기가 물었지만 철려화는 대답이 없다. 그저 멍한 눈으로 청년을 주시할 뿐이었다.

청년 여린이 이쪽을 돌아보며 술잔을 슬쩍 들고 빙긋이 웃어 보였다.

왠지 눈물이 흐를 것만 같아 철려화는 지그시 어금니를 깨물었다. 스윽 몸을 일으킨 철려화가 여린을 향해 성큼성큼 걸음을 옮겼다.

팔랑.

철려화가 그림을 여린의 앞에 아무렇게나 던져 놓았다.

"직업이 화공인가요?"

"화공은 아니오. 그저 내가 갖고 있는 여러 잡기 중 하나일 뿐이오."

여린이 천천히 술잔을 기울이며 태연히 대답했다. 자신과는 달리 너무도 태연한 여린의 태도에 철려화는 울화가 치밀었다. 목소리가 대번에 공격적으로 변했다.

"이건 우연한 만남인가요, 아님 의도적인 만남인가요?"

"의도적인 만남이라면……?"

철려화가 실소를 흘렸다.

"남자들이란 흔히 그러잖아요. 겉으론 대가를 바라지 않는다 어쩐다 하면서 괜찮은 가문의 여식 하나 콱 물어서 단숨에 인생 역전을 노리는 못된 심보 말이에요."

"호오, 듣고 보니 과연 그럴 수도 있겠다는 생각이 드는구려."

피식 웃으며 여린이 순금으로 만든 동전만한 크기의 연꽃과 연꽃 한복판에 좁쌀만한 야광주가 박힌 예쁜 목걸이를 내밀었다. 철려화가 여린에게 증표로 준 목걸이였다.

"어머니의 유품이 돌아왔구나!"

반가운 마음에 철려화가 냉큼 목걸이를 낚아챘다. 여린이 놀란 표정을 지었다.

"어머니의 유품이었소? 의미있는 물건이라고 생각했지만, 그처럼 소중한 목걸이인지는 몰랐소. 돌려주길 잘했다는 생각이 드는구려."

목에 건 목걸이의 야명주를 쓰다듬던 철려화가 사나운 눈초리로 여린을 내려다보았다. 한동안 여린을 쏘아보던 철려화의 눈이 이내 차분히 가라앉았다. 여린에 대한 의심이 봄눈 녹듯 사라진 것이다.

'척보면 알아. 적어도 목적을 가지고 접근할 남자는 아니야.'

철려화가 척 팔짱을 끼며 여린을 향해 장난스럽게 말했다.

"자, 이제 당신의 소원을 들어볼까요? 목걸이를 돌려주면 내 목숨을 구해준 은혜에 보답하겠다는 약속을 잊은 건 아니겠죠?"

"흐음……."

여린이 턱을 어루만지며 짐짓 심각하게 생각하는 척했다. 잠시 후 손가락으로 철려화의 얼굴을 가리키며 여린이 싱긋 웃었다.

"오늘 나와 술 한잔합시다. 술집은 내가 정하고, 돈은 물론 소저가 지불하는 거요."

"고작 술 한잔?"

철려화는 일순간 멍청한 표정이 되었다.

세상에 저런 멍청한 남자가 또 있을까? 자신은 사천 땅을 실질적으로 지배하고 있는 가문의 영애였고, 백만금을 갖고 싶다고 말했어도 소원은 당장 이루어졌을 것이다. 그런데 고작 술 한잔이라니.

하지만 그녀도 알고 있었다, 여린의 바로 그러한 점 때문에 자신이 단 두 번 만났을 뿐인 그에게 미친 듯 빠져들고 있다는 사실을.

"흥정이 이루어졌으니 일어납시다."

여린이 자릴 털고 일어섰다.

"마침 아래에 좋은 마차가 준비돼 있습니다. 그걸 타고 가십시다."

성큼성큼 앞장서 걷는 여린의 뒤를 철려화가 별말없이 뒤따랐다. 이 것도 평소의 그녀와는 다른 행동이었다. 평소 같잖은 사내놈들의 잘난 체를 끔찍이도 싫어했던 그녀는 늘 남자들과 어깨를 나란히 하고 걸었던 것이다.

"난 어쩌하면 좋겠소, 철 소저? 여기서 기다릴까요, 아님 집으로 돌아갈까요?"

불쌍한 공손무기가 언덕길을 내려가는 철려화의 뒷모습을 향해 입나팔을 만들어 소리쳤다. 철려화는 뒤도 돌아보지 않은 채 그저 오른손을 휘휘 흔들어 보일 뿐이었다.

"대체 어쩌라는 거지?"

그 손짓이 무엇을 의미하는지 몰라 공손무기는 고갤 갸웃했다.

그리고 이 가련한 청년은 그날 밤이 새도록 독한 소홍주를 다섯 동이나 비우며 철려화를 기다렸다나 어쨌다나.

"오래 기다렸지, 용마야? 지금부터 네가 수고 좀 해줘야겠다, 응?"

푸르륵!

투레질하는 말, 아니, 당나귀의 목덜미를 쓸어주는 여린을 쳐다보며 철려화는 황당한 표정이 되었다.

철려화가 손가락으로 당나귀의 등 뒤에 메어진 마차, 아니, 좀 정확히 표현하자면 투박한 수레를 가리키며 물었다.

"저, 저게 당신이 말한 좋은 마차라는 건가요? 저걸 타고 상춘객들로 북적이는 내강 변을 달리자고요?"

"이 마차가 어때서요?"

여린은 오히려 철려화의 태도가 이상하다는 반응이다.

철려화는 혹시 잘못 보지 않았나 싶어 다시 한 번 그 수레 비스름한 마차를 훑었다. 크고 볼품없는 두 개의 바퀴에 얼마 전까지 분명 짚단이나 두엄 같은 것이 실렸을 지저분하고 널찍한 바닥, 비나 눈을 가려 줄 지붕조차 없는 그것은 수레가 분명했다.

맙소사! 말도 아닌 당나귀, 그것도 두 필도 아니고 딱 한 필의 당나귀가 끄는 수레를 타고 수많은 사람들로 북적이는 강변을 달리다니…….

평소의 그녀라면 절대 불가능한 일이었다.

"뭘 망설이고 있소? 용마가 기다리지 않소?"

하지만 수레에 걸터앉아 고삐를 움켜잡은 여린이 자신을 향해 손을 내밀었을 때 철려화는 눈을 질끈 감으며 그 손을 잡아버렸다.

"끙차!"

여린이 가볍게 그녀를 들어 올려 자신 옆자리에 앉혔다.

"이럇! 가자, 용마야!"

덜그럭덜그럭!

마차는 요란한 진동음과 함께 출발했다. 철려화의 예상대로 이 기묘한 마차는 내강 변을 거니는 수많은 선남선녀들의 눈을 단번에 사로잡았다.

"호호! 저 마차 좀 봐!"

"저게 마차야, 수레야? 사람이 아니라 거름통이 실리면 딱 어울리겠구먼."

"저 비루먹은 당나귀 좀 봐요. 불쌍하게도 너무 무거운 짐을 끌고 있는 것 같네요."

"쯔쯧~ 마차를 빌릴 돈이 없으면 차라리 걸어다닐 것이지, 원."

철려화는 쥐구멍이라도 있으면 숨고 싶은 심정이었다.

여린만 혼자 무엇이 그리 즐거운지 흥얼흥얼 콧노래까지 부르고 있었다. 오전의 햇살을 받아 선량한 미소를 머금은 여린의 얼굴은 더욱 환하게 빛났다. 그의 미소에는 사람을 매료시키는 힘이 있었다. 철려화도 왠지 기분이 좋아져 가슴을 쫙 폈다. 하긴 남들의 이목 따위가 무슨 상관이란 말인가?

"안녕하시오, 소저?"

이때 한눈에도 준마로 보이는 두 필의 검은 말이 끄는 날렵한 경주용 마차 마부석에 앉은 청년 하나가 용마가 끄는 수레 옆으로 바싹 다가왔다. 부유한 집안의 자손으로 보이는 청년은 여린 따위는 싹 무시하고 철려화를 향해 노골적인 추파를 던졌다.

"제 마차로 옮겨 타시는 게 어떻겠습니까? 그 너저분한 수레는 아름다운 소저와는 어울리지 않습니다."

철려화가 여린을 힐끗 돌아보며 장난스럽게 웃었다.

"글쎄요. 제 정인의 생각이 어떨지 모르겠군요."

"소저를 포기하시오, 소형! 능력도 없는 주제에 미인을 차지하려는 건 지나친 욕심이오!"

그때까지 반응을 자제하고 있던 여린이 청년을 돌아보며 호기롭게 소리쳤다.

"좋소! 그럼 내기로 결정합시다!"

"내기요?"

"여기서부터 강변을 따라 오 리쯤 달리다 보면 당대의 고찰인 탕금사(蕩金寺)가 나올 거요. 탕금사 산문까지 먼저 당도하는 사람이 소저를 차지하는 걸로 하십시다."

"정말이오?"

"사내가 일구이언을 할까?"

"좋소! 당장 합시다!"

철려화가 황당한 눈으로 여린을 돌아보았다.

당나귀가 끄는 고물 수레와 두 필의 준마가 끄는 경주용 마차가 시합을 벌인다면, 그 결과란 뻔할 뻔 자 아닌가?

'이 작자가 미쳤나? 아님 내게 눈꼽만큼도 관심이 없다는 뜻인가?'

철려화가 슬금슬금 피어오르는 짜증기를 힘겹게 억누르고 있을 때 청년이 먼저 채찍으로 준마들의 엉덩이를 후려치며 출발했다.

"이랏! 이랏!"

우투투투투!

자욱한 흙먼지를 일으키며 청년은 순식간에 저 앞쪽으로 멀어졌다.

"으악!"

"까악!"

"피해! 치이면 죽는다!"

황망히 몸을 날려 피하는 상춘객들을 헤치고 청년은 정말 무섭게 내달렸다. 그 기세로 보아 철려화에 대한 청년의 집착을 능히 짐작할 만했다.

투걱투걱투걱!

그러거나 말거나 여린과 철려화를 태운 수레를 끄는 당나귀는 유유자적이다.

'하긴 애당초 쫓을 수가 없으니 헛힘을 쓸 필요도 없겠지.'

괜히 부아가 치밀어 철려화는 여린을 향해 퉁명스럽게 쏘아붙였다.

"당신은 나보고 술을 사라더니 스스로 약속을 못 지키게 만드는군 요?"

"무슨 소리요?"

"그렇잖아요. 저 청년과의 시합에서 패하면 난 오늘 밤을 꼼짝없이 그와 보내야 할 텐데 언제 당신과 술을 마실 수 있겠어요?"

여린이 비로소 알았다는 듯 손바닥으로 제 이마를 따악 때렸다.

"과연 그렇구려. 내가 왜 그 생각을 못 했을까?"

"지금이라도 고삐를 돌려 달아나요. 내가 보기엔 우리 두 사람이 함께 술잔을 기울일 수 있는 방법은 그것밖에 없어요."

"안 될 말이오. 남아일언은 중천금이란 격언을 평생의 좌우명으로 알고 살아가는 나요."

"그럼 더 좋은 방법을 얘기해 봐요!"

유들유들한 여린의 태도에 울화통이 치민 철려화가 버럭 고함을 질렀다.

"방법이 따로 있겠소? 그냥 우리가 이겨 버립시다."

그렇게 말하며 여린이 고삐를 가볍게 흔들었다. 당나귀의 걸음이 조금은 빨라진 것 같았다. 그러나 철려화는 고소를 금할 수 없었다. 비루 먹은 당나귀로 두 필의 준마가 끄는 경주용 마차를 따라잡을 수 있으리라곤 상상조차 할 수 없었기 때문이다.

"어어……!"

철려화의 입에서 비웃음 대신 낮은 경호성이 흘러나오는 데는 그리 오랜 시간이 걸리지 않았다.

우투투투투투!

"무, 무슨 당나귀가 이리 빨라?"

당나귀에 의해 무시무시한 속도로 끌려가는 수레 위에서 가까스로 균형을 잡으며 철려화는 바로 옆을 휙휙 스쳐 지나가는 행인들을 보았다. 그들은 방금 전 청년이 모는 경주용 마차가 지나갔을 때보다 더욱 급박하게 길 옆 풀숲으로 몸을 날리는 중이었다.

"천천히 좀 가요! 이러다 떨어지겠어요!"

급박하게 휘어진 길을 당나귀는 조금도 속도를 늦추지 않고 질주했고, 수레 바깥쪽으로 몸이 기우뚱 기울어진 철려화는 다급히 소리쳤다.

그녀의 목소리를 들었는지 못 들었는지 신이 난 여린은 이렇게 소리쳤다.

"달려라, 달려, 용마야! 철 소저께서 지켜보는데 고작 이렇게밖에 못 달리냐, 멍청한 녀석아!"

푸히히힝!

그 말을 알아듣기라도 했는지 당나귀가 사납게 포효했다. 그리고 더욱 속도를 높였는데, 그 속도가 천리마 못지않았다.

덜커덩!

"꺄악!"

돌부리에라도 채였는지 수레가 크게 요동치는 순간 철려화가 비명을 내지르며 여린의 팔을 힘주어 움켜잡았다. 웬만한 일로는 놀라지 않는 철려화도 씩씩거리며 내달리는 당나귀가 저 앞쪽으로 따라잡힌 경주용 마차의 뒤꽁무니를 발견하곤 놀라움으로 눈을 부릅떴다.

"어, 어떻게?"

청년도 자신 바로 옆으로 따라붙은 여린과 철려화를 돌아보며 눈이 화등잔만해졌다.

청년의 놀라움은 곧 분노로 바뀐 것 같았다. 청년이 삼 장은 족히 될 듯한 기다란 채찍을 흉포하게 휘둘렀다.

"달려! 달려! 비루먹은 당나귀도 따돌리지 못한다면, 네놈들을 말고기로 팔아치우고 말 테다!"

투투투투투투!

두 대의 마차가 바퀴가 닿을 듯 바싹 달라붙은 채 그리 넓지 않은 강변로를 나란히 질주했다. 수많은 행인들이 길 옆 풀숲이나 강물 속으로 몸을 내던졌다. 마차가 지나간 자리로 흙먼지가 구름처럼 일었고, 마차 바퀴에 잘게 부서진 돌 가루가 사방으로 튀었다.

"끄으으……!"

청년이 어린 쪽을 돌아보며 으드득 이를 갈아붙였다. 어찌나 세게 갈아붙였는지 그 요란한 마차 바퀴의 굉음 속에서도 철려화는 청년의 이 가는 소리를 들은 것 같았다.

왠지 청년을 좀 더 약올려 주고 싶은 생각에 그녀는 여린의 팔을 더욱 단단히 끌어안으며 청년을 향해 여봐란 듯 비릿한 조소를 날렸다.

청년의 눈에서 불똥이 튀었다.

"오, 오냐! 오늘 너와 나 둘 중 하나는 죽어야 시합이 끝난다!"

꾸우욱!

그렇게 소리치며 청년이 발밑의 구름판을 힘껏 밟았다.

철커덩!

동시에 빠르게 회전하는 경주용 마차의 축으로부터 톱날처럼 삐죽삐죽하고 기다란 창날 하나가 솟구쳤다. 근자에 들어 부유한 집안의 망나니들이 대명 철기군의 전투용처럼 마차를 개조해서 불법적인 내기 도박을 벌인다는 풍문을 철려화도 들은 적이 있었다. 하필이면 그런 마차가 자신을 공격할 줄은 꿈에서도 생각지 못한 철려화였다.

콰콰콰콰콱!

톱날처럼 삐죽삐죽한 창날이 빠르게 회전하며 여린의 수레바퀴 축으로 파고들었다. 자갈길을 달릴 때처럼 마차가 심하게 요동쳤다. 이대로 가면 오래지 않아 낡은 수레는 산산이 부서지고 말리라.

그러거나 말거나 여린은 태연히 미소를 머금은 채 고삐를 잡고 있었다.

철려화가 여린을 돌아보며 빽 소리쳤다.

"어떻게 좀 해봐, 멍청한 자식아!"

그런 철려화를 돌아보는 여린이 오히려 황당한 표정을 지었다.

"얼굴색이 허옇게 변했구려. 대체 왜 그리 불안해하시오?"

"그걸 지금 몰라서 물어? 저 뺀질거리는 녀석이 우리 수레를 박살내려고 하잖아!"

"아하~ 그것 때문에 그리 호들갑이었소?"

여린이 별일도 아니라는 듯 피식 웃었다.

울화통이 치민 철려화가 그 얄미운 옆 얼굴을 향해 막 주먹을 날리려는데, 여린이 고삐를 슬슬 잡아당기며 이렇게 중얼거렸다.

"그만 놀아야지 안 되겠다, 용마야. 소저께서 불안해하시니 이러다 너도 나도 탁배기 한 사발 못 얻어 마실 것 같구나."

키히히힝!

정말 주인의 말을 알아듣기라도 하는 듯 용마가 사납게 투레질을 했다.

쿠웅!

그러더니 갑자기 바로 옆에서 청년의 경주용 마차를 끌고 달리는 검은색 준마의 어깨를 들이받았다.

"우헤헤헤! 주인을 닮아서 미련 곰탱이 같은 당나귀야! 네 작은 몸통으로 마신(馬身)이 장대하기로 유명한 고려마를 밀어낼 수 있을 것 같으냐? 차라리 달걀로 바위를 깨드리는 게 쉽겠다, 비루먹은 당나귀야!"

청년이 채찍을 붕붕 휘두르며 득의하여 웃어젖혔다.

철려화는 괜히 얼굴이 붉어지는 느낌이었다. 청년의 말이 전혀 틀리지 않았기 때문이다.

'내가 혹시 사람을 잘못 본 거 아냐?'

철려화가 맥빠진 눈으로 여린을 돌아보았다. 여린만은 여전히 자신만만한 표정이었다.

"으이그~ 너도 다됐구나, 용마야? 저깟 늙은 똥말 두 필을 한 방에 보내지 못하다니 말이야. 이번에도 저 싸가지없는 말과 주인을 차가운 강물 속에 처박지 못하면 암컷과의 교미는 영영 끝장인 줄 알아라."

푸히히힝!

쿵!

쿠웅!

쿠우웅!

교미라는 말에 특히 자극을 받았는지 용마가 허연 콧김을 푹푹 내뿜으며 검은 말을 연달아 들이받았다.

투투투투투투!

바싹 달라붙은 두 대의 마차는 강변을 끼고 급박하게 휘어지는 관도를 질주하는 중이었다. 덩치가 자신의 반밖에 되지 않는 용마의 도발에 처음에 준마들은 꿈쩍도 하지 않았다. 하지만 용마가 두 번, 세 번, 네 번 연달아 들이받자 마침내 준마들도 조금씩 휘청이기 시작했다.

"뭐 하는 거야, 병신들아! 저깟 당나귀한테 밀렸다간 그날로 발가벗고 푸줏간에 내걸릴 줄 알아! 씨앙!"

촤악!

촤아악!

뒤늦게 사태의 심각성을 깨달은 청년이 긴 채찍을 미친년 머리채처럼 휘두르며 악을 써댔다.

여린이 그런 청년을 향해 히쭉 웃으며 나직이 내뱉었다.

"저 아이가 시원한 강물에 목욕을 하고 싶다는구나, 용마야."

쿠아아앙!

용마가 더욱 강력한 힘으로 검은 말을 들이받았고, 한 녀석이 마침내 균형을 잃고 쓰러지면서 옆에서 달리던 녀석까지 함께 쓰러뜨리고 말았다.

쿠콰콰콰콰콰!

"끄아아악! 사, 사람 살려!"

마침내 요란한 굉음과 함께 두 필의 말과 마차가 악을 쓰는 주인을 태운 채 강변 뚝방 아래로 구르기 시작했다.

풍더엉!

엄청난 물보라를 일으키며 말과 마차가 강속으로 처박혔다.

푸룽! 푸르룽!

용마는 가볍게 투레질을 하며 멈춰 서 있었다.

용마가 끄는 수레에 걸터앉은 여린과 철려화는 물속에 빠져 자신은 수영을 못한다는 둥 한 번만 살려주면 평생 형님으로 모신다는 둥 오늘의 원수는 무덤에 들어가는 순간까지 잊지 않겠다는 둥 애원과 복수의 다짐을 번갈아 반복하는 청년을 내려다보았다.

철려화가 수레에서 일어서서 청년을 가리키며 득의하여 소리쳤다.

"당나귀라고 깔보더니 꼴 좋다, 이 자식! 우리 용마가 보통 당나귀인 줄 알아? 네가 가진 똥말 천 마리하고도 안 바꿀 천하의 영물이란 말이다, 병신아!"

철려화가 문득 여린을 돌아보았다. 여린도 철려화를 보았다. 두 사람은 그렇게 한동안 서로의 얼굴을 멀뚱히 마주 보았다.

"큭!"

잠시 후 둘 중 누군가가 먼저 실소를 터뜨렸고, 실소는 곧 통쾌한 대소로 바뀌었다.

"으하하하하!"

"깔깔깔깔깔!"

여린과 철려화의 크고 밝은 웃음소리가 싱그러운 봄 하늘 위로 낭랑하게 울려 퍼지고 있었다.

"뭐 처먹을 거여, 이년아?"

강변 외진 곳에 자리잡은 초라한 객잔의 주인인 할망구는 다짜고짜 욕지거였다.

'이런 미친 할망구가……?'

철려화가 대번에 눈을 치떴다. 평소의 그녀라면 당장 탁자를 뒤엎고 시든 오이처럼 생긴 할망구의 먹살부터 틀어잡았을 것이다. 하지만 욕을 얻어먹고도 무엇이 그리 좋은지 빙글빙글 웃는 여린 때문에 그녀는 애써 화를 참았다.

철려화가 미간을 잔뜩 좁히고 객잔 안을 찬찬히 둘러보았다.

사방 벽에 기름때가 덕지덕지 묻고, 천장에 거미줄까지 쳐진 객잔은 저승 갈 날짜 받아놓은 할망구보다 오히려 더 쇠락해 보였다. 이런 냄새 나는 곳에서 쌍욕까지 들어가며 음식을 먹어야 하다니……. 철려화가 웬만 하면 그냥 일어섰으면 한다는 뜻을 담아 여린을 보았다.

철려화의 마음과는 상관없이 여린은 할망구를 향해 살갑게 인사를 건네는 중이었다.

"안녕하셨어요, 할머니?"

"안녕했다, 이놈아! 그럼 안녕 안 하고 확 뒈져 버리길 바랐느냐?"

할망구가 또다시 시비다. 그러거나 말거나 여린은 뒤통수를 긁적이며 헤헤거렸다.

"에이, 그럴 리가 있나요?"

할망구가 이번엔 철려화 쪽을 휙 돌아보며 독설을 뱉어냈다.

"대낮부터 뭐 하는 짓거리들이여, 썩을 것들아! 새파랗게 젊디젊은 연놈들이 눈이 빠져라 공부를 하든지, 쇠 빠지게 일을 해야지 해가 중천에 있을 때부터 매운탕 한 사발 처먹겠다고 예까지 기어들어 와? 끌끌~ 요즘 젊은것들이 너희처럼 게으르니 나라 꼴이 요 모양 요 꼴인 것이니라!"

쾅!

"너무하는군! 손님한테 무슨 무례한 말버릇이야, 할망구?"

철려화가 더 이상 참지 못하고 주먹으로 탁자를 내려쳤다.

"아아, 진정하시오, 철 소저. 다른 뜻이 있어서 하는 말씀은 아니오."

"계집년이 표독스럽기는……. 너, 쟤랑 당장 찢어져라! 저런 것과 혼약이라도 했다간 평생 머리털 쥐어뜯기며 살게 될 게야!"

할망구가 철려화를 흘겨보며 한마디를 덧붙였다.

"끄으으……."

거의 미쳐 버릴 지경 된 철려화는 푸들푸들 전신을 떨었다.

"예, 예. 죄송합니다, 할머니. 오늘만 마시고 내일부턴 밤낮으로 열심히 일할 테니 한 번만 봐주십시오. 저희 매운탕과 탁주 한 사발만 주세요."

"퍼뜩 처먹고 돌아가, 잡것들아!"

할망구가 큰 선심이라도 쓰듯 말하며 주방 안으로 어기적어기적 걸어 들어갔다.

"뭐예요, 저 노파?"

철려화가 여린을 향해 눈꼬리를 세웠다.

"욕쟁이 할머니요."

"욕쟁이… 할머니?"

"시원한 매운탕 맛도 맛이려니와 저 구수한 욕지거리 듣고 싶어 찾아오는 단골 손님이 한둘이 아니라오. 오륙 년 전부터 나도 단골 중 하나가 되었다오."

무엇이 그리 좋은지 허허 웃는 여린을 보며 철려화가 어깨 으쓱했다.

"욕이 좋아 단골이 되었다니, 그쪽도 참 특이한 사람이군요. 생명의 은인한테 크게 한턱 쓰려고 했는데, 고르고 고른 집이 곰팡내 풀풀 풍기는 매운탕 집이라니 의외네요."

"철 소저의 주머니 사정을 생각해서 일부러 이곳을 택했소만. 이 집에선 아무리 안주와 술을 많이 먹어도 은화 한 냥을 넘지 않는다오."

여린이 손가락을 하나 세워 보이며 너스레를 떨었다.

"괜한 걱정을 했네요. 이래 봬도 부자 아버지 덕분에 주머니는 꽤 넉넉한 편이에요."

"호오, 그래요? 아버님께서 무슨 일을 하시기에?"

"……!"

순간 철려화가 멈칫했다. 대답을 못하고 한동안 불안하게 눈알만 굴리는 그녀였다.

철려화가 여린을 향해 간신히 말했다.

"마, 마방(馬房)을 운영하세요."

"마방이오?"

"예. 사천성에서 제일 큰 대평마방이 바로 저희 아버지가 운영하시는 마방이에요."

"호오, 대평마방이라면 나도 들어 알고 있소. 철 소저의 집은 정말 대단한 부자겠구려."

"아버지가 부자지 내가 부자는 아니지요."

괜히 찔린 철려화가 엽차를 홀짝이며 샐쭉하게 말했다.

"많이들 처먹어라, 이것들아!"

쿠웅!

그때 마침 욕쟁이 할망구가 탁주와 매운탕 냄비가 놓인 쟁반을 소리나게 내려놓아 곤란해하던 철려화를 구해냈다.

"매운탕에 매운 고추를 곽곽 썰어 넣었으니 눈물깨나 쏟을 것이다, 이것들아."

욕쟁이 할망구가 기어이 한마디를 더 쏘아붙이고 돌아섰다.

"자, 이제부터 본격적으로 마셔보십시다."

여린이 철려화의 사발에 탁주를 따라주었다.

두 사람이 술잔을 부딪치며 서로를 향해 싱긋 웃었다.

"생명의 은인 여린 공자님을 위하여!"

"생명의 은인이 되도록 허락해 주신 철 소저를 위하여!"

깨끗이 비운 사발을 내려놓으며 철려화는 저도 모르게 카아 소릴 내뱉었다. 탁주의 맛이 너무도 달고 시원했던 것이다. 술이라면 친구들과 어울려 남부럽지 않게 마셔본 그녀이다. 하지만 어떤 명주도 지금 마시는 탁주만큼 입에 착착 달라붙진 않았다.

그녀가 이번에는 고춧가루를 듬뿍 뿌려 벌건 매운탕을 한 숟갈 떠올렸다.

"오오……!"

매운탕 국물을 맛본 그녀의 입에서 절로 탄성이 흘러나왔다.

"어떻소?"

"맛있어요. 아니, 단순히 맛있다는 말만으로 표현하긴 부족해요. 뭐랄까……. 가슴이 후끈 달아오르고, 머리 속은 텅 비어버리는 매운 맛이라고나 할까요? 울화가 있는 사람이 이 매운탕을 맛보면 특히 좋을 것 같아요. 세상의 어떤 근심 걱정도 이 매운탕 국물 앞에선 먼지처럼 사라지고 말 테니까요."

"거기에 욕쟁이 할머니의 구수한 욕지기까지 더해지면 금상첨화요."

여린이 철려화의 사발에 탁주를 채워주며 히쭉 웃었다.

그러나 그것만은 동의할 수 없는 철려화였다.

"그건 좀 싫군요."

"왜요?"

"단지 나이가 많다는 이유만으로 젊은 사람들에게 마구 욕을 해대는 건 꼴불견이에요."

"누군가에게 욕을 들어본 지 얼마나 되었소?"

"그야……"

누가 감히 그녀에게 욕을 할 수 있겠는가? 그녀의 그 대궐처럼 넓은 집 안에서 감히 그녀에게 욕을 할 수 있는 사람은 없었다. 유일하게 그럴 만한 사람이 있다면 그녀의 부친뿐이었는데, 여식을 끔찍이도 사랑하는 부친이 욕을 할 리도 없는지라 기억이 닿는 저 어린 시절부터 욕은커녕 큰소리 한 번 들어본 적이 없는 그녀였다.

"난 말이오, 아주 가끔은 누군가에게 시원스레 욕을 좀 먹었으면 좋겠다는 생각을 한다오."

여린이 찰랑찰랑한 사발을 입에 대며 약간은 자조적으로 말했다. 그가 탁주를 벌컥벌컥 들이킬 때마다 목 울대가 씰룩씰룩했다. 그런 여린의 목 울대를 바라보며 철려화는 저 남자가 왠지 외로워 보인다는 생각을 했다.

타앙!

여린이 술잔을 소리 나게 내려놓으며 약간은 취기가 오른 얼굴로 말을 이었다.

"내 나이 열둘에 양친을 모두 여의고 천애 고아가 되었소. 그때부터 한 마리 혈랑처럼 세상을 떠돌았지. 그 누구도 감히 내게 욕을 하지 못하도록 만드는 게 목표였고, 스물이 되기 전에 그 목표를 이루었소. 그런데… 그런데 말이오. 어느 순간부터 아무도 내게 욕을 해줄 사람이 없다고 깨닫는 순간 욕을 듣고 싶어 미치겠더란 말이오. 누군가 내 허물을 꾸짖고 시원하게 욕을 해줄 아버지 같은 존재가 말이오."

"……."

철려화는 왠지 눈물이 날 것 같았다. 사람이 느끼는 감정 중에 가장 절실한 것이 동병상련이라고 했던가? 그녀도 어려서 어머니를 여의었고, 그것이 평생의 한으로 남았다. 그런데 여린은 양친을 다 여의었다고 한다. 그가 왜 그토록 욕쟁이 할망구의 욕을 좋아하는지 이제야 알 것 같은 그녀였다.

"자, 우울한 생각일랑은 걷어치우고 마셔요! 오늘은 한 사람이 쓰러질 때까지 끝까지 가보는 거예요!"

눈물을 참기 위해 부러 술 사발을 높이 쳐들며 철려화가 호기롭게 외쳤다.

넓은 내강 너머 산봉우리 위로 붉은 노을이 걸렸다. 활짝 열린 창문 틈으로 봄기운을 흠뻑 담은 미풍이 살살 불어왔다. 탁자 위엔 이미 빈 술병이 열 개도 넘게 쌓였다. 노을빛에 취한 건지, 술기운에 취한 건지 다투듯 술 사발을 들이키는 여린과 철려화의 얼굴엔 이미 붉디붉은 홍화가 만개했다.

"지독하게도 처마서 싸는구먼. 요즘 젊은 연놈들은 정말 큰일이여. 에라이, 호랑이가 물어갈 잡것들아!"

객잔 안쪽에 딸린 골방 문을 빼꼼히 열어보며 욕쟁이 할망구가 또 욕을 한 됫박이나 쏟아놓는다.

"욕해줘서 고마워, 할망구!"

그런 할망구를 향해 술잔을 들어 보이며 소리치는 철려화였다. 그녀도 이제 할망구의 욕지기가 매운탕 국물만큼이나 시원하게 느껴졌다.

"미친년!"

타아악!

할망구가 상대하기도 싫다는 듯 방문을 거칠게 닫아버렸다.

"야, 임마! 너, 솔직히 말해봐!"

반쯤 풀린 눈으로 철려화가 여린을 향해 갑자기 소리쳤다.

"너, 나한테 흑심있지? 그래서 이렇게 마구마구 술을 퍼먹이는 거지? 응?"

"그걸 이제 알았냐? 그럼 내가 미쳤다고 애마 용마를 혹사시키면서 이 먼 곳까지 널 끌고 왔겠냐?"

여린도 이미 철려화 못잖게 취한 얼굴이었다.

그런 여린의 얼굴을 손가락으로 가리키며 철려화는 기가 막히다는 표정을 지었다.

"히야! 이 뻔뻔스런 위인 좀 보게?"

철려화가 손바닥으로 탁자를 탕탕 두드리며 큰 선심이라도 쓰듯 말했다.

"좋아! 그 솔직함이 마음에 든다! 오늘 밤 내가 너한테 한번 주고 만다! 어때? 고맙지?"

"그래, 눈물나게 고맙다!"

"짜아식! 예쁜 건 알아가지고!"

거기까지가 철려화의 한계였다. 그녀의 몸이 앞으로 천천히 기울어지는가 싶더니 기어이 탁자에 얼굴을 처박았다.

쿠웅!

그대로 곯아떨어진 철려화의 얼굴을 여린은 히쭉히쭉 웃으며 바라보고 있었다. 그의 얼굴에서 취기가 조금씩 밀려나는가 싶더니 여린의 입가에 다시 차가운 미소가 걸렸다.

달빛이 은은히 흐르는 강 한복판에 작은 수상 가옥 한 동이 둥둥 떠 있었다.

내강을 찾는 강태공들을 위해 만들어놓은 수상 가옥은 작고 초라했으나 현실의 모든 사물을 비현실적으로 만들어주는 달빛의 힘에 의해 동화 속에나 등장하는 꿈의 궁전처럼 아름다워 보였다.

그 수상 가옥의 방 한복판에서 철려화는 세상모르고 잠들어 있었다. 활짝 열어놓은 넓은 창을 통해 들어온 달빛이 꽃보다 고운 그녀의 얼굴을 환하게 물들이고 있었다.

"으응… 목 말라……."

지독한 숙취 때문에 목이 타는 듯 철려화가 미간을 찌푸리며 천천히 눈을 떴다.

"……."

낯선 천장을 마주하며 그녀는 한동안 눈을 껌뻑껌뻑했다.

그녀의 기억은 오늘 초저녁 욕쟁이 할망구의 객잔에서 큼직한 술병을 스무 개째 비우던 부분에서 끊겨 있었다. 그리고 문득 그녀의 뇌리를 스치는 의미심장하게 웃는 여린의 얼굴.

'이 작자가 설마······?!'

퍼뜩 정신을 차리며 자신의 몸뚱이를 내려다보던 철려화는 그만 입이 떡 벌어지고 말았다. 그녀는 어느새 비단 화의가 벗겨져서 희고 풍만한 가슴을 아슬아슬하게 가린 젖 싸개와 사타구니 사이를 가린 흰 무명 쪼가리로 만든 다리 속곳만 걸친 망측한 차림이었다.

"까아악!"

잠시 후 놀라움과 분노가 뒤섞인 처절한 비명이 고요하던 강변에 울려 퍼졌다. 갑작스런 비명에 놀란 물오리 몇 마리가 밤하늘로 푸드득 날아올랐다.

"내가 사람을 잘못 보았구나. 더러운 음적 놈. 내 반드시 네놈을 붙잡아 사지를 찢어 죽이고야 말리라."

십중팔구 여린이 자신을 겁탈했다고 확신한 철려화는 양팔로 가슴과 사타구니를 가리며 독랄하게 씹어뱉었다. 한순간의 실수로 청백지신을 더럽혔다는 자책감보다 여린에 대한 배신감이 더 컸다. 바득바득 이를 갈아붙이면서도 그녀의 눈가에 흐릿한 이슬이 맺힌 건 아마도 그 때문이었으리라.

십 리 밖으로 달아난 줄만 알았던 음적의 목소리가 들려온 것은 바로 그때였다.

"토사곽란 때문에 더럽혀진 소저의 옷을 빨아 말린 게 사지가 찢겨 죽을 죄라면 기꺼이 감당하겠소."

"웬 놈이냐?"

버럭 고함을 지르며 돌아보는 철려화의 시선에 문짝도 달리지 않은 수상 가옥 출입구 쪽에 등을 돌리고 앉아 낚싯대를 드리우고 있는 여린의 뒷모습이 들어왔다. 철려화가 귀신이라도 본 사람처럼 벌벌 떨리는 손가락을 들어 여린을 가리켰다.

"당신… 도대체 어떻게 된 건가요……?"

철려화를 돌아보며 여린이 빙긋 웃었다. 그리곤 오른손 엄지로 방 한쪽 벽을 가리켰다. 거기에 깨끗이 빨아 걸어놓은 철려화의 비단 화의가 있었다.

여린을 의심한 것이 부끄럽고, 여자의 몸으로 토사곽란을 한 것이 부끄러워진 철려화가 풀이 죽은 목소리로 물었다.

"내가 주사를 심하게 했나요?"

"그 정도를 가지고 주사는 무슨. 그보다 오늘 아침 혹시 잣죽을 먹지 않았소?"

"당신이 그걸 어떻게 알죠?"

여린이 짓궂게 웃으며 말했다.

"당신이 내 발밑에 오늘 먹은 걸 빠짐없이 확인시켜 주었는데 어찌 모를 수가 있겠소? 그리고 보니 편육도 먹은 것 같던데……."

"닥치지 못해! 당신, 내게 창피를 주려고 작정을 했군!"

격분한 철려화가 양손 손톱을 세우고 여린을 향해 달려들었다.

우당탕!

철려화가 여린을 찍어누르면서 두 사람은 수상 가옥의 좁은 툇마루로 한데 뒤엉켜 뒹굴었다.

"나쁜 놈! 나쁜 놈! 나쁜 놈!"

여린을 옴짝달싹 못하게 찍어누른 철려화가 양손 주먹으로 여린의 가슴패기를 마구 두들겼다.

주먹이 꽤나 매웠던지 여린이 양손을 불나게 비벼대며 애원했다.

"잘못했소. 내가 잘못했소. 제발 한 번만 용서해 주구려. 한데……."

여린이 손가락으로 철려화의 가슴을 가리켰다.

"창피를 줄 생각은 아니지만 그런 옷차림으로 남정네를 올라타고 있는 걸 누가 본다면 소저는 영영 혼삿길이 막혀 버리고 말 거요."

"꺄아악!"

비로소 자신의 부끄러운 차림새를 깨달은 철려화가 비명과 함께 몸을 빼내려고 했다.

꽈아악!

여린의 손이 그런 철려화의 허리를 단단히 끌어당기자 두 사람은 다시 얼굴을 맞대게 되었다.

"이, 이게 무슨 무례한 짓이에요? 어서 물러서지 못해요?"

입으론 화를 내고 있으면서도 철려화는 여린의 가슴 위에서 일어설 생각을 하지 않았다.

쿵쿵쿵!

밀착된 여린의 가슴을 통해 세찬 심장 박동 소리가 전해져 왔다. 일정하게 반복되는 박동 때문인지 마음이 편안해지며 철려화는 이대로 한숨 푹 자고 싶다는 생각을 했다.

입술에 뭔가 선뜩한 느낌이 든 건 바로 그때였다.

여린이 슬며시 고개 쳐들어 그녀의 입술에 자신의 입술을 갖다 대었던 것이다.

참으로 뜻밖에 찾아온 첫 입맞춤이었다. 그녀 역시 중원의 수많은 소녀들이 그렇듯 밤하늘의 만월을 올려다보며 한없이 달콤하고, 한없이 신비로운 첫 입맞춤을 상상하곤 했다. 물론 약간은 의외의 장소이고, 상대도 그녀가 최소한의 자격으로 설정했던 황실의 황태자나 명망 있는 권문세가의 자제는 아니었으나 상관없다고 생각했다.

어느 날 갑자기 생명의 은인으로 자신 앞에 나타난 이 허름한 차림의 미청년은 그런 조건 따위 단번에 상쇄시킬 만큼 이미 그녀의 마음을 송두리째 빼앗았기 때문이다.

긴장감으로 딱딱하게 굳어 있던 철려화가 물에 잠긴 솜처럼 전신의 힘을 쭉 뺐다. 그러자 입술을 헤집고 여린의 혀가 들어왔다. 달고 부드러운 감촉이었다. 어미 새가 물어온 먹이를 탐하는 어린 새처럼 여린의 혀를 정신없이 빨아대는 철려화였다.

여린이 그녀의 허리에 양손을 집어넣는가 싶더니 대번에 자세를 뒤집어 그녀의 가슴 위로 엎드렸다. 여린의 손이 철려화의 젖 싸개를 벗겨내자 알맞게 풍만하고 생고무처럼 탄력있는 젖가슴이 덜렁 튀어나왔다. 여린이 깨지기 쉬운 호리병을 만지듯 두 쪽의 젖무덤을 아주 천천히 주물렀다.

투욱!

여린의 손이 마침내 철려화의 다리 속곳까지 풀어냈다.

순간 강철 심장을 가졌다고 자부하던 철려화마저 부끄러움을 이기지 못하고 양손 손바닥으로 얼굴을 감쌌다.

"날 받아주겠어?"

철려화의 귓불을 간질이며 여린이 가늘게 떨리는 목소리로 물었다.

차마 대답을 할 수 없었던 철려화는 그저 고개만 미미하게 끄덕였다. 그와 동시에 여린의 하체가 자신의 허벅지살을 쓸며 천천히 밀려들어오는 게 느껴졌다.

마침내 사타구니 쪽에서 느껴지는 격렬한 통증.

"아아!"

여린의 목을 와락 끌어안으며 철려화가 고통과 희열이 뒤섞인 신음성을 내뱉었다.

이 남자라면,

이 남자라면…….

스무 해를 고이 간직해 온 순결이었다. 자신의 선택이 옳았음을 확인이라도 하고 싶은 듯 철려화는 여린의 목을 더욱 단단히 끌어안았다. 왠지 눈물이 날 것 같았다. 돌아가신 엄마의 얼굴이 떠올랐다.

푸르스름한 어둠 속, 훈풍에 밀려 일엽편주처럼 떠다니는 수상 가옥의 좁은 툇마루에서 젊은 선남선녀는 태초의 모습으로 뒤엉켜 있었다. 두 사람이 부끄러워할까 봐 걱정되었는지 한줄기 먹장구름이 반달을 가려주었고, 더욱 짙어진 어둠이 두툼한 솜이불처럼 두 사람의 알몸 위로 내려앉았다.

"흑흑흑!"

사혀현 현감 상관흘은 아침 햇살이 은은히 비추는 자신의 집무실 넓은 책상 너머에 앉아 그 앞에 서서 어린애처럼 눈물, 콧물을 질질 흘리는 곽기풍을 떨떠름하게 쳐다보고 있었다. 성도에서 성주 대인과의 지리한 회의를 끝내고 현으로 돌아오자마자 상관흘은 집으로 돌아가지 않고 당직 포두를 시켜 총관 곽기풍부터 급히 불러들였다.

상관흘이 수돼지처럼 축 늘어진 볼을 씰룩거리며 물었다.

"그러니까… 내가 성청에 가 있는 동안 신임 즙포사신 여린이란 애송이가 부임을 해왔고, 천둥벌거숭이 같은 그놈이 갈산악과 사문기는 물론 철기방 한주 향주인 독사성까지 잡아다 주리를 틀었다 이 말이지?"

"흑흑, 그렇습니다요."

곽기풍이 연신 소맷자락으로 눈물을 찍으며 대답했다.

그 꼬락서니가 가관인지라 상관흘이 퉁명스럽게 물었다.

"한데 자넨 왜 그리 서럽게 우는가?"

"흑흑흑! 성주 대인께옵서 외유 중인 동안 새파란 젊은것에게 당한 생각을 하니 갑자기 설움이 복받쳐서 그럽니다. 그 망할 놈의 즙포 놈은 제 사저까지 쳐들어와 순전히 공짜로 숙식을 해결하고 있습니다."

"그건 좀 이상하군. 사하현의 늙은 너구리라고 불리우는 자네가 일개 즙포에게 코가 꿰었단 말인가?"

곽기풍이 아예 넌덜머리가 난다는 표정으로 휘휘 손사래를 쳤다.

"아이고~ 말도 마십쇼. 그 지독하다는 갈산악과 사문기는 물론이고 사천성의 살인마왕으로 통하던 독사성까지 굴복시킨 독종 중의 상독종이 바로 여린이란 놈입니다. 단지 직책과 나이로 가늠할 수 있는 위인이 절대 아닙니다."

"으음……."

상관홀이 세 겹으로 접히는 두툼한 턱을 어루만지며 곽기풍의 얼굴을 주시했다. 약간의 과장이 섞긴 것 같긴 했으나 아주 거짓말은 아닌 듯싶었다.

'어쨌든 대단한 놈이로군. 아니, 위험한 놈이라고 하는 게 옳겠어.'

상관홀의 예민한 경보 장치가 경고등을 깜빡이고 있었다. 현 정국에서의 사천성은 화약고와도 같았다. 누구든 불만 당기면 수천 관쯤 되는 어마어마한 화약이 대폭발을 일으켜 그 주변에 있는 모든 인간들을 걸레쪽처럼 갈가리 찢어발기고야 말리라.

황실과 철기방의 첨예한 대립!

물론 철기방보다야 황실 쪽으로 힘의 축이 기우는 건 당연한 일이겠으나 북경 황실은 멀고 철기방은 가깝다. 모난 놈이 정 맞는다고, 섣불리 황실의 편을 들고 나섰다간 아직도 사람의 발길이 닿지 않는 오지가 지천인 사천 땅의 어딘가에서 썩은 고깃덩이가 되어 묻혀 버리는 수도 있었다.

이럴 때는 그저 미꾸라지 작전이 최고인 것이다. 물고기지만 비늘도 없이 미끌미끌해 잘 잡히지 않는 미꾸라지처럼 누구의 편도 들지 않고 조용히 숨죽인 채 이리저리 피해 다니는 것이 상책 중 상책이다.

그런데 갑자기 웬 천둥벌거숭이가 나타나 상관홀의 안락한 관료 생활을 분탕질하려 하고 있었다.

'이이제이(以夷制夷)라……!'

오랑캐는 오랑캐로 다스리라는 옛 성현의 고언을 떠올리며 새삼 은근한 눈초리로 곽기풍을 바라보는 상관홀이었다. 신임 즙포가 그처럼 만만찮은 놈이라면 저 늙은 너구리를 이용해 처단해 버리면 되리라.

괜히 자신이 직접 나섰다가 지방 관리에 대한 사찰권까지 갖고 있는 줍포사신이 이판사판이란 식으로 나온다면, 여러 가지로 골치 아픈 일들이 발생할 것이기 때문이었다.

상관흘이 참 안됐다는 표정으로 곽기풍을 위로하기 시작했다.

"쯔쯧~ 곽 총관, 자네도 늘그막에 고생이 극심하구먼. 자네로선 어쨌든 모든 수단을 동원하여 줍포란 놈을 제거해야지 달리 방법이 없겠네그려. 그래야 정년 후 식솔들과 살아갈 최소한의 재물이라도 모을 수 있지 않겠는가?"

순간 곽기풍이 울음을 뚝 그쳤다.

그리고 영활하게 빛나는 눈으로 상관흘을 똑바로 쳐다보았다. 곽기풍의 별명이 늙은 너구리라면 현감의 별명은 살찐 불여우였다. 너구리와 불여우가 붙었으니, 당연히 치열한 잔머리 대결로 불꽃이 튈 수밖에.

곽기풍이 흐릿하게 웃으며 입을 열었다.

"그 말씀은 신임 줍포에 대한 처리를 제게 일임하시겠다는 뜻으로 들립니다만……."

"아쉬운 놈이 우물 판다는 속담도 있지 않나? 신임 줍포 때문에 가장 큰 피해를 보고 있는 게 자네이니 자네의 손으로 놈을 쫓아내는 게 당연하지 않느냔 말일세."

"그 말씀은 약간 어폐가 있는 것 같군요."

곽기풍이 상관흘의 말을 싹둑 잘랐다.

"물론 멍청한 줍포사신 때문에 제가 곤경에 처한 건 사실입니다. 하지만 목숨의 위협까지 받을 정도는 아니지요. 하지만 현감 영감께선 어떠십니까? 철기방을 향해 저 홀로 전쟁을 선포한 여린을 이대로 방치할 경우, 범처럼 포악하고 매처럼 날랜 철기방의 살수들이 밤이슬을 밟으며 현감 영감의 침소를 방문할 것입니다."

곽기풍이 눈을 섬뜩하게 빛내며 말하자 그런 그의 얼굴이 꼭 범 같고 용 같다는 철기방도로 보여 상관흘은 저도 모르게 식은땀을 주르륵 흘렸다.

"자네, 지금 나를 겁박하는 건가?"

"겁박이라니요? 일개 총관인 제가 어찌 하늘 같으신 현감 영감을 겁박할 수 있겠습니까?"

느물거리는 곽기풍이 얄미워 상관흘은 눈을 치뜨고 너구리 총관의 얼굴을 뚫어져라 노려보았다. 곽기풍도 피하지 않고 상관흘의 눈빛을 받았다. 숨 막힐 듯 팽팽한 긴장감 속에 지루하게 이어지던 두 사람의 눈싸움은 결국 상관흘의 한결 누그러진 목소리와 함께 곽기풍의 승리로 끝을 맺었다.

"어쨌든 함께 방법을 찾아야 하지 않겠는가? 자네와 난 예나 지금이나 한 배를 탄 동지야."

곽기풍도 표정을 풀며 대답했다.

"그건 저도 잘 압니다. 하지만 이놈이 하도 천방지축인지라 어떤 방법을 써도 도무지 약빨이 먹히질 않습니다."

"그래도 약점 없는 사람은 없을 텐데? 놈이 혹시 돈을 탐하지 않던가?"

"황금 보기를 돌같이 하는 희한한 놈입니다."

"그럼 여자를 밝히지 않던가?"

"가끔 고자가 아닐까 생각할 정도로 여자 근처에 가는 꼴을 못 봤습니다."

"그럼 명예욕은? 고속 승진은 모든 젊은 관원들의 꿈일 텐데?"

"그런 놈이 철기방을 들이받겠습니까? 승진은커녕 언제, 어디서, 어떻게 돼질지도 모르는 일인뎁쇼."

골치가 아파진 상관흘이 양손으로 머리털을 쥐어뜯었다.

"그럼 대체 어쩌란 말야? 뭔가 약점이 있어야 그걸 꼬투리 삼아 밥맛없는 놈을 내쫓든가 할 것 아냐?"

그러던 상관흘이 번쩍 고개를 처들었다. 갑자기 기막힌 생각이 떠오른 것이다. 상관흘이 곽기풍을 향해 볼살 속으로 파고든 입꼬리를 최대한 끌어 올리며 야비하게 웃었다.

"놈에게도 가족은 있겠지? 돈도 싫고, 계집도 싫은 놈에겐 가족이 가장 큰 약점이 될 수 있다는 게 내 생각이네만."

하지만 돌아온 곽기풍의 대답은 실망스러웠다.

"이미 싹 훑어봤습니다만 천지간에 피붙이 하나 없는 천애 고아가 확실합니다. 다만……."

"다만?"

"말도 아니고 웬 비루먹은 당나귀를 한 마리 타고 다니는데, 정 붙일 곳이 없어서 그런지 이 당나귀를 친형제처럼 생각하는 것 같습니다."

혹시나 했던 상관흘의 미간이 실망감으로 다시 찌푸려졌다.

"에이~ 아무리 그렇다고 천하의 명마도 아니고 당나귀가 약점이 될까?"

곽기풍이 양손을 휘휘 내저으며 확신에 찬 어조로 말했다.

"아닙니다, 아니에요. 칠순을 넘어 본 늦둥이 아들을 대하듯 여린이란 놈, 용마란 당나귀를 끔찍이도 아끼고 있습니다. 용마를 볼모로 잡는다면 여린의 기세를 꺾을 수도 있을 겁니다."

비로소 상관흘도 관심을 보였다.

"으음… 그렇게까지 당나귀에게 집착한단 말이지? 좋아, 그럼 그 당나귀를 엮어 넣을 방법이 없을까? 아무 말썽도 피우지 않았는데 무작정 족칠 순 없는 노릇 아니야?"

곽기풍이 씨익 웃었다.

"방법이 있습니다."

"방법이 있어? 그게 뭔데?"

"이놈이 특이하게 육식을 즐깁니다."

"육식? 초식동물인 당나귀가 육식을 즐긴다고?"

"제 눈으로 똑똑히 확인했으니 틀림없습니다."

"히야~ 거, 신기한 일이로군. 어쨌든 육식을 즐기는 괴상한 습관으로 당나귀를 엮을 수 있다는 뜻인가?"

"진상고(振上庫)가 있지 않습니까?"

"진상고? 황실에 진상할 진상품을 보관해 두는 창고 말인가?"

곽기풍이 교활하게 눈을 빛내며 말을 이었다.

"바로 그곳을 말하는 겁니다."

상관흘이 꿀꺽 침을 삼키며 눈을 부릅떴다.

"자네, 설마……?!"

"진상고 안엔 춘삼월이면 북경 황실에 진상할 육포 삼천 근이 차곡차곡 쌓여 있습니다. 사천 땅은 광활한 초원 덕분에 예로부터 질 좋은 양육(羊肉)이 생산되었고, 황실에선 이 양육을 서북삼성에서 진상되는 물품 중 최고로 손꼽고 있습니다. 만약 그 미친 당나귀가 진상고에 난입하여 이 육포들을 분탕질해 놓는다면, 과연 어떤 일이 벌어질까요?"

"……."

상관흘은 잠시 할 말을 잃었다. 물론 그런 일이 벌어진다면 한낱 미물인 당나귀뿐 아니라 진상고의 관리 책임을 맡고 있는 자신조차 목이 달아날 수도 있는 중대 사건이었다. 이건 그야말로 빈대 잡겠다고 초가삼간을 태우는 격이었다.

상관흘이 떨떠름한 표정으로 곽기풍을 향해 말했다.

"아무리 그래도 그깟 미물을 때려잡겠다고 진상고를 훼손하는 건 좀……."

곽기풍이 단호한 어조로 말했다.

"그깟 당나귀가 아닙니다. 이는 여린이란 놈을 엮어 넣는 중차대한 작업이고, 이 작업의 성공 여하에 따라 현감 영감의 목숨이 왔다갔다 할 수도 있음을 유념해 주십시오."

"목, 목숨이 왔다갔다 한다고……?"

질린 듯 중얼거리며 상관흘이 저도 모르게 자신의 목을 어루만졌다.

답은 이미 나와 있었다. 목이 날아간다면 이깟 관직이 다 무슨 소용이란 말인가?

"부족한 양육은 서둘러 보충해 놓으면 어떻게든 되겠지. 좋아, 지금 당장 진상고로 당나귀를 유인하세."

그날 오후, 여린은 현청으로 돌아와 있었다.

현감 영감이 입청했다는 소식을 듣고 부임 인사차 들렀지만 현감은 또다시 외출 중이었다. 일단 다른 용무를 보자는 생각에 총관 곽기풍을 찾았지만 그도 현감과 함께 나갔다고 한다. 그래서 여린은 지난밤의 과로로 인한 여독을 풀기 위해 포두들이 숙식을 해결하는 관사로 들어가 잠시 눈을 붙이기로 했다.

여린의 애마 용마는 뒷마당 정원에서 홀로 풀을 뜯고 있었다. 평소 초식을 즐기는 편은 아니었지만 초봄에 돋는 푸릇푸릇한 새순은 나름 대로 고소한 맛이 있어서 용마는 간혹 배를 채우곤 했던 것이다. 그래도 풀은 풀인지라 용마는 별 포만감을 느끼진 못했다.

푸르륵!

용마가 갑자기 번쩍 고개를 쳐들며 아름드리 나무들 사이로 뚫린 오솔길을 돌아보았다. 오솔길 저편에서 용마가 너무도 좋아하는 향내, 즉 달콤한 양고기 냄새가 폴폴 풍겨오고 있었던 것이다.

반가운 주인을 만난 강아지처럼 꼬랑지를 살랑살랑 흔들며 용마가 경쾌한 걸음걸이로 오솔길을 걸어갔다.

오솔길이 끝나는 지점에 탁 트인 공터가 나타나고, 그 공터에 큼직한 철문이 활짝 열려 있는 거대한 창고가 보였다.

더욱 짙어진 육포 냄새는 창고 안에서 흘러나오는 게 분명했다.

킁킁킁!

절로 코를 벌름거리는 용마의 주둥이로 끈적한 침이 줄줄 흘렀다. 용마가 고갤 홱홱 돌려 좌우편을 살폈다. 본능적으로 용마는 이 창고 안에 함부로 들어가면 안 된다는 걸 느끼고 있었다. 그래서 지켜보는 사람이 없나 살펴본 것이다. 다행히 아무도 없었고, 용마는 안심하고 창고 안으로 발을 들여놓았다.

창고 안으로 들어서는 순간 용마는 그만 딱딱하게 굳어버리고 말았다.

운동장처럼 널찍한 창고의 천장에 주렁주렁 매달리고, 사방 벽에 켜켜이 쌓인 것은 분명 양고기를 말려 만든 육포였다. 그것도 막 도살한 양의 피를 모두 뽑아낸 후 정확히 반쪽으로 양분하여 큼직한 고깃덩이를 통째로 말린 상등품 중의 상등품.

투투툭!

용마의 턱 밑으로 침이 홍수처럼 흘렀다.

여린이 늘 능구렁이라고 부르는 평소의 용마라면 이 중요한 창고의 문이 문지기 하나 없이 활짝 열려 있는 상황이 뭔가 이상하다는 사실을 간파했을 것이다. 하지만 양육은 용마가 가장 좋아하는 고기였고, 눈이 뒤집힌 용마에겐 앞뒤 가릴 여유 따윈 없었다.

푸히히힝!

희열에 찬 울음을 토해내며 용마가 전방 벽에 쌓인 육포 더미를 향해 달려갔다.

용마가 쇠처럼 단단한 이마빼기로 육포 더미를 들이받자 육포가 우르르 쏟아져 내렸다.

와구와구와구!

첩첩첩첩!

쭈웁쭈웁!

펑퍼짐한 엉덩이로 주저앉아 미친 듯 육포를 씹어먹느라 용마는 미처 인기척을 느끼지 못했다. 상관흘과 곽기풍, 그리고 긴 창을 꼬나 쥐고 한 손으로 올가미를 붕붕 돌리고 있는 이십여 명의 포사가 창고 안으로 살금살금 들어서고 있었다.

이미 수십 마리 분의 육포를 먹어치우고도 또 하나의 육포 덩이를 오징어 찢듯 쭈욱 찢어발기는 용마의 뒷모습을 바라보며 상관흘이 질린 듯 중얼거렸다.

"마치 굶주린 범이 양 떼를 덮친 것 같구먼. 내 눈앞에 있는 저 짐승이 정말 당나귀가 맞긴 맞는 건가?"

곽기풍이 긴장된 표정으로 고개를 끄덕였다.

"참으로 특이한 당나귀죠. 저 특이한 습성만큼 성질도 아주 포악해서 웬만한 장정 너댓쯤은 추풍낙엽처럼 날려 버릴 수도 있답니다."

곽기풍이 뒤쪽의 포사들을 둘러보며 엄중한 목소리로 말했다.

"모두 각오는 돼 있겠지?"

"옙!"

포사들이 짧게 대답하며 용마의 배후를 포위하기 시작했다.

그제야 수상한 기척을 느낀 용마가 힐끗 뒤를 돌아보았다.

재빨리 앞으로 튀어나온 두 명의 포사가 둥글게 올무를 친 밧줄을 휘익 집어 던졌다.

꽈악! 꽈아악!

용마의 목에 걸린 밧줄을 단단히 잡아당기자 올무가 조여지면서 용마가 화들짝 놀라 일어섰다. 밧줄을 잡아당기며 두 포사가 용마를 살살 달랬다.

"워워~ 얌전히 있거라."

"널 좋은 곳으로 데려다 주려고 하는 것이니 성낼 필요 없다, 응?"

하지만 용마는 자신의 목에 무언가 걸리는 걸 세상에서 가장 싫어한 다는 사실을 그들이 어찌 알까? 한동안 상황 파악이 안 되는 듯 멀뚱히 서 있던 용마가 뜨거운 콧김을 핑핑 내뿜으며 갈기를 꼿꼿이 곤추세웠다.

곽기풍이 급박하게 소리쳤다.

"조심해라! 놈이 발작하려고 한다!"

푸히히히힝!

그러나 때는 이미 늦어서 용마가 앞발을 번쩍 쳐들며 무서운 포효성 을 토해냈다. 허리를 팅기며 용마가 그대로 양발을 내리찍었고, 돌보 다 단단한 말발굽에 가슴을 찍힌 두 명의 포사는 피를 한 말이나 토하 며 나뒹굴었다.

자신의 발밑까지 굴러와 쭉 뻗어버리는 포사를 내려다보며 상관홀 이 발작적으로 소리쳤다.

"창병! 창병! 잡아! 저놈을 붙잡아!"

"안 돼! 죽이는 건 안 됩니다!"

곽기풍이 양손을 내저으며 다급히 외쳤지만 이미 때는 늦었다. 피 떡이 된 동료들의 몰골에 눈이 뒤집힌 대여섯 명의 포사가 용마를 향 해 일제히 창을 날렸다.

'으악! 일이 너무 커져 버렸다!'

여린의 흉신악살 같은 얼굴이 떠올라 곽기풍은 등골을 타고 식은땀 이 주르륵 흘렀다.

푸히히히힝!

하지만 곽기풍은 곧 자신이 쓸데없는 걱정을 했음을 깨달았다. 자욱한 흙먼지를 일으키며 이리저리 미쳐 날뛰는 용마에게로 날아간 창들은 늙은 당나귀의 살가죽조차 뚫지 못하고 창대가 똑똑 부러져 튕겨 나갔다.

"으악!"

"꾸웨엑!"

"달아나! 저건 당나귀가 아니라 괴물이다, 괴물!"

용마의 발굽에 순식간에 대여섯 명의 포사가 이마가 깨어지고 안면이 함몰되며 사방으로 튕겨 나갔다. 곽기풍은 이제 용마가 아니라 자신의 안위부터 걱정해야 할 판이었다.

"으, 으악!"

놀라 단말마의 비명을 내지르는 그의 목전으로 성난 들소처럼 이마빼기를 곧추세우고 달려오는 용마가 화악 닥쳐 들었다. 저 이마에 받치면 뼈가 부서지리라. 곽기풍은 뒤도 돌아보지 않고 냅다 달리기 시작했다.

"헉헉헉!"

공포에 질린 포사들과 뒤섞여 창고 밖으로 달려 나오던 곽기풍은 자신의 바로 옆에서 돌부리에 걸려 요란하게 나뒹구는 상관흘을 돌아보았다.

"사, 살려주게! 나 좀 살려주게, 곽 총관!"

곽기풍을 향해 손을 내뻗는 상관흘은 이미 반쯤 넋이 나갔다.

곽기풍이 힐끗 뒤를 돌아보았다. 용마가 두 명의 포사 등짝을 옹골차게 짓밟아 버리는 게 보였다. 지금은 남의 처지나 돌볼 때가 아니라고 판단한 곽기풍은 상관흘을 버려두고 두 다리를 더욱 재게 놀렸다. 그의 등 뒤에서 상관흘의 처절한 비명 소리가 들려왔다.

"곽가 이놈아! 네가 나를 버리느냐?"

용마가 뒤쪽에서 그런 상관흘의 머리통을 덥석 물었다.

투텁고 질긴 양고기 육포를 생으로 찢어먹는 용마의 강력한 이빨이 당장이라도 머리뼈를 부수고 들어올 것만 같아 상관흘은 그만 정신이 아득해졌다.

용마에게 관자놀이 부분까지 물린 채 상관흘이 양팔을 미친 듯 휘저으며 꽥꽥 소리쳐 댔다.

"끄아악! 잘못했습니다! 잘못했습니다! 다신 심기를 건드리지 않을 테니 제발 목숨만 살려주십시오, 당나귀님!"

곽기풍과 대여섯 명의 포사가 멈춰 서서 용마에게 붙잡힌 현감 영감을 돌아보았다.

"어, 어떡하죠?"

"그냥 두었다간 송장 치울 것 같은데요."

"구해야 하지 않을까요?"

차마 덤벼들지는 못하고 포사 놈들이 불안하게 눈알을 굴리며 곽기풍을 돌아보았다.

곽기풍이 포사들을 돌아보며 퉁명스럽게 쏘아붙였다.

"그렇게 걱정되면 네놈들이 구해보든지!"

그걸로 포사들도 입을 다물고 말았다. 포사들은 자신들의 상관이 괴물 당나귀에게 우적우적 씹혀 먹히는 모습을 상상하며 부르르 몸을 떨 뿐이었다.

푸르륵푸르륵!

상관흘의 머리통을 입에 문 채 퍼런 안광을 내뿜으며 용마는 한동안 사납게 으르렁거렸다. 다행히 상관흘을 죽일 생각까진 없는 것 같았다. 한동안 사탕을 빨 듯 상관흘의 머리통을 쭉쭉 빨아대던 용마가 고갤 획 비틀어 뚱뚱한 관리를 옆 쪽으로 부우웅 날려 버렸다.

우당탕탕!

"끄에엑! 나 죽는다아!"

실 끊긴 연처럼 너울너울 날아가던 상관흘이 죽는 소릴 내지르며 땅바닥을 정신없이 뒹굴었다.

앞니가 몽땅 부러지고 코피가 질질 흐르는 처참한 얼굴을 번쩍 쳐들며 상관흘이 발작적으로 외쳤다.

"죽여! 죽여! 위군의 기병대를 동원해서라도 저 미친 당나귀새낄 죽여 버렷!"

탁탁탁탁!

관사의 침상에 엎드려 선잠을 자고 있던 여린은 요란한 발자국 소리에 잠에서 깨었다.

짜증기가 치민 여린이 방문을 열어젖히자 관사에서 휴식을 취하고 있던 수십 명의 포두와 포사가 군도와 창을 꼬나 쥐고 헐레벌떡 달려나가는 모습이 보였다. 하나같이 사색이 되어 서두르는 폼이 꼭 흉악한 비적단이라도 난입한 것 같았다.

마침 자신 옆을 스쳐 지나던 장숙과 단구를 불러 세우고 여린이 물었다.

"대체 무슨 일이야? 왜 현청이 발칵 뒤집혔어?"

장숙과 단구가 흥분에 들뜬 표정으로 말했다.

"모르셨습니까? 현청에 식인 호랑이가 난입했답니다!"

"벌써 포사 여럿이 물려 죽고, 거기다 현감 영감까지 큰 부상을 입었답니다!"

"이 백주에 호랑이가 하필이면 현청 한복판에 출몰했다고?"

여린이 이해할 수 없다는 듯 고갤 갸웃했다. 믿기 힘든 일이었으나 상황이 상황인지라 여린은 장숙과 단구를 따라 후원으로 달려갔다.

"요, 용마야!"

하나같이 창검을 꼬나 쥐고 활시위를 팽팽히 매긴 포사들이 겹겹이 포위하고 있는 것은 분명 용마였다. 포사들의 결연한 얼굴이 마치 수많은 인명을 살상한 천하의 대마두와 대치하고 있는 듯했다.

"넌 이제 죽었다, 미친 당나귀야! 맹세컨대 너를 죽이지 못하면 내 오늘 당장 관복을 벗고 현감 직에서 물러나고 말 테다! 알았냐, 괘씸한 놈아!"

포사들의 배후에서 방방 뛰며 악을 써대는 흙투성이 황색 관복 차림에 앞니가 몽땅 부러진 늙고 뚱뚱한 관원이 보였다. 그 옆에서 곽기풍이 연신 굽신굽신하는 것으로 보아 여린은 저 관원이 바로 현감이란 걸 직감했다.

'용마를 자극한 건 바로 저 영감이로군.'

저간의 사정을 대충 짐작한 여린이 빙그레 웃었다.

장숙과 단구가 심각한 얼굴로 달려왔다.

"범이 아니라 즙포사신님의 당나귀가 문제였던 것 같습니다."

"그런 것 같군."

"사신님의 당나귀가 창에 꿰어 죽게 생겼는데 왜 이리 태평하십니까? 현감 영감께 사정이라도 해봐야 하지 않겠습니까?"

"글쎄, 사정을 한다고 봐줄 것 같진 않군."

여린이 예의 그 장난스런 미소를 머금은 채 태연히 말했다. 장숙과 단구가 고갤 갸웃하고 있는데, 곽기풍이 험험 하고 헛기침을 하며 다가왔다.

여린이 곽기풍을 반갑게 맞았다.

"오, 곽 총관 아니시오? 오랜만에 뵙는구려."

곽기풍도 여린을 향해 공손히 머릴 조아렸다.

"며칠간 자릴 비우셨더군요. 무슨 급한 용무라도 있으셨던 모양입니다?"

"뭐, 별 용무는 아니었소. 그저 개인적인 용무라고만 알아두시오."

이때 멈칫하는 곽기풍의 어깨 너머에서 날카로운 음성이 들려왔다.

"국가의 녹봉을 받는 관원이 개인적인 용무 때문에 자릴 비운단 말인가?"

여린이 스윽 고갤 돌려 앞니가 몽땅 부러져 바람 빠지는 소리를 내는 상관흘을 쳐다보았다. 저 우스꽝스런 몰골의 늙은이가 현감임을 이미 짐작하고 있었지만, 여린은 곽기풍을 향해 너스레를 떨었다.

"저 우스꽝스런 몰골의 늙은이는 누구인지……?"

"현감 영감이십니다."

"이런이런, 몰라뵈어서 죄송합니다, 현감 영감. 소관은 황상 폐하의 지엄한 명을 받고 북경 도찰원으로부터 파견된 즙포사신 여린이라 하옵니다."

여린이 정중히 포권을 취하며 허리를 숙였다.

하지만 상관흘은 인사 따위나 받고 있을 기분이 아니었다.

"저 당나귀 어떻게 할 거야? 저 미친놈이 감히 진상고에 난입하여 황실에 진상할 양육을 깡그리 망쳐 놓았단 말이다!"

"저런, 그런 일이 있었습니까?"

여린이 짐짓 놀랐다는 듯 눈을 동그랗게 떴다. 그러나 입가엔 여전히 웃음이 걸린 채였다. 그 웃음이 상관흘을 확 돌아버리게 만들었다.

"지금 당장 철기방에 대한 내사를 중단하지 않으면 당나귀의 목숨은 없다! 알았나?"

여린이 희미하게 웃으며 씩씩거리는 상관흘의 얼굴을 조용히 바라보았다. 그런 여린을 지켜보며 곽기풍은 가슴이 답답해졌다. 미련 곰탱이 같은 현감 영감이 흥분을 이기지 못해 그만 하지 말아야 할 말까지 씨부리고 만 것이다. 하지만 이미 엎지러진 물이었다.

곽기풍이 다시 험험 헛기침을 하며 상관흘을 거들고 나섰다.

"웬만하면 현감 영감의 말씀에 따르시지요, 즙포사신님. 우리 현감님은 워낙 다혈질이신지라 한 번 하겠다고 하면 반드시 하고야 마는……."

"그렇게 하시죠."

여린이 곽기풍의 말을 끊으며 툭 내뱉었다.

상관흘이 핏대를 세웠다.

"그렇게 하다니? 뭘?!"

"용마가 죽을죄를 지었다면 죽어야겠지요. 그것이 지엄한 국법 아닙니까?"

"너… 너……?!"

푸들푸들 떨리는 손가락으로 자신의 얼굴을 가리키는 상관흘을 향해 여린이 씨이익 웃었다.

"물론 진심입니다. 현감 영감 못잖게 저 역시 다혈질인지라……."

곽기풍은 무언가 일이 잘못되고 있음을 깨달았다.

여린이 저런 식으로 웃을 때는 조심해야 한다. 일단 한 걸음 물러서서 차분히 상황을 되짚어볼 필요가 있었다. 그러나 그가 말리기도 전에 상관흘이 먼저 폭발하고 말았다.

"저 미친 짐승을 죽여 버려!"

쉬쉬쉬쉬쉭!

슈슈슈슈슝!

동시에 앞 열에 있던 포사들이 일제히 창을 날렸고, 뒷 열에 포진한 포사들이 화살을 발사했다.

푸히히히히히힝!

용마가 앞발을 번쩍 치켜들며 노호성을 터뜨렸다. 두 눈으론 시퍼런 불꽃이 터져 나오는 듯했고, 갈기는 깃발처럼 펄럭였다. 전신의 근육과 힘줄이 터질 듯 돌출된 용마는 그야말로 한 마리의 사나운 맹수로 변신 중인 듯했다.

곽기풍은 용마가 저 많은 창날과 화살을 막아낼 수 있으리라곤 상상하지 못했다. 다만 애마 용마를 죽여 버릴 경우, 저 골통 즙포가 또 무슨 생난리를 피울지가 걱정스러울 뿐이었다. 정작 여린은 용마의 안위 따윈 관심조차 없다는 듯 태연히 웃고 있을 뿐이었다.

왠지 불길한 예감에 곽기풍은 다시 용마 쪽을 홱 돌아보았다.

파파파파팍!

순간 그는 참으로 놀라운 광경을 목격할 수 있었다. 우박처럼 쏟아진 창과 살이 용마의 살가죽에 부딪치는 순간 마치 철벽이라도 때리는 듯 분분히 부러져 튕겨 나가고 있었다. 우박의 비를 뚫고 더욱 흉포해진 용마가 요동을 치고 있었다. 그때마다 서너 명씩의 포두와 포사들이 머리통이 터지고, 혹은 팔다리가 부러지며 추풍낙엽처럼 날아갔다.

"악!"

"끄아악!"

"우와아악!"

"피, 피해! 저건 사람의 힘으론 죽일 수 없는 괴물이다! 무조건 달아나!"

그 많은 포두들과 포사들이 힘 한 번 써보지 못하고 사방으로 뿔뿔이 흩어져 달아나기 시작했다.

상관흘만 우뚝 멈춰 서서 경악과 불신으로 찢어져라 입을 벌린 채 간신히 중얼거렸다.

"이건 꿈이야……. 이런 게 현실일 리가 없어……."

터어업!

상관흘의 머리통을 용마가 두 번째로 덥석 물었다.

푸룩푸룩!

시뻘겋게 핏발 선 눈을 치뜨고 더운 콧김을 내뿜는 용마는 이번만큼은 늙은 현감의 머리통을 순순히 놓아줄 것 같지 않았다.

꽈아악!

"크아아악! 살려줘! 살려줘!"

곰보다 강력한 용마의 어금니가 머리 거죽을 뚫고 들어오자 상관흘이 오줌까지 줄줄 흘리며 고통에 찬 비명을 내질렀다.

곽기풍이 여린의 옆에 털썩 무릎을 꿇으며 양손으로 바짓단을 잡고 늘어졌다.

"살려주십시오! 이대로 현감 영감께서 돌아가시면 사하현 현청은 풍비박산이 나고 맙니다!"

"실망입니다, 곽 총관님."

"예?"

"이 모든 소란도 결국 곽 총관님의 머리에서 나온 꽁수가 아닙니까? 총관님과는 친구가 된 줄 알았는데 이런 식으로 뒤통수를 치시는군요."

"이제 다시는 즙포사신께 항거하지 않겠습니다. 저는 물론 가족들의 목숨을 걸고 맹세합니다."

"……."

여린이 착 가라앉은 눈으로 한동안 지그시 곽기풍을 내려다보았다.

눈을 차갑게 빛내며 입으론 웃는 여린의 얼굴이 너무 섬뜩해 보여 곽기풍은 부르르 진저리를 쳤다. 그때 다시 상관흘의 처절한 비명 소리가 터져 나왔다.

"끄아아악!"

상관흘의 머리통을 물고 있는 용마의 이빨 사이로 늙은 현감이 흘린 핏물이 흥건히 고여 있었다.

여린이 핑글 몸을 돌려 용마 앞으로 다가갔다. 장숙과 단구가 걱정스런 얼굴로 그런 여린을 만류했다.

"조심하십시오."

"일단 눈이 뒤집힌 짐승은 주인도 알아보지 못합니다."

여린이 가볍게 손을 흔들어 두 사람을 안심시켰다.

"걱정 마시오. 용마와 나는 그런 사이가 아니오."

여린이 용마 바로 앞에 서서 빙긋 웃어 보였다.

"진정해라, 용마. 그만 하면 충분하지 않니?"

푸르르륵!

용마가 갈기를 더욱 꼿꼿이 세우며 자욱한 살기를 내뿜었다. 동시에 여린이 씰룩하는가 싶더니 용마의 관자놀이를 향해 냅다 주먹을 휘둘렀다.

뻐어억!

"정신 차려, 자식아! 푸줏간에 내걸려야 정신을 차릴래?!"

여린의 강력한 주먹이 쑤셔 박히자 용마의 턱이 홱 돌아갔다. 그 바람에 용마의 이빨에서 풀려난 상관흘이 맥없이 땅바닥에 픽 쓰러졌다. 죽은 듯 엎어져 있는 상관흘의 둥근 머리통을 따라 용마의 넓적한 이빨 자국이 줄줄이 패여 있는 게 확연히 보였다.

"괜찮으십니까, 현감 영감? 정신 차리십시오!"

곽기풍이 장숙과 단구의 도움을 받아 상관흘을 일으켜 앉혔다.

"끄으으… 으으으… 괴물은… 괴물은 어디에 있나……? 달아나! 괴물이 쫓아온다! 어서 달아나!"

눈을 허옇게 까뒤집은 상관흘은 이미 제정신이 아니었다.

곽기풍이 어린애를 달래듯 상관흘의 등을 두드리며 부드럽게 말했다.

"진정하십시오, 현감 영감. 용마는 줍포 여린에 의해 다시 얌전해졌습니다. 보십시오."

여린에게 몇 대 더 쥐어 터진 용마는 어느새 기가 팍 죽어 주인의 가슴에 콧잔등을 비벼대며 아양을 떨어대는 중이었다.

딱딱딱!

그러나 충격이 쉬 가시지 않은 상관흘은 파랗게 질린 얼굴로 이를 맞부딪치고 있었다. 그런 상관흘의 앞으로 여린이 다가와 쪼그리고 앉았다. 여린이 상관흘을 향해 히쭉 웃었다.

"용마의 말썽은 이쯤에서 잊어주시지요, 현감 영감."

"으으… 으으으……."

상관흘이 정신없이 고개를 끄덕였다.

그런 상관흘에게 얼굴을 바싹 들이밀며 여린이 한마디를 덧붙였다.

"또 한 가지 청이 있습니다만, 오늘 밤부터 철기방주 방태산 수포를 위해 제 휘하의 수하들을 지옥 훈련에 투입하려고 합니다. 허락해 주시겠지요?"

"허, 허락한다. 허락하고말고."

상관흘은 한시라도 빨리 용마로부터 최대한 멀리 떨어지고 싶은 생각뿐이었다.

'지옥 훈련이라고? 이건 또 뭔 개 풀 뜯어먹는 소리야?'

혹 떼려다 큼직한 혹을 하나 더 붙인 것처럼 찜찜한 기분에 곽기풍이 떨떠름하게 여린을 쳐다보았다.

第七章

여린, 철기련을 만나다

여린, 철기련을 만나다

그런데 말이야……?
우리 전에 어디선가 만난 적이 있지 않아?

그날 저녁 여린의 지시에 의해 곽기풍은 병참수 반철심을 찾았다.

현청 청사 안에서도 가장 후미진 후원에 위치한 병참간 문을 밀고 들어가는 순간 매캐한 연기와 쇠 냄새가 코를 찔렀다. 포두들이나 포사들은 병장기의 날을 갈거나 특수한 방어구 등을 구비하기 위해 종종 병참간을 찾았지만, 병장기 다룰 일이 전무한 곽기풍은 일 년에 두어 번 감사를 위해 그 너저분한 대장간을 찾을 뿐이었다.

"여어~ 오랜만이군!"

온갖 종류의 쇠붙이들이 어지럽게 널려 있는 병참간 안을 둘러보며 곽기풍이 더러운 회색 장포 차림의 반철심에게 건성으로 인사를 건넸다.

"기다리고 있었습니다."

반철심은 별 설명도 없이 곽기풍에게 열 개의 폭구가 들어 있는 가죽 허리띠와 어린이 갈산악을 제압할 때 막강한 위력을 발휘했던 오안수포, 그리고 날카로운 인조 손톱이 달린 쇠 장갑, 마지막으로 끝이 뾰족한 장화 한 켤레를 내밀었다. 곽기풍은 황당하다는 눈으로 두터운 돋보기 안경 속의 좁쌀만한 반철심의 눈을 들여다보았다.

"이게 다 뭔가?"

"호신구들입니다."

"웬 호신구가 이리 많아? 오늘 밤 내가 산적이라도 토벌하러 가는 줄 아나?"

"예."

반철심의 선선한 대답에 곽기풍이 오히려 벙찐 표정이 되었다.

"산적을 토벌하러 간다고? 내가?"

"정확히 말하면 우리지요. 즙포께서 말씀하시길 하우영, 장숙, 단구 세 분 포두와 총관님과 저, 그리고 즙포사신님만으로 이루어진 토벌대가 오늘 밤 공령산 산적들을 토벌하러 출정한다고 하셨습니다. 그러니 무공이 변변찮은 총관님을 위해 확실한 방어구를 준비하라고요."

곽기풍의 귀에 반철심의 설명 따윈 들어오지도 않았다.

공령산 산적이란 말만 빙빙 맴돌았다.

그가 간신히 되물었다.

"공, 공령산 산적이라면 혹시 청풍채(清風寨)를 말하는 것인가?"

"그렇다고 들었습니다만……."

"이런 천하의 개 호로새끼를 봤나? 내 이놈을 당장!"

격분한 곽기풍이 노호성을 터뜨리며 양손 주먹을 불끈 움켜쥐었다.

만약 어린이 이 자리에 있었다면, 단언컨대 계급장을 떼고 면상에 한 방 제대로 먹였을 것이다.

청풍채는 사천 땅에서 가장 잔인하고 세력이 강한 산채였다. 관에서조차 토벌을 포기하고, 사천 땅 구석구석을 장악하고 있는 철기방의 그늘 아래서도 소멸하지 않고 명맥을 유지할 정도로 막강한 조직력을 자랑했다.

그런 청풍채를 단지 한 명의 즙포사신과 세 명의 포두, 망치질만 할 줄 아는 병참수와 늙은 총관 하날 데리고 쳐들어가 토벌하겠다니? 그야말로 개가 하품할 노릇이었다.

"미쳐도 아주 제대로 미친놈! 이걸 두고 지옥 훈련 운운한 모양인데, 우리 여섯이 무슨 수로 그 무지막지한 청풍채 놈들을 토벌한다는 거야?"

반철심이 재빨리 곽기풍의 말을 정정해 주었다.

"여섯이 아니고 넷인데요."

"왜 넷이야?"

"즙포사신님과 전 빠집니다."

"그런 법이 어딨어?"

곽기풍이 발끈하자 반철심이 뒷머리를 긁적이며 풀 죽은 소리로 말했다.

"전 잘 모릅니다. 다만 즙포께서 말씀하시길 자신은 훈련의 참관인 역을 수행해야 하고, 저는 현청에 꼭 필요한 인재이기 때문에 위험한 토벌 작전엔 투입할 수 없다고 하셨습니다."

"육시럴 놈! 누구 목숨은 천 냥이고, 누구 목숨은 반 푼인 줄 알아?

이리 내!'

곽기풍이 반철심의 손에서 쇠 장갑을 낚아챘다.

"왼손에 끼십시오."

낑낑거리며 장갑을 낀 곽기풍이 손가락 관절이 자유자재로 꺾이는 쇠 장갑을 들여다보며 고개를 갸웃했다.

"무엇에 쓰는 물건인고?"

"폭구와 오안수포에 대해선 이미 잘 알고 계실 테고, 이건 파암수(破巖手)라는 신무기입니다."

"파암수면 바위를 부수는 손이란 뜻인가?"

"예. 이걸 한번 부숴보십시오."

그러면서 반철심이 어린애 주먹만한 짱돌 하나를 내밀었다.

콰직!

짱돌을 쇠 장갑을 낀 손아귀에 넣고 힘을 주자 대번에 박살이 났다. 좀 더 힘을 주자 가루가 되어 모래처럼 줄줄 흘러내렸다. 곽기풍이 감탄스런 눈으로 쇠 장갑을 활짝 펴고 들여다보았다.

"히야~ 파암수란 이름이 딱 어울리는 물건일세."

"오안수포와 폭구로 원거리에 있는 적을 섬멸하십시오. 그래도 접근하는 적이 있을 땐 파암수를 사용하는 겁니다. 아무리 고수라도 파암수에 걸리면 살이 찢기고 뼈가 부서질 테니까요."

"흥! 그 전에 내 목이 달아날걸."

코방귀를 뀌는 곽기풍의 눈앞으로 반철심이 장화를 내밀었다.

"십보살화(十步殺靴)입니다."

"열 걸음 안에 있는 놈은 반드시 죽일 수 있는 장화란 뜻이야?"

"바로 맞히셨습니다. 일단 한번 신어보시죠."

곽기풍이 이번엔 신고 있던 신을 벗고 양쪽 발에 장화를 신었다.

장화를 신고 이리저리 돌아다녀 봤지만 아무런 반응도 없었다.

"이게 뭐야? 아무 변화도 없잖아?"

"발뒤꿈치로 땅바닥을 세게 굴러보십시오."

"이렇게?"

피이잉!

곽기풍이 발뒤꿈치로 힘차게 땅바닥을 구르는 순간 장화의 뾰족한 끝 부분에 뚫린 작은 구멍 속에서 가는 쇠침 하나가 발사되었다. 살처럼 날아간 쇠침이 예닐곱 걸음 전방 나무 둥치 한복판에 깊숙이 박히는 걸 곽기풍은 똑똑히 보았다.

파암수를 받았을 때보다 곽기풍의 표정이 한결 밝아졌다.

"이건 좀 낫군."

"쇠침 끝에 독이 발라졌습니다. 당황하지 않고 잘만 사용한다면 산적 몇 놈쯤 어렵지 않게 제압할 수 있을 겁니다."

"좋아, 아주 좋아."

곽기풍이 반철심의 어깨를 두드리며 고개를 끄덕끄덕했다.

어쨌든 이로써 출정 준비는 끝난 셈이었다.

시커먼 먹장구름에 의해 희미한 초승달마저 가리워지고 있었다. 울창한 침엽수림은 더욱 짙은 어둠의 늪 속으로 가라앉고 있었다.

"후욱! 후욱!"

땀과 흙으로 뒤범벅이 된 얼굴로 가쁜 숨을 몰아쉬며 곽기풍은 조심스럽게 숲을 헤치며 걸어가고 있었다. 힐끗 왼편을 돌아보자 땀 한 방울 흘리지 않고 두 자루 커다란 혈부를 꼬나 쥔 채 먹이를 노리는 범처럼 전방을 노려보는 하우영이 보였다. 그의 혈부엔 이미 수많은 청풍채 산적들의 피가 엉겨붙어 뚝뚝 흐르고 있었다.

'괴물 같은 놈.'

낮게 웅얼거리며 오른편을 돌아보자 자신 못지않게 지친 표정의 장숙과 단구가 보였다. 그들의 포두복은 이미 산적들이 쏟아낸 핏물에 흥건히 젖었다. 그나마 그들에게선 사람의 냄새가 풍겨 곽기풍은 왠지 안심이 되는 느낌이었다.

그들 네 사람이 여린의 강압에 의해 공령산 정상에 있는 청풍채를 급습한 것이, 바로 지난 밤 자정 무렵이었다. 그것도 월담을 하여 몰래 급습한 것이 아니라 하우영이 쌍도끼로 청풍채의 대문을 빠개고 들어가 달려 나오는 산적들을 닥치는 대로 베어 넘기는 참으로 무지막지한 공격이었다.

어쨌든 하우영과 요즘 들어 칼 솜씨가 일취월장하고 있는 장숙과 단구는 물론 폭구 십여 개를 몽땅 소진한 곽기풍의 맹활약 덕분에 산적들 대부분은 고혼이 되고 말았다. 그리고 이 새벽까지 그들은 달아난 청풍채의 채주 황달기를 추적하는 중이었다.

'청풍채는 이미 깨어졌으니, 그깟 놈 그냥 도망치게 놔두면 좀 좋아?'

이마에서 연신 흘러내리는 땀방울이 스며들어 따끔거리는 눈가를 손등으로 훔치며 곽기풍은 툴툴거렸다. 여린은 황달기를 수포하지 못하면 이 훈련을 실패로 규정하겠다고 으름장을 놓았다. 결국 다시 훈련을 하겠다는 뜻이니 무시무시한 으름장이 아닐 수 없었다.

"망할, 난 문관이야! 그런데 이 꼭두새벽에 왜 숲 속을 헤매며 산적을 쫓아야 하느냐고!"

여린의 얼굴을 떠올림과 동시에 부아가 치민 곽기풍이 발로 풀뿌리를 몇 번 걷어찼다.

투욱!

이때 곽기풍의 발끝에 팽팽하게 잡아당긴 밧줄이 걸렸다.

"위험해!"

하우영이 단말마의 외침을 내지르며 옆쪽으로 부웅 몸을 날린 건 바로 그때였다.

곽기풍도 얼결에 앞쪽으로 넙죽 엎드렸다.

"아앗!"

"으아악!"

그와 동시에 발밑의 땅바닥이 푹 꺼지며 미처 피하지 못한 장숙과 단구가 깊은 함정 속으로 빠지고 말았다. 곽기풍은 양손으로 함정 끄트머리의 칡넝쿨을 움켜잡고 간신히 매달려 있었다. 고갤 돌려 내려다보자 함정 바닥에 주저앉아 있는 장숙과 단구가 보였다. 아마도 발목이 상한 것 같았다.

"자네들, 괜찮나?"

"저흰 괜찮으니 어서 올라가 보십시오! 산적 놈들이 매복해 있을 겁니다!"

곽기풍이 서둘러 땅바닥으로 기어오르자 과연 두 사람의 예상대로 십여 명의 산적 무리가 맹렬한 살기를 내뿜으며 자신과 하우영을 향해 짓쳐 오는 게 보였다. 그들의 선두로 다른 산적들보다 목 두 개쯤이 더 큰 거대한 신형의 황달기가 닥쳐 들었다. 하우영보다도 오히려 덩치가 큰 그는 특이하게도 하우영과 똑같은 커다란 쌍도끼를 독문 병기로 사용하고 있었다.

"내가 두목을 맡을 테니 영감은 조무래기들을 맡아!"

갑작스런 적의 출몰에 신바람이 난 하우영이 쌍도끼를 붕붕 휘두르며 달려 나갔고, 곽기풍은 난감한 표정이 되었다. 조무래기라니? 두목의 최측근에서 움직이는 수신위들인만큼 나머지 아홉 명의 산적의 실력도 결코 녹녹지는 않을 터.

카캉!

하우영과 황달기가 도끼와 도끼로 충돌하는 순간 시퍼런 불꽃이 튀어올랐다. 그런 두 사람을 지나쳐 나머지 아홉 명의 산적이 곽기풍을 향해 달려왔다.

'폭구, 폭구를 써야겠다!'

다수의 적을 상대할 땐 폭구가 가장 효과적이란 사실을 이미 청풍채에서 몸소 경험한 곽기풍이었다. 하지만 웃옷 안쪽과 허리춤을 아무리 뒤적여도 폭구는 잡히지 않았다. 정신없는 난전의 와중에 모두 소진해 버린 것이다.

"으아아아아!"

"동도들의 원수! 죽여 버릴 테다!"

대감도를 휘두르며 덮쳐 오는 두 산적을 피해 뒤쪽으로 정신없이 뒷걸음질을 치며 곽기풍이 품속에서 오안수포를 끄집어냈다.

탕!

타앙!

오안수포 두 발이 연사되었고, 막 곽기풍의 머리통을 노리고 대감도를 후려치려던 두 산적이 덜컥덜컥 전신을 진동했다.

쿵!

쿠웅!

이마에 작은 구멍이 뚫린 산적 두 놈이 땅바닥에 굉렬히 이마를 처박았다.

타앙!

타앙!

타아앙!

곽기풍이 연달아 세 발을 더 연사했고, 그때마다 한 놈씩의 산적이 핏물을 흩뿌리며 붕붕 튕겨 나갔다.

"크아아아아!"

"사지를 끊어 죽여주마, 원수 놈!"

하지만 누런 송곳니를 드러내며 악귀처럼 덤벼드는 산적들은 아직 다섯이나 남아 있었고, 아쉽게도 오안수포의 약실에는 이제 딱 하나의 대못이 장전돼 있을 뿐이었다.

타아앙!

마침내 마지막 못이 발사되었고, 선두에서 덤벼들던 산적 한 놈이 여지없이 피를 뿌리며 넘어갔다. 하지만 오안수포가 더 이상 위력을 발휘하지 못한다는 걸 깨달은 나머지 네 놈이 더욱 맹렬히 덮쳐들고 있었다.

곽곽곽!

곽기풍이 장화의 위축으로 재빨리 땅을 찍었다. 십보살화. 열 걸음 안에 들어온 적은 반드시 죽인다는, 반철심이 고안한 비장의 무기가 작동하는 순간이었다.

피잉!

피잉!

동시에 장화의 뾰족한 끝 부분에서 두 대의 독침이 발사되어 산적들의 발목에 꽂혔다.

"끄으……."

"으아아아……!"

맹독에 중독된 두 산적이 게거품을 물며 넘어갔다.

그러나 마지막 두 명의 산적은 동도들의 죽음에 겁을 먹기는커녕 더욱 흥분하여 대감도를 휘두르며 덤벼들었다. 청풍채의 산적들이 어떻게 관과 철기방의 틈바구니에서 살아남을 수 있었는지 곽기풍은 알 것 같았다.

쉬이이잉!

수염이 텁수룩한 산적이 바람을 가르며 널찍한 대감도를 휘둘러 왔다. 곽기풍이 거의 반사적으로 파암수를 낀 왼손 손바닥을 내밀었다.

까앙!

마치 쇳조각으로 바위를 때린 듯한 굉음과 함께 턱수염의 대감도가 반 동강 났다. 일순간 병찐 표정이 돼버린 턱수염의 면상을 향해 파암수를 착용한 왼 주먹을 옹골차게 내뻗는 곽기풍이었다.

퍼억!

잘 익은 수박 깨지는 소리와 함께 턱수염의 얼굴이 정말 수박 속살처럼 벌겋게 되고 말았다. 뒤쪽으로 넘어가던 턱수염이 땅바닥에 뒤통수를 처박으며 혼절해 버렸다.

"이놈! 이제 보니 실력을 감춘 고수였구나!"

눈이 뱁새처럼 찢어진 마지막 산적이 뾰족한 단창을 찔러왔다.

콰곽!

파암수를 착용한 왼손으로 창날을 움켜잡으며 곽기풍이 저도 모르게 씨익 웃었다.

고수라… 고수!

그로선 태어나 처음 듣는 말이었다. 원래 무과에는 뜻이 없었지만, 그건 어디까지나 자신에게 무인으로서의 소질이 전무했기 때문이다. 요즘 같은 난세에는 문관보다 무관이 각광을 받는 게 사실 아닌가? 무관이 되지 못했다는 이유로 짝사랑하던 여자에게 채이고, 지금의 박색인 마누라에게 장가들 수밖에 없었던 과거의 아픔이 불현듯 떠오르며 왠지 가슴이 뭉클해지는 곽기풍이었다.

"이놈들! 만기박사(萬機博士) 곽기풍님을 건드리고도 무사할 줄 알았더냐?!"

우장창!

파암수에 힘을 불어넣어 창날을 유리 잔처럼 박살 내며 곽기풍이 호기롭게 소리쳤다. 만 가지 암기를 숨긴 학식도 아주 뛰어난 고수란 뜻으로, 방금 곽기풍 자신이 생각해 낸 자신의 별호였다. 장난 삼아 지어 본 괴상한 별호였지만, 후일 이 별호가 강호를 짠하게 울릴 줄이야 누군들 짐작이나 할 수 있었으랴.

쩌거억!

"우에에엑!"

하우영의 무지막지한 도끼가 황달기의 머리통을 쪼개며 피분수가 터져 나오는 것으로 지옥 훈련은 끝이 났다.

공령산의 높다란 산봉우리로 아침이 뿌옇게 밝아오고 있었다.

산 중턱쯤 선반처럼 삐쭉이 돌출된 바위 위에 여린과 반철심은 나란히 서 있었다. 검은빛에 흰 물감을 섞어놓은 듯 푸르스름한 새벽 어둠 저 아래 서서 가쁜 숨을 몰아쉬는 하우영과 장숙, 단구, 그리고 곽기풍을 여린은 조용히 내려다보고 있었다.

여린이 얼굴은 쳐다보지도 않은 채 반철심을 향해 나직이 물었다.

"어찌 보았나?"

"뭐가 말입니까?"

"나를 도와 철기방 타도의 선봉에 설 저들을 어찌 보았느냐 말이야."

"글쎄요."

반철심이 고개를 갸웃했다.

솔직히 매일 병참간에 처박혀 쇳덩이나 주무를 뿐, 무공의 무 자도 모르는 그로선 뭐라 평가하기가 좀 그랬다. 그래서 그는 그냥 솔직한 느낌을 말하였다.

"잘은 모르겠지만 예전보다 훨씬 강해진 것 같네요. 뭐랄까, 자신감이 붙었다고나 할까요?"

"바로 그런 모습을 보고 싶었지."

흡족하게 웃으며 고갤 끄덕끄덕하는 여린이었다.

그날 이후 약 한 달 동안 공령산의 청풍채를 필두로 석주산의 혈랑채, 청수림의 호곡채, 자미령의 백골채 등이 하우영과 장숙, 단구, 그리고 곽기풍으로 이루어진 지옥 훈련조에 의해 쑥대밭이 되었다. 덕분에 사천에서 섬서로 통하는 상로가 안전하게 되어 거상이나 보부상들 사이에서 사하현의 신임 즙포사신 여린에 대한 칭송이 자자하게 되었다.

춘삼월이 되면서 관도 양옆으로 하얀 벚꽃이 만개했다.

작은 벌들이 꿀을 따기 위해 벚꽃 주변을 붕붕 날아다니는 화창한 봄날의 한낮, 늙은 당나귀가 끄는 낡은 마차 한 대가 끝없이 펼쳐진 밀밭 사이로 난 좁은 관도를 천천히 걸어가고 있었다.

졸린 눈으로 수레를 끄는 것은 용마였고, 말고삐를 잡은 사람은 여린이었으며, 여린에게 찰싹 달라붙어 어깨에 머릴 기댄 여인은 바로 철려화였다.

여린이 신기한 눈으로 수십 명의 농부가 막 물대기를 시작하고 있는 넓은 밀 밭을 둘러보았다.

"사천 땅은 밀 농사가 힘들다고 알고 있는데 이 넓은 밀 밭은 다 뭐지?"

"몰랐어요? 이곳 율창이 사천 땅에서 유일한 곡창 지대라는걸?"

"난 금시초문인걸."

"아, 맞다. 당신은 장사 때문에 일 년 전 사천 땅을 처음 밟았다고 했죠? 그러니 모르는 게 당연해요."

여린이 애정이 듬뿍 담긴 눈으로 철려화를 돌아보았다.

"그러니 앞으로도 당신이 날 잘 인도해 줘."

철려화가 주먹으로 제 가슴패기를 쿵쿵 두드리며 씩씩하게 대답했다.

"알았어요. 당신은 나만 믿고 따라와요."

"예에… 잘 알아 모시겠습니다요, 마님."

"아이~ 놀리는 건 싫어요."

여린이 그윽한 눈으로 자신의 가슴패기에 강아지처럼 얼굴을 비비는 철려화를 내려다보았다.

여자는 사랑을 하면 변한다고 했던가?

서북사봉 중에서도 가장 출중하여 수려봉으로까지 불리우던 그녀가 남정네의 가슴에 얼굴을 비비며 애교를 떨어대는 모습을 누군들 상상이나 할 수 있었겠는가? 여린은 이미 그녀의 전부가 되어 있었다. 그런 여린의 앞에서 철려화는 때론 어린애가 되고, 때론 말 잘 듣는 강아지가 되기도 했다.

여린에 대한 이런 절대적인 신뢰와 사랑 때문에 철려화는 오늘 아주 큰 결심을 했다. 여린을 집으로 데려가 가족에게 선보이기로 한 것이다. 물론 여린에겐 아직 비밀이었다.

여린이 문득 철려화를 돌아보며 고갤 갸웃했다.

"그런데 식전부터 우린 계속 어딜 향해 가고 있는 거지? 목적지는 아직 멀었소?"

"왜요? 내가 당신을 팔아먹기라도 할까 봐 무서워요?"

"무섭소. 아주 몸서리가 쳐지도록 무서워 죽을 지경이오."

"뭐예요?"

철려화가 눈을 흘기며 여린을 팔뚝을 꼬집었다.

"하하하! 농담이오, 농담!"

"한 번만 더 그런 농담을 했단 봐요. 그땐 정말 당신이란 남자를 내

노예로 만들어 버릴 테니."

여린이 문득 정색하며 말했다.

"당신의 노예가 될 수 있다면 나로선 더할 나위 없는 영광이오."

그 한마디에 그녀는 그만 감격하고 말았다.

그녀의 눈가에 어느새 그렁한 눈물이 맺혔다.

"당신이란 남잔 정말 여자의 마음을 훔치는 말만 골라서 하는군요."

"맞소. 난 도둑이오. 오직 당신의 마음을 훔치는 것만이 유일한 목적인 못된 도둑."

두 사람의 얼굴이 조금씩 가까워졌다. 코끝을 간질이는 봄 내음 속에서 두 사람의 입술이 닿고 혀가 뒤엉켰다.

푸히힝!

자기만 쏙 빼놓고 즐기는 주인이 못마땅했는지 용마가 거칠게 투레질을 했다. 덕분에 수레가 요동치며 단꿈에 빠져 있던 선남선녀는 서둘러 떨어졌다.

어색한 분위기를 깨려는 듯 여린이 험험, 헛기침을 하며 물었다.

"그런데 우린 정말 어디로 가고 있는 거요?"

"우리 집이요."

순간 여린이 흠칫했다.

"집? 철 소저의 집 말이오?"

"그래요."

"……."

대번에 표정이 굳어진 여린이 굳게 입을 다물면서 한동안 어색한 침묵이 이어졌다.

철려화가 긴장된 눈초리로 여린의 안색을 살폈다. 여자가 남자를 집으로 데려가겠다는 건 가족들에게 자신의 남자를 소개하겠다는 뜻이 된다. 그런 경우 대개의 남자는 두 가지의 반응을 보인다.

흔쾌히 허락한다면, 남자 역시 여자를 미래의 배우자로 진지하게 생각하고 있는 것이다. 하지만 나중에 보자며 발을 뺀다면, 여자를 애욕의 대상으로만 치부하고 있는 게 분명하다.

철려화가 긴장하는 건 어쩌면 당연한 반응이었다.

여린의 침묵은 한동안 더 이어졌고, 도저히 참을 수 없게 된 철려화가 가늘게 떨리는 목소리로 물었다.

"부담스러우면 다음 기회로 미룰까요?"

여린이 환하게 웃으며 고개를 천천히 가로저었다.

"부담스럽다니, 무슨 말이오? 난 그저 철 소저의 가족 분들이 날 어떻게 볼지 그게 염려스러울 뿐이오."

철려화가 여린을 와락 끌어안으며 행복에 겨운 목소리로 소리쳤다.

"당신처럼 좋은 남자를 가족들이 왜 싫어하겠어요? 아빠와 오빠도 당신을 가족처럼 맞이할 거예요!"

"그렇다면 좀 더 서두릅시다. 이럇!"

여린이 용마의 고삐를 흔들며 걸음을 재촉했다.

푸히힝!

용마가 신경질적으로 울부짖으며 속도를 높였다.

자욱한 흙먼지를 일으키며 달리는 수레는 어느새 곡창 지대를 지나 끝도 없이 펼쳐진 초원 지대를 달리고 있었다.

저 멀리로 키 작은 조랑말에 올라타 수백 마리씩의 양 떼를 이끌고 초원을 이동 중인 유목민들이 보였다. 그들과 약간 떨어져 식량과 식도구 등을 짊어진 여인들과 아이들이 줄줄이 뒤따르고 있었다. 저들이 바로 사천, 청해, 신장으로 이어지는 서북삼성의 대초원 지대를 유랑하며 중원에서 소비되는 면양(綿羊)의 구 할 이상을 생산하는 사람들이었다.

예로부터 한곳에 정착하여 흙집을 짓지 못하고 사나운 모래바람과 싸우며 천막집을 짓고 살아야 하는 그들의 삶은 지난한 것이었으나, 작금의 난세에 이르러서는 수많은 중원의 농부들이 오랜 가문과 관의 혈세를 피해 끊임없이 초원으로 유입되고 있었다. 그래서인지 평화롭던 초원에는 늘 반란의 기운이 꿈틀거리고, 각 현청이나 지청의 포두들이 변복을 하고 유목민들의 동태를 파악하기에 바빴다.

수레는 어느새 백옥초원을 지나 석집(石潗)이란 곳을 향해 치달렸다.

석집은 그야말로 사천성의 끝 자락으로, 청해성과의 접경이기도 했다. 석집에 이르러서는 양 떼를 키우는 어머니의 품 같은 초원의 푸른 빛이 조금씩 사라지고, 오로지 매운 황사만 윙윙 칼바람 소리를 내며 어지럽게 떠다니는 광활한 황무지가 펼쳐진다.

중원 천지에서 가장 강력한 생명력을 지녔다는 서북의 유목민들에게조차 삶의 터전을 내주지 않는 이 척박한 땅은 그래서 아직도 태초의 모습을 고스란히 간직하고 있었다.

그 황무지 한복판을 가로질러 용마는 내처 달렸다.

"콜록콜록."

고삐를 잡은 여린이 가끔씩 밭은기침을 토했다.

공기 중의 온갖 더러운 먼지와 이물질을 함유한 황사가 눈을 어지럽히고 코를 간질였기 때문이다. 여린이 힐끗 옆자리를 돌아보았다. 철려화는 그와는 대조적으로 황사 따위엔 끄떡도 없다는 듯 태연히 앉아 있었다. 사천의 황무지에서 나고 자라 내성이 생긴 것 같았다.

그런 그녀를 향해 여린이 히쭉 웃으며 물었다.

"이런 척박한 곳에 정말 집이 있긴 있는 거요?"

"저기!"

철려화가 갑자기 손가락을 들어 전방을 가리켰다.

여린이 철려화가 가리키는 지점으로 시선을 돌렸으나 그의 눈에는 아무것도 보이지 않았다. 더욱 짙어진 황사만이 끝도 없이 펼쳐진 황무지에 누런 성벽을 쌓아놓은 듯한 착시 현상을 일으켰다.

"아무것도 안 보이는데?"

"자세히 봐요."

휘이이이잉!

북쪽에서 서쪽으로 휘몰아치는 북서풍이 일순간 누런 황사의 벽을 옆쪽으로 잠시 밀어놓은 것 같았다. 순간 저 멀리 광활한 지평선을 가로막고 버티고 선 엄청난 위용의 장성(長城)이 시야에 들어왔다.

여린은 눈을 부릅뜨고 다시 지평선을 주시했다.

자신의 눈으로 보고도 도무지 믿을 수 없었기 때문이다.

언뜻 시황제가 흉노의 중원 침탈을 막기 위해 쌓은 만리장성처럼 보이기도 했으나, 감숙성에서 요하 땅까지 뻗어 있는 만리장성이 갑자기 서북의 변방에 나타날 리도 만무한지라 여린으로선 혼란스러울 수밖에 없었다.

"아……!"

용마의 빠른 걸음에 의해 거리가 가까워지면서 지평선을 위풍당당하게 가로막고 있는 것이 성벽이 아니라 높이 약 오 장 정도의 천연 절벽이란 사실을 여린은 알아차렸다. 칼로 두부를 썬 듯 깨끗하게 잘린 절단 면의 절벽이 황무지를 가로로 길게 가로막고 있었던 것이다.

여린이 황당한 눈으로 다시 철려화를 돌아보았다.

"설마 저런 곳에 집이 있다는 거요?"

"계속 가요."

철려화가 짓궂은 장난을 준비해 놓은 아이처럼 웃으며 말했다.

절벽의 정 중앙, 두 대의 마차가 한꺼번에 지나갈 수 있을 정도의 넓지 않은 협곡이 뚫려 있었다. 협곡 안으로 용마를 몰고 들어서며 여린은 협곡이 꼭 견고한 군성의 성문처럼 느껴졌다.

협곡 입구에 세워진 거대한 석비(石碑) 하나를 발견하고 여린이 용마를 세웠다.

"워워."

석비에 힘차게 쓰여진 문구가 시선을 잡아당겼기 때문이다.

천하인검해곡(天下人劍解谷).

하늘 아래 모든 사람이 그가 비록 황제라도 이 계곡 입구에서는 검을 풀고 무장을 해제해야 한다는 뜻이었다. 참으로 광오한 문구였다. 석비에 새겨진 문구에서 여린은 새삼 서북 지방을 황사처럼 휩쓸고 있는 반역의 기운을 느꼈다.

석비 옆쪽의 널찍한 탁자 위에는 정말 내방객들이 벗어놓은 것으로 보이는 검, 도, 창, 도끼, 비도 등의 병장기들이 수북히 쌓여 있었다.

여린이 약간 겁먹은 눈으로 철려화를 돌아보았다.

"소저의 집은 대체 어떤 가문이기에 입구부터 이리 사람의 기를 죽인단 말이오?"

철려화가 쑥스럽게 웃었다.

"그냥 통과 의례예요. 너무 신경 쓸 필요 없어요."

"나도 이걸 벗어놔야 할까?"

여린이 허리춤의 목검을 툭툭 두드리며 물었다. 철려화가 여린의 팔을 와락 끌어안으며 환하게 웃었다.

"당신은 제 정인이세요. 누가 감히 당신께 무장 해제를 요구할 수 있겠어요?"

투격투격!

그래서 여린은 목검을 찬 채 용마를 몰고 계곡 안으로 들어갈 수 있었다.

계곡 안으로 들어갈수록 여린은 벌린 입을 다물 수가 없었다. 그리 넓지 않은 계곡 양옆으로 깎아지른 듯한 바위 면이 솟아 있었는데, 그 바위 면을 따라 벌집처럼 수백 개의 동굴이 뻥뻥 뚫려 있는 게 보였다. 하나같이 동굴 아래로 기다란 줄 사다리가 늘어져 있는 것으로 보아 동굴마다 사람이 살고 있는 게 분명했다.

감숙 땅의 돈황(敦惶)이란 지역에선 아직도 많은 사람들이 굴을 파고 혈거 생활을 하고 있다고 들었지만, 돈황과 수천 리 떨어진 이곳 사천의 황무지에서 혈거인들을 목격할 줄은 꿈에서도 상상 못했던 여린이다.

"외원(外院)이란 곳이에요."

여린의 궁금증을 간파했는지 철려화가 말했다.

"외원? 그럼 이곳도 집의 일부란 뜻이오?"

"맞아요. 우리 집은 외원, 내원, 상원 세 부분으로 구성돼 있는데, 그 중에서도 외원은 경비를 담당하는 곳이죠."

"그럼 저 동굴 속에 사람이 살고 있소?"

여린이 새삼 놀라운 눈으로 동굴들을 올려다보았다.

철려화가 빙긋 웃으며 대답했다.

"물론이에요. 그들은 지금 당신을 살펴보고 있을 거예요."

파아앗!

파아앗!

파아아앗!

철려화의 말이 끝나기가 무섭게 여린의 머리 위 동굴 속에서 십여 개의 인영이 살처럼 쏟아져 나왔다.

처처처처척!

오 척 단구에 살이 옆으로만 퍼진 땅딸보 중년인을 필두로 하나같이 손에 날카로운 대못이 삐쭉삐쭉 튀어나온 낭아곤을 꼬나 쥐고 가슴과 등짝엔 각각 '철(鐵)' 자와 '혈(血)' 자가 새겨진 둥근 쇠 방패를 두른 흉포한 느낌의 철기방 문도들이 용마 앞으로 내려서며 길을 막았다.

여린은 눈을 사납게 치뜨고 앞으로 나서는 땅딸보 중년인을 내려다보았다.

중년인은 누런색 마부복(馬夫服)에 다른 문도들과는 달리 등짝에 커다란 수레바퀴를 단단히 묶어두고 있었다. 수레바퀴를 등짝에 짊어지고 다니는 기인이라니? 여린은 혹시 중년인이 미친 건 아닌가 하여 그의 얼굴을 다시 한 번 찬찬히 살폈다.

하지만 형형하게 빛나는 두 눈과 전신을 타고 흐르는 범상치 않은 기도에서 중년인이 상승의 무인이란 걸 어렵지 않게 알 수 있었다.

철려화가 중년인을 향해 뾰족하게 쏘아붙였다.

"마 원주는 이제 내게 인사도 하지 않을 셈인가요?"

그러자 여린의 신수를 찬찬히 살피고 있던 중년인은 퍼뜩 정신을 차리며 철려화를 향해 정중히 머리를 숙였다.

"노복의 만류에도 불구하고 또 외유를 감행하셨더군요, 소공녀. 이번엔 앞을 가로막는 제 수하 두 놈을 반병신으로 만드셨다지요?"

철려화가 눈꼬리를 치켜 세우며 당당하게 말했다.

"한 번만 더 내 앞을 가로막아 봐요. 그땐 정말 외원이 현판을 내리도록 만들어줄 테니."

"끄응……."

중년인이 쓴 물이 넘어오는 듯한 표정을 지었다. 천방지축의 소공녀는 지금 집안 사정이 얼마나 화급하게 돌아가는지 전혀 모르고 있는 게 분명했다. 그러지 않다면 저렇듯 무사태평일 수는 없었다.

그새를 못 참고 여린과 히히덕거리는 철려화를 보며 외원 원주 마축지는 속으로 끌끌 혀를 찼다.

빈정이 상한 마축지가 손가락으로 여린의 얼굴을 겨누며 엄하게 소리쳤다.

"저 기생오라비 같은 자식은 누굽니까?"

순간 철려화의 얼굴이 험악하게 일그러졌다.

"지금 뭐라고 했나요, 마 원주?"

"제가 뭘 잘못 말했습니까, 소공녀님? 희멀건한 얼굴 하며, 실실거리는 웃음 하며, 영락없이 기생오라비로 보입니다만……."

"죽고 싶나, 마축지?!"

여린을 보아 참고 있던 철려화가 격분하여 소리쳤다.

그런다고 물러설 외원 원주 마축지가 아니었다.

"예, 죽고 싶습니다. 가문은 존망의 위기에 빠졌는데 허구한 날 월담이나 하시더니, 이젠 근본조차 모르는 사내 녀석을 끌고 돌아오시는 소공녀님 때문에 딱 죽고만 싶습니다."

"끄으으……."

철려화가 어금니를 으드득 갈아붙이며 마축지를 죽일 듯 노려보았다. 마축지도 지지 않고 철려화의 눈빛을 받아냈다. 한동안 숨 막히는 긴장감 속에 두 사람이 대치하자 마축지 뒤쪽에 서 있던 십여 명의 외원 방도들만 죽을 맛이었다.

그들도 마축지가 오랜 세월 철려화의 수신위를 맡아 두 사람이 친삼촌과 조카처럼 허물없는 사이란 걸 알고 있다. 하지만 그 허물없음이 문제라 두 사람의 충돌은 때때로 엄청난 분란을 일으키곤 했다.

"험험!"

불편해진 여린이 낮게 헛기침을 하자 철려화의 표정이 약간 누그러졌다.

철려화가 아직도 기세 등등한 마축지를 향해 백 번 양보한다는 투로 말했다.

"어서 여린님께 사과해요. 그럼 오늘의 무례는 없던 일로 해줄게요."

"사죄라뇨? 전 오히려 제게 주어진 신성한 임무대로 기생오라비 같은 친구에게 몸 수색을 요청할 생각이었습니다만……."

"몸, 몸 수색? 어떻게 감히 그런 망발을!"

여린에게 미안하고 부끄러운 마음에 철려화의 얼굴이 대번에 하얗게 질려 버렸다. 그러거나 말거나 마축지는 유들유들 웃는 얼굴이다.

"잊으셨습니까, 소공녀님? 가주님의 지엄한 명에 따라 가문으로 들어오는 모든 외인은 검해곡에서 병장기를 풀어놓고, 외원 원주인 제가 직접 몸 수색을 하도록 돼 있습니다."

"그 입 다물지 못할까!"

격분한 철려화가 박차고 일어섰다.

여린이 그런 철려화의 소맷자락을 잡아당기며 달래듯 말했다.

"진정하시오, 소저. 원칙이 있다면 원칙대로 따르면 그만이오."

"하지만……."

여린이 수레 아래로 냉큼 내려섰다. 마축지 앞으로 다가간 여린이 정중히 포권을 취했다.

"소생은 여린이라 하옵니다. 얼굴이 흰 것은 어머니의 얼굴이 유난히 희어서이고, 늘 웃음을 머금고 다니는 건 찡그리고 다니는 것보다 낫다고 생각했기 때문입니다. 그러니 너무 미워 마시고 어여삐 보아주십시오."

'이놈 봐라?'

마축지가 이채를 띠고 싱글싱글 웃는 여린의 얼굴을 들여다보았다.

어디서 칼 한 자루 들 힘조차 없는 백면서생을 데려왔나 했더니, 제법 강단이 있어 보인다. 마축지의 목소리도 약간은 누그러졌다.

"험험, 아까도 말했다시피 집 안으로 들어가려면 몸 수색을 받아야 하네. 괜찮겠는가?"

"물론입니다."

여린이 순순히 양팔을 들어올렸다.

마축지는 먼저 여린의 허리춤에 걸린 빨래방망이 같은 목검을 툭툭 건드렸다.

"이건 뭔가?"

"목검입니다."

"목검? 어린애도 아니고 웬 목검을 차고 다니나?"

"진검을 뽑을 만큼 검술이 뛰어나지도 않을뿐더러 또한 사람을 상하게 하고 싶지도 않기 때문입니다."

'사람을 상하게 하고 싶지 않다고? 널 죽이겠다고 목에 칼을 들이미는 놈에게도 그런 말이 나오나 한번 보자.'

여린의 나약한 대답에 마축지는 그만 기분을 확 잡치고 말았다. 조금이나마 여린에게 가졌던 호감이 순식간에 사라져 버렸다. 타고난 무골인 마축지는 여린 같은 위선자들을 가장 싫어했다. 강호는 오직 죽느냐, 죽이느냐의 두 가지 선택만 강요받는 살벌한 세상. 그런데 사람을 상하게 하고 싶지 않다니? 그런 말은 이미 초절정의 반열에 오른 십상성(十上星) 정도가 적에게 은혜를 베풀 때나 할 수 있는 말이었다.

이처럼 군자입네 하는 놈이 꼭 등 뒤에서 칼을 박아 넣는다는 생각을 하며 마축지가 여린을 향해 퉁명스럽게 내뱉었다.

"위쪽은 대충 훑었네. 한데 아래쪽은 어떻게 하지?"

"아래쪽이라면……?"

마축지가 손가락으로 여린의 사타구니를 가리키며 이죽거렸다.

"아랫도리 말이야, 아랫도리!"

"미쳤어, 마 원주!"

격분한 철려화가 여린의 옆으로 살처럼 달려왔다.

여린이 손을 뻗어 당장이라도 마축지를 향해 달려들려는 마축지를 제지했다.

"진정하시오."

"당신은 물러서 있어요! 저 심퉁맞은 홀아비 영감은 당신이 아니라 지금 내게 시비를 걸고 있는 거라구요!"

"당신이 이럴수록 오히려 날 모욕하는 게 된다는 걸 모르겠소?"

여린의 침중한 목소리에 철려화가 멈칫했다. 늘 미소를 머금고 있던 여린의 얼굴에서 웃음기가 사라진 것을 보고 철려화는 덜컥 겁이 났다.

"잠깐 뒤돌아서 계시오."

여린이 짧게 명령하자 철려화가 말 잘 듣는 어린애처럼 돌아섰다.

마축지로선 기가 막힐 노릇이었다. 그 대단한 성정 때문에 집안 사람들 사이에선 활화봉으로까지 불리우는 그녀였다. 그런 소공녀가 여린의 한마디에 꼬랑지를 내리는 모습은 참으로 대단한 변화가 아닐 수 없었다.

화악!

이때 여린이 갑자기 입고 있던 황색 단의의 바지를 발목까지 끌어내려 버렸다. 상념에 잠겨 있던 마축지는 갑자기 드러난 여린의 양물을 보고 화들짝 놀랐다. 게다가 곱상한 외모와는 달리 양물은 역발산의 기세를 자랑하는 장수처럼 크고 우람하기 그지없었다.

"꼴깍!"

침 넘어가는 소리에 마축지가 흠칫 뒤를 돌아보았다. 수하 놈들이 자신과 똑같은 표정으로 여린의 아랫도리에 시선을 박고 있었다. 남자란 동물은 늙으나 젊으나 커다란 물건을 가진 다른 수컷에겐 열등감을 느끼기 마련이었다.

"됐으니 그만 옷을 입으시게."

마축지가 쓰게 입맛을 다시며 말했다.

"미안해요! 당신에게 정말 면목이 없어요!"

눈물을 흘리며 달려온 철려화가 막 옷매무시를 가다듬은 여린을 으스러져라 안았다. 여린을 끌어안은 채 철려화가 마축지를 향해 핏대를 세웠다.

"조심해, 마 원주. 오늘의 수모에 대해선 반드시 대가를 치르게 될 테니."

"험험! 직책상 부득의한 일이었으니 너무 노여워 마십시오, 소공녀."

철려화의 으름장에 마축지가 슬그머니 꼬랑지를 내렸다.

그가 계곡 사이로 길게 뻗은 협로를 가리키며 철려화를 향해 공손히 머릴 숙였다.

"들어가시지요."

"흥!"

철려화가 코방귀를 날리며 여린의 팔을 붙잡고 수레로 돌아갔다.

투걱투걱!

여린이 고삐를 가볍게 흔들자 졸음에 겨운 눈의 용마가 다시 천천히 걸음을 옮기기 시작했다.

"으음……."

협로 안쪽으로 멀어지는 여린의 뒷모습을 바라보며 마축지는 침음을 흘렸다.

수하 한 놈이 다가와 마축지의 눈치를 살피며 물었다.

"뭔가 석연찮은 점이라도 있습니까, 원주? 그럼 내원에 미리 연통을 넣어 알려주시지요."

"태양혈도 돌출되지 않았고, 삼단전을 두루 훑어보았으나 반 갑자의 내력도 느껴지지 않았다. 결국 무공만으로 놓고 본다면 삼류라는 뜻인데……."

"그런데요?"

"내 얼굴이 어떻게 생겼냐?"

손가락으로 제 얼굴을 가리키며 마축지가 불쑥 수하를 향해 물었다.

수하란 놈이 피식 웃으며 별 생각 없이 대꾸했다.

"몰라서 물으십니까요? 원주님 인상빨은 전 방도들이 다 압니다. 잘 놀던 어린애도 원주님 얼굴을 한 번만 보면 경기를 일으키지 않습니까?"

쿵!

"으악!"

마축지의 주먹이 머리통으로 내리 꽂히자 수하 놈이 죽는 소릴 내질렀다.

"네놈들 얼굴도 만만치는 않아, 이것들아!"

수하들을 향해 버럭 고함을 질러준 마축지가 이상하다는 듯 다시 고갤 갸웃했다.

"아무리 담이 큰 놈이라도 일단 우리처럼 인상빨이 더러운 위인들이 앞을 가로막으면 심장이 벌렁벌렁해야 정상 아니냐?"

"그렇지요."

"한데 이놈은 평온해도 너무 평온하더란 말이지. 좀 이상하지 않아?"

"글쎄요. 저흰 잘 모르겠는데요."

"원래 좀 무딘 놈이 아닐까요?"

수하 놈들이 뚱한 표정으로 말했다.

가슴이 답답해진 마축지가 수하들의 얼굴을 외면하며 여린의 모습이 사라져 버린 협로 저 안쪽을 바라보았다.

"아까 가슴을 훑을 때 손바닥을 통해 미약한 경력을 흘려보냈어. 그런데도 일말의 동요도 없었지. 무공을 숨기고 있는 건가, 아님 원래 터무니없이 담이 큰 녀석인가?"

협로가 끝나고 좁은 길은 까마득한 절벽에 가로막혔다. 절벽을 타고 구절양장처럼 구불구불한 소로가 이어졌다. 하늘을 향해 끝도 없이 이어진 소로를 올려다보며 여린은 절벽 안쪽에 있는 사람들이 밖으로 나온다면 모를까, 밖에 있는 사람들이 안에 있는 사람을 공격하는 건 거의 불가능하겠다는 생각을 했다.

"저 절벽 너머가 내원이에요."

여린의 옆에서 철려화가 설명했다.

"시간이 없어요. 빨리 가요."

철려화의 재촉에 여린이 다시 고삐를 흔들었고, 가파른 길을 힘겹게 오르게 된 용마가 불만스럽게 투레질을 하며 떨어지지 않는 걸음을 옮겼다.

휘이이잉!

두 시진 만에 여린과 철려화는 절벽의 정상에 오를 수 있었다.

험산의 정상에라도 오른 듯 강한 바람이 여린과 철려화의 얼굴을 때렸다.

그러나 여린이 귀신이라도 만난 사람처럼 입을 쩍 벌리고 있는 건 바람 때문이 아니었다. 높다란 절벽 저 아래쪽으로 광활하게 펼쳐진 푸른 초원 지대에 북경의 자금성처럼 수많은 고루거각들이 광활하게 펼쳐져 있었기 때문이다.

이건 장원이 아니라 아예 하나의 도시였다. 치밀한 안배에 의해 널찍널찍한 관도가 뚫리고, 그 관도의 배치에 따라 주택가와 연무장과 높고 낮은 거각들이 알맞게 자리잡은, 오랜 세월에 걸쳐 형성된 계획 도시가 분명했다. 도시의 한복판을 종단하는 인공 운하는 아마도 황무지 한복판에 형성된 도시를 비옥한 초원 지대로 만들어주고 있으리라.

여린이 열병을 앓는 사람처럼 간신히 중얼거렸다.

"이, 이게 대체 무슨 도시요? 나는 이 황무지 한복판에 이런 거대 도시가 존재한다는 소린 들어보지도 못했소."

"이곳이 바로 철기방의 본산(本山)이에요."

"철기방? 사천의 패주이자 그 무력만으론 이미 구파일방을 능가한다는 철기방?!"

여린이 경호성을 내질렀다.

그런 여린의 얼굴을 철려화가 엄청 미안한 눈으로 쳐다보았다.

여린에게 자신의 신분을 밝히지 않은 것은 정인에게 부담을 주기 싫어서였다. 아니, 좀 더 솔직히 말한다면 그가 겁을 집어먹고 달아날까 봐 두려웠다.

불과 일 년 전만 해도 그녀는 사천 땅은 물론 전 중원에서 몇 손가락 안에 꼽히는 최고의 신부감이었다. 부와 권력과 명예를 한꺼번에 거머쥐고 있는 막강 철기방 방주의 하나뿐인 영애. 수많은 강호의 후기지수들과 명문세가의 자제들이 배경과 미모를 겸비한 수려봉을 한 번이라도 만나보길 소원하였고, 수를 헤아리기도 힘든 매파가 청혼첩을 들고 문지방이 닳도록 철기방을 드나들었다.

그러나 지금은 아니었다.

영왕의 역모설이 유포되면서 철기방은 역도가 안배한 강호 세력으로 지목되었고, 그 이후 아무도 철기방의 사돈이 되고 싶어하지 않았다. 그깟 돈만 밝히고 권력이나 탐하는 놈들이라 철려화로서도 눈꼽만큼도 아쉬울 건 없었으나, 진정으로 사랑하게 된 여린이 혹시라도 부담감을 느끼는 건 그녀도 신경이 쓰일 수밖에 없었다.

"……."

여린이 한동안 침묵을 지키며 철려화의 얼굴을 조용히 응시했다. 늘 미소를 머금고 있던 그의 얼굴에선 이미 웃음을 찾아볼 수 없었다.

철려화가 떨리는 가슴을 억누르며 불안하게 물었다.

"당신에게 미리 말하지 않아서 미안해요. 당신… 혹시 화가 났나요?"

"……."

"일부런 그런 건 아니에요. 괜히 먼저 얘길 하면 당신이 부담만 느낄 것 같고……."

"……."

두서없이 변명을 해대던 철려화는 여린의 침묵을 더 이상 참아낼 수가 없었다.

철려화가 여린을 향해 오히려 버럭 성을 냈다.

"그래요! 우리 아버지는 세인들이 철혈대제라고 부르는 철기방 방주이고, 난 그분의 여식이에요! 외원주 마축지가 말했듯, 우리 가문은 지금 풍전등화의 위기에 처해 있어요! 당신이 나와 혼인하면 당신과 당신 집안 역시 역도로 몰려 멸족을 당할 수도 있다는 뜻이에요!"

손가락으로 방금 전 자신들이 기어올라 온 소로를 가리키며 철려화는 마음에도 없는 말을 소리쳐 댔다.

"가요! 그게 무서우면 지금이라도 늦지 않았으니 돌아가요!"

평생 도도한 자존심 속에서 살아온 그녀였다. 그녀를 끔찍이도 아끼는 그녀의 부친이 그녀를 그렇게 만들었고, 어느 사내 못잖게 총명한 두뇌가 자긍심을 갖도록 만들었다.

하지만 지금 여린 앞에서 그녀는 한없이 초라하고 까닭 모를 열등감에 시달리는 나약한 소녀였다. 여린 앞에 무릎이라도 꿇고 날 버리지 말라고 애원하고 싶었지만, 이상하게도 입 밖으론 그가 정나미 떨어져 할 소리들만 쏟아내고 있었다. 거친 사랑의 광풍이 그녀의 이성을 마비시키고 그녀를 투정쟁이 어린 계집아이로 만들고 있었다.

이제 철려화의 눈에선 눈물이 펑펑 쏟아지고 있었다.

"가! 가! 가버려! 당신처럼 나약한 남자는 필요없으니 당장 가!"

와락!

여린이 철려화를 으스러질 듯 끌어안아 버린 건 바로 그때였다.

작은 새처럼 가슴이 파닥거리는 그녀를 단단히 끌어안은 채 여린이 낮고 신뢰감있는 목소리로 중얼거렸다.

"당신의 가문 따윈 중요하지 않소. 세상에서 중요한 건 오직 당신 그 자체뿐이오."

"으흑! 흐흐흐흑!"

이런 남자를 위해서라면 죽어도 좋다.

사랑하는 정인의 가슴에 얼굴을 파묻고 철려화는 어린애처럼 소리 높여 울었다.

그런 철려화의 머리를 부드럽게 쓰다듬어 주며 여린의 시선은 절벽 아래 광활하게 펼쳐진 철기방이란 이름의 도시에 머물러 있었다. 그가 철려화에게 한 말은 거짓이 아니었다. 그에게 있어 그녀의 가문은 아무 상관도 없었다. 왜냐하면 철기방이란 가문은 그에게 있어서 오직 파멸시켜야 할 대상일 뿐이었으니까.

"안녕하십니까, 소공녀? 노신이 소공녀님을 뵈옵니다."

"노복이 소공녀님을 뵈옵니다."

"그간 평안하셨나요, 소공녀님? 요즘은 왜 저희들과 통 놀아주지 않으세요?"

널찍한 관도를 지나면서 만나는 사람들마다 여린과 나란히 걷고 있는 철려화를 향해 인사를 건넸다. 그중에는 텁수룩한 수염에 눈매가 부리부리한 젊은 무사도 있었고, 늙은 농부도 있었으며, 아낙들과 어린

애들도 보였다.

여린은 철기방의 대장원이 소속 무사들뿐 아니라 그들의 가족들도 한데 어울려 사는, 그야말로 하나의 커다란 성도임을 확인할 수 있었다.

행인들의 통행이 뜸한 널찍한 광장을 가로질러 두 사람은 '소요정(小遙庭)'이란 현판이 내걸린 아담한 대문 앞에 섰다.

"소요정?"

"제 처소의 이름이에요. 어린아이가 노니는 정원이란 뜻으로 절 낳은 직후 어머니가 직접 만들어주셨다고 하더군요."

"그렇구려. 그럼 이곳에서 아버님과 오빠도 함께 살고 있는 거요?"

"아뇨. 아버지는 평소 내원의 여러 고수 분과 함께 천룡각(天龍閣)에 머무르시고, 오빠는 와룡전(臥龍殿)이란 전각에서 살고 있어요."

"집이 너무 넓다 보니 가족들이 한데 모여 사는 것도 힘든 모양이군."

"어서 들어가요. 당신께 빨리 내 방을 보여주고 싶어요."

여린의 손을 잡고 대문 안으로 들어가며 철려화가 시녀 숙향의 이름을 소리 높여 불렀다.

"숙향아! 숙향아! 어디 있니, 숙향아?"

몸종 숙향이 온갖 꽃들이 만개한 아름다운 정원 안쪽에서 구르듯 달려 나왔다.

"지금 돌아오십니까, 아가씨?"

숙향이 철려화 앞에 부복하며 머릴 조아렸다.

주근깨투성이지만 제법 귀염성있는 얼굴의 숙향이 허옇게 질린 채 어깨를 부들부들 떠는 모습을 여린이 이상하다는 듯 내려다보았다.

그런 여린의 눈치를 살피며 철려화가 숙향을 향해 최대한 살가운 목소리로 말했다.

"호호! 오늘따라 왜 안 하던 짓을 하고 그러니, 숙향아? 어디 아픈 거 아니니? 아프면 일 그만 하고 네 처소로 돌아가서 쉬지 그러니? 내가 탕약이라도 한 재 보내줄까?"

"예?"

숙향이 벙찐 눈으로 주인의 얼굴을 올려다보았다. 아주 어려서부터 주인을 모셔온 숙향이었지만, 주인은 지금껏 단 한 번도 자신을 이렇듯 살갑게 대해준 적이 없었던 것이다. 매일 아침 신경질이요, 점심때면 반찬 타박이고, 저녁이면 술에 만취해 돌아와 피곤한 그녀를 들들 볶곤 했다. 그런 주인이 생글생글 웃으며 탕재 운운하니 그녀로선 어리둥절할 수밖에.

"어디 아프세요, 아가씨?"

오히려 주인 아기씨가 걱정이 된 숙향이 철려화를 향해 되물었다.

"하하! 아프긴 누가 아프다고 그래? 참, 너에게 소개할 사람이 있어. 여린님이라고, 언젠가 네게도 말한 적이……."

"아, 여린님!"

짜악!

철려화의 말이 끝나기도 전에 숙향이 손뼉을 치며 일어섰다. 그리곤 속사포처럼 쓸데없는 말들을 쏟아내기 시작했다.

"여린님이라면 저도 잘 알지요. 한 달쯤 전부터 아가씨께서 밤이면 밤마다 여린님에 대한 얘기로 긴 밤을 하얗게 지새우곤 하셨거든요. 덕분에 저도 밤잠을 설쳤답니다. 아가씨께선 특히 여린님의 헌헌한 신

위에 대해 말씀을 많이 해주셨답니다. 초승달 같은 눈썹이라든가, 범처럼 정광이 빛나는 눈매라든가, 쭉 뻗은 콧날, 늘 훈풍 같은 미소를 머금은 입매 등등 전 아가씨께서 과장을 하신다고 생각했지만, 이제 보니 아가씨의 말씀이 하나도 틀린 것이 없네요."

손뼉까지 짝짝 마주 치며 정신없이 수다를 떨어 대는 숙향을 바라보며 철려화는 절로 얼굴이 붉어졌다. 여린에게 자신의 마음을 송두리째 들켜 버리고 만 것이다.

일단은 한 번 둑이 터지면 누구도 막을 수 없다는 숙향의 입부터 틀어막아야 할 것 같아 철려화는 재빨리 화제를 돌렸다.

"오라버니는 어디 계시지?"

띠딩! 띵! 띠잉!

이때 정원 안쪽에서 은은한 거문고 소리가 들려왔다.

숙향이 난감한 눈으로 정원 쪽을 돌아보며 더듬거렸다.

"저, 그것이……."

대번에 안색이 창백해진 철려화가 숙향을 향해 나직이 물었다.

"오라버니가 혹시 취해 있느냐?"

숙향이 여린의 눈치를 살필 생각도 않고 너무도 솔직히 대답했다.

"대낮부터 기녀들을 불러들여 술판을 벌이고 계십니다요. 기녀들은 물론 소군까지 발가벗고 덩실덩실 춤을 추시니, 아랫것들이 소군께옵서 또 발작을 일으키셨다고 숙덕이고 있습니다."

'하필이면…….'

여린의 안색을 살피며 철려화가 지그시 어금니를 깨물었다.

콰악!

이때 여린이 갑자기 철려화의 손을 움켜잡았다. 그리고 정원 안쪽으로 성큼성큼 걸음을 옮기기 시작했다.

"갑시다. 일단 소저의 오라버니에게 인사부터 여쭈어야 하지 않겠소?"

"잠깐만요. 잠깐 내 말을 들어보고……."

숙향이 그런 두 사람을 황망히 뒤쫓으며 양손을 내저었다.

"안 됩니다! 안 돼요! 술에 취한 소군을 잘못 건드렸다간 정말 험한 꼴을 당하게 되신다고요!"

붉은 동백이 흐드러지게 핀 정원 한복판에 작은 연못이 있었다.

연못 한복판에 거대한 연꽃 모양의 정자가 둥실 떠 있는데, 그 정자 안에서 속곳으로 중요 부위만 대충 가린 한 남자와 네 명의 기녀가 술상을 놓고 둘러앉아 있는 모습이 보였다.

한 남자와 네 여자 모두 낮술에 대취해 낯빛이 동백보다도 붉었다.

남자가 연신 거문고를 튕기며 시가 비슷한 소리를 읊조렸다.

땅땅! 띠디딩!

"불상현(不尙賢), 사민불란(使民不亂)."

그럼 그 앞에 앉은 기녀들이 돌아가며 시가의 뜻을 풀어 거문고 음율에 맞춘 노래로 불렀다.

"현망한 이를 숭상치 말라. 백성들이 다투게 하지 말지어다."

띠딩! 땅땅!

"불귀난득지화(不貴難得之貨), 사민불위도(使民不爲盜)."

"얻기 어려운 재화를 귀하게 말라. 백성들이 도둑이 되게 하지 말지어다."

띠디딩! 띵!

"불견가욕(不見可欲), 사민심불란(使民心不亂)."

"욕심낼 것을 보이지 마라. 백성들로 하여금 마음이 어지럽게 하지 말지어다."

띵! 띠딩!

"시이성인지치(是以聖人之治), 허기심(虛其心), 실기복(實其腹), 약기지(弱其志), 강기골(强其骨)."

"그러하므로 성스러운 사람의 다스림은 그 마음을 비워 그 배를 채우게 하고, 그 뜻을 부드럽게 하고, 그 뼈를 강하게 한다."

연못가에 철려화, 숙향과 나란히 서서 여린은 정자 안에서 일어나는 해괴한 광경을 구경하고 있었다. 여린이 듣고 보니 자신보다 서너 살쯤 많아 보이는 청년이 읊조리는 시가는 실은 노자의 도덕경(道德經) 같았다.

명 초만 해도 공맹에 밀려 학문의 일파로도 취급받지 못하던 노자의 사상은 명 후기 난세가 도래하면서 민간에 급속도로 확산되기에 이르렀다. 그래서 오늘날에는 공맹과 어깨를 나란히 하며 중원의 지성을 영도하는 대표적인 학파 중 하나로 자리잡았다. 하지만 벌거벗은 상태에서 도덕경을 읊고, 기녀들과 무위사상에 대해 강론을 벌인다는 건 어지간히 놀아본 여린조차 상상할 수 없는 일이었다.

"애린이 너, 틀렸잖아!"

이때 청년이 맨 오른쪽에 앉아 있는 기녀를 가리키며 버럭 소리쳤다. 기녀의 해석이 틀린 모양이었다.

"어머, 죄송해요. 제가 그만 실수를……."

"실수를 했으면 벌주를 따라야지."

"예, 벌주를 따르겠나이다."

짐짓 큰 벌이라도 받을 사람처럼 젖 싸개와 다리 속곳 차림의 기녀가 기가 팍 죽은 표정으로 일어섰다. 그리곤 술상 위의 술병을 들고 청년 앞으로 다가섰다.

투욱!

기녀가 젖 싸개를 풀자 수밀도 같은 젖가슴이 덜렁 드러났다. 기녀가 망설임없이 젖가슴과 젖가슴 사이 깊은 계곡에 술병 속의 술을 콸콸 따랐고, 술은 그녀의 가슴을 지나 배꼽 아래로 줄줄 흘렀다.

"으이그~ 아까운 벌주 다 쏟아진다!"

네 발로 허겁지겁 기어온 청년이 기녀의 배꼽에 입을 처박고 게걸스럽게 술을 쭙쭙 받아 마셨다. 호사가들이 흔히들 계곡주라 부르는 것을 청년은 벌주라 부르며 즐기고 있는 모양이었다.

여린이 황당한 눈으로 돌아보자 철려화가 청년에게 시선을 박은 채 이를 악문 소리로 씹어뱉었다.

"철기련, 제 하나뿐인 오라비랍니다."

"핫하! 오라버니께서 풍류를 제대로 즐길 줄 아시는구려."

여린이 어색한 분위기를 깨려고 과장되게 웃었으나 철려화의 표정은 풀리지 않았다. 머쓱해진 여린은 괜히 험험 헛기침만 했다.

"어라? 이게 누구야? 내 사랑스런 동생 려화가 아니냐?"

비로소 철려화를 발견한 철기련이 맨발로 징검다리를 밟으며 달려왔다.

"오랜만이구나, 려화야!"

석상처럼 굳어 서 있는 여동생을 와락 끌어안으며 반가워 눈물까지 글썽이는 철기련의 얼굴을 여린은 유심히 바라보았다.

마구 산발한 머리카락, 오랜 세월 술독에 빠져 산 듯 검푸르고 거친 피부, 그리고 수면 부족을 알려주는 허옇게 튼 입술까지. 철기련은 이미 폐인의 초입쯤에 서 있는 것 같았다. 그러나 흐리멍텅한 눈가로 미처 숨기지 못하고 언뜻언뜻 비치는 눈부신 정광을 발견한 여린은 철기련이 결코 만만치 않은 인물임을 직감했다.

상처 입은 효웅이라고나 할까?

저 사람과 적이 되면 상당히 힘들어질 것이란 불길한 예감과 함께 여린은 여동생을 끌어안고 어린애처럼 꺼이꺼이 우는 철기련을 조용히 응시했다.

"치워요!"

철려화가 오라비를 거칠게 밀쳐 냈다.

"도대체 왜 우는 거예요? 왜?"

철려화가 손등으로 연신 눈물을 훔치는 오라비를 향해 신경질적으로 물었다.

"흑흑! 그, 그냥… 널 보니까 너무 반가워서 막 눈물이 나고 그런다."

철기련은 동생이 반가울지 모르지만 사랑하는 정인 앞에서 술 취한 오빠의 추태를 보여야 하는 철려화로선 죽을 맛이었다.

아무래도 날을 잘못 잡은 것 같다는 생각을 하며 철려화가 철기련을 향해 짜증 섞인 목소리로 말했다.

"제발 정신 좀 차려요, 오빠. 그렇게 매일 술을 마시니까 감정 조절이 안 되는 거예요."

"흑… 흑흑……! 술, 술을 먹지 않으면 하루종일 뭘 하란 말이니? 난 정말 하루 해가 너무 길어서 미칠 것 같단다, 려화야."

"끄응……."

목구멍까지 치밀어 오르는 울화를 삼키느라 철려화는 저도 모르게 신음을 내뱉었다.

간신히 감정을 수습한 그녀가 옆에 서 있는 여린을 가리켰다.

"이분은 여린님이세요."

"여린? 누구지? 처음 들어보는 이름인데?"

철기련이 눈물을 닦으며 비로소 여린에게 관심을 보였다.

철려화가 이번엔 여린에게 오라버니를 소개했다.

"아버지를 제외하고 제 유일한 혈육인 오빠예요. 나이 스물도 되기전 그 어렵다는 대과(大科)에 합격해 놓고도 출사는 않고, 매일 장원에 틀어박혀 주색잡기로 허송세월을 보내는 한심한 백면서생이죠."

"꺼윽~ 려화 너, 이 오라비를 너무 무시하는 거 아니냐?"

철기련이 얼굴을 바싹 들이밀고 길게 트림을 하는 순간 한 달포쯤 푹 삭인 콩물 냄새가 코를 찔렀다. 철기련과 여린은 오만상을 찌푸리며 동시에 코를 움켜잡았다.

"여린이라고 했지? 한데 이 희멀겋게 생긴 친구가 왜 우리 집에 왔니, 려화야?"

"여린님과 전 서로 사랑하는 사이예요. 그래서 오라버니와 아버지께 인사를 드리러 왔어요."

철기련이 놀라 눈을 부릅떴다.

"정인! 려화, 네게 정인이 생겼단 말이니?"

"그래요."

여린이 철기련을 향해 정중히 포권을 취하며 머릴 조아렸다.

"처음 뵙겠습니다. 불초 소생은 섬서 땅에서 포목점을 운영하고 계시는 여불지 어른의 장남 여린이라고 합니다. 이번에 아버님의 명으로 사천 땅으로 행상을 나왔다가 우연히 동생 분을 만나게 되어……."

"어떻게 꼬셨소?"

철기련이 여린의 말을 끊으며 히쭉 웃었다.

"예?"

"이 천방지축 같은 내 동생을 어떻게 꼬드겼느냔 말이외다."

"그, 그야……."

"핫하! 남자 알기를 발톱 사이에 낀 때만큼도 생각지 않는 아이가 갑자기 사랑의 열병에 걸리다니! 노형의 재주가 비상한 듯하여 나도 그 기술을 좀 전수받고 싶어서 그런다오."

"오빠!"

수치스럽고 당혹스러운 철려화가 버럭 소리쳤다.

그런 동생을 무시하고 철기련이 여린의 어깨에 팔을 두르며 엄지손가락을 세워 보였다.

"자고로 남자에겐 여자를 후리는 기술이 최고잖소. 그런 고급 정보를 교환하는 과정에서 남자끼리 신뢰 관계가 쌓인다는 게 내 오랜 지론이오만."

여린도 싫지 않은 듯 빙긋 웃었다.

"그 지론은 저의 지론과 크게 다르지 않은 것 같군요."

"역시 대화가 통화는구려. 자세한 얘기는 술잔을 기울이면서 천천히 나눠봅시다. 마침 오늘은 몽골 특산인 과하주와 청해 땅에서 알아주는 홍루인 적벽루에서 불러들인 절색의 기녀들까지 준비되어 있다오."

그러면서 철기련이 여린을 정자 쪽으로 이끌었다.

철려화가 그런 철기련의 뒷모습을 향해 다급히 손을 내뻗으며 소리 쳤다.

"또 무슨 짓을 하려는 거야, 오라버니?"

철기련이 여동생을 돌아보며 한쪽 눈을 찡긋했다.

"가만있어 봐라, 인석아. 남자란 자고로 어울려 술잔을 기울여 봐야 됨됨이를 알 수 있는 법이니라."

철기련의 술은 깊고도 질겼다.

아직 해가 중천에 떠 있는 오후에 시작된 술자리가 석양이 붉게 물 들도록 계속되었다.

지루하게 지켜보던 철려화도 고개 설레설레 흔들며 숙향과 함께 방 으로 들어가 버렸고, 온갖 낯부끄러운 교태를 부리던 기녀들도 취기를 이기지 못하고 정자 바닥에 아무렇게나 쓰러져 잠들었다.

열 번째 술독을 비운 후 철기련이 다시 거문고를 끌어당겨 무릎 위 에 올렸다.

남자라곤 믿어지지 않을 정도로 희고 기다란 손가락으로 철기련이 천천히 거문고를 켜기 시작했다. 처음엔 천천히 연주하다가 철기련이 산발한 머리채를 어지럽게 흔들며 격정적으로 거문고를 켰다. 그 솜씨가 전문적인 악사조차 흉내 내기 힘든 경지라 여린은 적잖이 놀랐다.

띠딩! 띠디딩! 띵! 띠이잉! 띵띵띵! 띠디디딩! 띵띵!

거문고 소리가 더욱 빠르고 격해졌다.

이제 철기련의 손놀림은 거의 보이지 않게 되었다.

여린은 눈을 지그시 감았다.

그러자 거문고 음율이 더욱 커다랗게 귓속을 파고들었다. 때론 거대한 해일이 밀려드는 것 같았고, 때론 세찬 모래바람이 광활한 사막을 휩쓰는 것 같았다. 거문고 소리가 점점 크고 웅장해졌다. 갑자기 가슴이 답답해지면서 빨리 눈을 뜨지 않으면 구토라도 치밀어 오를 것만 같았다. 하지만 여린은 눈을 뜨지 못했다. 마치 음율의 포로가 되어 버린 듯 식은땀을 줄줄 흘리면서도 여린은 천변만화를 일으키는 거문고 소리에 붙잡혀 있었다.

띠딩! 띠딩!

잠시 후, 거문고 소리가 작아지며 음도 현저히 느려졌다.

이번엔 막 탄생한 갓난아기의 가슴을 쓰다듬어 주는 어머니의 손길처럼 부드러운 음이 여린의 전신을 보듬었다. 왠지 살아온 날들이 주마등처럼 스쳐 지나가며 마음이 맑게 정화되는 듯했다. 여린의 눈가로 어느새 굵은 눈물이 또르르 굴러 떨어졌다.

마침내 연주가 끝나고 여린도 눈을 떴다.

눈물에 젖어 흐릿한 여린의 시선 속으로 빙긋이 웃고 있는 철기련의 얼굴이 들어왔다.

"왜 울고 있나?"

철기련은 어느새 반말이다. 그러나 이상하게 기분은 나쁘지 않다.

"거문고 소리가 심금을 울리는군요. 악기의 음만으로 사람을 울렸다 웃겼다 할 수 있다는 걸 오늘 처음 알았습니다."

"그걸 느꼈단 말인가? 자네도 예능 쪽으로 재능이 있는 사람이로군."

"그 웅후하고도 애잔한 음을 듣고 감정이 움직이지 않을 사람이 과연 있을까요?"

"돼지 목에 진주 목걸이라고 했어. 중원 천하에 별처럼 많은 사람이 살고 있으나 예술의 향취를 느낄 수 있는 사람은 모래알 속의 바늘처럼 찾아보기 힘들다네."

"그럴 수도 있겠군요."

어느새 철기련의 얼굴에선 취기가 사라졌다.

맑은 정광을 내뿜는 눈으로 한동안 조용히 여린의 얼굴을 응시하던 철기련이 나직이 입을 열었다.

"난 자네가 누군지, 무슨 일을 하는 사람인지 알고 싶지 않네. 다만 자네가 내 동생 려화의 정인이라니 한 가지만은 약속받고 싶군."

"말씀하십시오."

"배신하지 말게."

순간 여린이 미간을 씰룩였다. 보통의 오빠들이 동생을 부탁할 때는 친절하게 대해주라거나 행복하게 해주라는 당부를 하기 마련이다. 그런데 배신하지 말라니? 특이한 당부가 아닐 수 없었다.

철기련이 그런 여린의 마음을 헤아렸는지 엷게 웃으며 말했다.

"어려서부터 너무 많은 상처를 겪은 녀석이야. 겉으론 강해 보이지만 호리병처럼 깨지기 쉬운 나약한 아이지. 누군가 또다시 그 아이에게 상처를 입힌다면, 이번엔 아마 견뎌내지 못할지도 몰라. 내 말, 무슨 뜻인지 알겠지?"

여린이 가볍게 고갤 숙여 보였다.

"명심하겠습니다."

"좋아, 좋아. 처음 보는 사이인데도 자네에겐 왠지 정이 가는군. 이제 그만 려화에게 가보게. 자넬 더 이상 붙잡아두었다간 내 소중한 거문고가 두 동강이 나버릴지도 모르거든."

여린이 자리에서 일어서며 정중히 포권을 취했다.

"좋은 술과 좋은 연주, 감사드립니다. 그럼 전 이만 물러가겠습니다."

여린이 돌아서서 정자를 빠져나오려는데 등 뒤에서 갑자기 철기련이 그를 불렀다.

"그런데 말이야……?"

여린이 스윽 철기련을 돌아보았다.

"우리 전에 어디선가 만난 적이 있지 않아?"

철기련의 물음에 여린은 그만 심장이 쿵 내려앉는 것만 같았다.

하지만 여린은 빠르게 평정을 되찾으며 철기련을 향해 예의 그 사람 좋아 보이는 미소를 머금었다.

"평범하게 생긴 얼굴이라 그런지 종종 그런 말을 듣는 편입니다."

"그렇군. 알았으니 그만 쉬도록 하게."

정자 밖으로 멀어지는 여린의 뒷모습을 조용히 응시하던 철기련이 고갤 갸웃하며 나직이 중얼거렸다.

"이상하군. 분명히 낯익은 얼굴인데 말씀이야?"

철려화의 넓고 푹식한 침상 위엔 금침이 깔려 있었다.

돌아가신 어머니가 갓난 딸이 시집갈 때를 대비하여 손수 준비한 금침을 그녀는 여린을 위해 꺼냈다. 정인을 생각하는 그녀의 마음을 충분히 헤아릴 만했다.

"오라버니 때문에 힘들었죠? 미안해요. 사람을 초대해 놓고 고생만 시켰네요."

"덕분에 오라버니의 마음에 단번에 들지 않았소? 이제 아버님의 눈에만 들면 난 소저의 낭군이 될 수 있소."

"당신은 정말 너그러운 사람이에요. 당신 같은 남자를 만나게 돼서 얼마나 다행인지 몰라요."

두 사람의 얼굴이 조금씩 가까워졌다. 못된 오라비에게 빼앗긴 시간을 벌충이라도 하듯 두 사람은 탐욕스럽게 서로의 입술을 탐했다. 이내 태초의 부끄러운 모습으로 돌아간 두 사람은 금빛 봉황이 수놓아진 푹신한 금침 위로 쓰러졌다.

초승달마저 먹장구름에 가린 칠흑 같은 밤이었다.

달빛조차 스며들지 않는 어두운 방 안은 젊은 남녀가 뿜어내는 열정의 불꽃 때문에 조금은 밝아진 듯도 했다.

한바탕 격랑이 스치고 지나간 후 철려화는 곧장 단잠에 빠져들었다.

그녀 옆에서 낮게 코를 곯던 여린이 스윽 상반신을 일으켰다. 한동안 조용히 철려화의 동태를 살피던 여린이 천천히 침상 밖으로 내려섰다.

침상 바로 옆에 서서 여린이 한동안 철려화의 얼굴을 내려다보았다. 단꿈이라도 꾸는 듯 그녀의 얼굴로 희미한 미소가 스쳤다. 그 모습에 여린의 얼굴로 약간은 미안한 감정이 스치고 지나갔다. 약해지려는 마음을 추스르려는 듯 여린이 오른 주먹을 강하게 움켜쥐며 방을 나섰다.

쉬쉬쉬쉬쉭!

높다란 거각과 거각의 지붕을 타 넘으며 바람처럼 내달리는 날렵한 신형의 남자는 바로 여린이었다.

처억!

그중 가장 높은 지붕 위로 여린이 소리 죽여 내려앉았다. 고개를 들어 밤하늘을 보았다. 다행히 초승달도 구름에 가리워졌다. 하늘마저 자신을 돕는다고 여린은 생각했다.

여린이 안력을 돋워 전방을 주시했다. 그러자 수많은 전각의 지붕들 저 너머로 다른 전각들보다 서너 배쯤 높다란 누각이 어렴풋이 들어왔다. 모든 지붕들 위로 우뚝 솟은 누각은 수많은 휘하 장수들을 거느린 대장군처럼 위엄있어 보였다. 여린은 한눈에 저곳이 철려화가 언급했던 부친의 처소, 즉 천룡각임을 직감했다.

저 누각의 현관을 통해 들어서는 순간 철기방 정예 중의 최정예인 내원의 고수들이 여린의 앞을 막아설 것이 분명했다. 그들 하나하나가 자신으로선 감당하기 힘든 고수란 걸 여린은 잘 알고 있었다. 그래서 여린은 독사성이 알려준 비밀 통로를 이용하기로 했다.

만약의 경우 방주를 피신시키기 위해 천룡각의 지하에 뚫려 있다는 비밀 통로. 오직 방주와 열두 명의 의제만이 알고 있다는 그 통로를 독사성은 뜨거운 분루와 함께 여린 앞에 토설했었다.

"당신의 말이 거짓이 아니길 빌겠소, 독사성 대협. 만약 거짓이라면, 나와 당신의 딸은 함께 고혼이 되고 말 거요."

나직이 중얼거린 여린이 다시 몸을 날려 또 몇 개의 지붕을 뛰어넘었다.

그의 시야에 유난히 낮은 지붕의 작은 불당이 들어왔다.

불당의 지붕 위로 사뿐히 내려앉은 여린이 기와 한 장을 조심스럽게 들어내고 법당 내부를 살폈다. 다행히 인기척은 없었다. 기와를 두어 개 더 뜯어낸 여린이 구멍 속으로 몸을 밀어 넣었다.

사방 벽에 알록달록한 탱화가 수놓아진 법당 정면 벽 쪽에 거대한 금불상 하나가 가부좌를 틀고 앉아 있었다. 한동안 지그시 불상을 노려보던 여린이 성큼 불상이 놓인 단을 밟고 올라섰다.

끼이이!

그리고 혼신의 힘을 다해 불상을 오른편으로 반 바퀴 돌렸다.

크르르릉!

그와 동시에 불상 바로 밑바닥이 옆으로 밀려나며 칠흑처럼 어두운 지하로 이어진 사다리가 나타났다. 독사성이 토설한 비밀 통로의 입구가 드러나는 순간이었다. 일말의 망설임도 없이 여린은 사다리를 밟고 내려갔다.

오랫동안 사람이 지나간 흔적이 없어 먼지와 거미줄만 수북히 쌓인 어두운 지하 복도를 여린은 천천히 걸었다.

손톱만한 불빛 한 점 없는 완벽한 어둠도 시간이 지나자 조금씩 눈에 익어갔다.

이리저리 구부러지는 복도를 한동안 걷던 여린의 눈앞에 수십 개의 발자국 모양이 어지럽게 패여 있는 복도 바닥이 펼쳐졌다.

독사성의 말에 의하면, 이곳은 침입자를 막기 위한 기진이 설치된 장소였다.

물정 모르는 작자가 일정한 법칙이 숨겨진 발자국들을 생각없이 밟고 지나갔다간 양옆 벽면에서 쏟아진 화살 세례에 고슴도치가 되고 말리라.

좌로 두 발짝,

우로 세 발짝,

앞으로 한 발짝,

뒤로 한 발짝,

다시 앞으로 다섯 발짝…….

독사성이 알려준 보법을 신중히 되짚으며 여린은 아주 느리게 전진했다. 이제 단 두 걸음만 남았을 뿐이다. 아마도 독사성이 다른 마음을 품은 것 같진 않았다.

"후우……!"

낮은 한숨을 내쉬며 여린은 왼쪽 발자국부터 밟았다.

크르르르르!

동시에 지하 복도 전체가 요동치며 머리 위 천장이 빠르게 쏟아지기 시작했다.

자신을 육포로 만들어 버릴 듯 빠르게 쏟아지는 천장을 올려다보며 여린은 분통을 터뜨렸다.

"독사성 병신새끼! 철태산을 완전히 배신할 순 없었다 이거냐?!"

그러면서 여린은 자신이 시전할 수 있는 가장 빠른 보법을 동원하여 점점 낮아지는 복도를 쏜살같이 내달렸다.

쿠우웅!

천장이 완전히 바닥을 찍는 것과 동시에 여린은 복도 밖 탁 트인 공간 속으로 정신없이 나뒹굴었다.

한동안 바닥에 조용히 엎드려 있던 여린의 가슴과 옆 얼굴이 축축해졌다. 바닥을 축축히 적시고 있는 건 지독한 악취를 풍기는 구정물이었다. 아마도 천장에서 떨어진 물이 고여 몇 날 며칠을 두고 푹 썩으면서 구정물이 된 것 같았다.

천천히 몸을 일으킨 여린이 주위를 휘휘 둘러보았다. 그곳은 어둡고 널찍한 지하 동부였다. 이곳이 독사성이 말하던 그 동부가 맞다면, 아마도 천룡각으로 통하는 비밀 통로에서 가장 위험한 장소가 되리라.

"크흐흐……."

이때 여린의 짐작을 확인이라도 시켜주듯 동부 안쪽 시커먼 어둠 속에서 으스스한 웃음소리가 들려왔다.

"크흐흐… 흐흐흐……."

웃음인지 울음인지 모를 그 소리를 들으며 여린은 긴장감으로 전신의 솜털이 곤두서는 걸 느꼈다.

초절정의 고수.

전 강호를 통틀어서도 십상성만이 올랐다는 그 놀라운 경지에 이른 마두가 천룡각으로 통하는 비밀 통로의 마지막 관문 앞을 지키고 있노라고 독사성은 경고했었다. 물론 지하 동부와 같은 폐쇄된 공간에서 그런 초절정고수와 맞닥뜨린다면 여린으로서도 당해낼 재간이 없다.

그러나 마두는 양쪽 눈알이 뽑혀 나간 장님에 정신까지 온전치 못한 광인이라고 했다. 그 점을 잘만 이용한다면 마두를 제압할 순 없어도 따돌리고 관문 안으로 들어가는 건 가능할 것도 같았다.

"어쩌면 가능할지도 모르지."

자신이 계획을 설명했을 때 독사성은 비릿한 조소를 머금으며 이렇게 말했었다. 기관진에서 마지막 보법을 틀리게 가르쳐 주었던 독사성이다. 이번에도 어떤 함정을 숨겨놓고 말하지 않았을지 모를 일이었다.

'최대한 빨리 끝낸다.'

새삼 마음을 다잡으며 여린은 허리춤의 목검을 뽑아 들었다. 하단전에 힘을 주자 진기가 꿈틀거리기 시작하며 찌릿찌릿한 통증이 느껴졌다. 그의 독문 기공인 혈령신공(血靈神功)이 발휘되기 시작한 것이다.

"혈령신공은 자멸의 사공이다. 그래도 익히겠느냐?"

사부 당상학은 그에게 혈령기공의 수련을 중지하라고 여러 번 당부했었다.

하지만 그는 멈출 수 없었다. 그에게 무엇보다 중요한 건 시간이었고, 혈령신공은 대개의 사공이 그렇듯 정종 무공에 비해 서너 배 빠르게 내공을 증진시켰다.

"무학을 쌓는 과정은 건물을 짓는 일과 비슷하다. 넌 지금 일층 없이 이층을 짓겠다고 고집을 피우고 있어."

"사부님의 황금신공을 십성까지 익히려면 얼마의 시간이 필요합니까?"

"천재는 삼십 년, 범재는 오십 년, 둔재는 백 년이 지나도 대성하기 힘들다."

"저는 천재에 속합니까?"

"아니다. 넌 범재에 속한다."

"그럼 오십 년이 걸리겠군요."

"그럴 테지."

"혈령신공으로 고수의 반열에 오르려면 얼마나 걸립니까?"

"너처럼 식음을 전폐하고 매달린다면 십 년이면 가능하다."

"그럼 전 계속 혈령신공을 익히겠습니다. 제겐 시간이 없기 때문입니다."

"사공에 의해 쌓인 무공은 한계가 뚜렷하여 같은 고수끼리라 해도 정종 무학을 익힌 상대를 만나면 당할 수가 없다."

"그래도 하겠습니다."

"네게 있어 무학이란 대체 어떤 의미냐? 넌 오직 복수의 도구로써 무학을 익히느냐?"

"어쩔 수 없습니다, 사부님. 아버님을 난도질한 그 작자들이 한 하늘 아래서 숨 쉬고 있는 한 제자는 결코 자유로울 수 없습니다."

"못난 놈!"

그것으로 끝이었다. 그날 이후 사부는 절대 여린의 일에 간섭하지 않았다. 다만 자신을 바라보는 사부의 눈이 전에 없이 싸늘해졌다는 것만 여린은 느낌으로 알 수 있었다.

혈령신공을 익히려면 일단 회식(火食)을 금해야 한다. 지금도 수련을 하던 때만 생각하면 입가에 피비린내가 맴도는 것은 십여 년간 하루도 빠짐없이 계속된 생식의 기억 때문이었다.

생식뿐이 아니다.

잠자리에 들기 전 여린은 꼭 약즙을 한 사발씩 들이키곤 했는데 칡뿌리를 쥐어짜 만든 약즙 속에는 박쥐, 독거미, 독지네, 도마뱀, 두꺼비, 거머리 등등 탁한 기운을 가진 동물들과 곤충들이 통째로 들어갔다.

이러한 생식과 약즙의 섭생을 통해 여린은 끊임없이 피를 탁하게 만들었다. 혈령신공은 기본적으로 피가 탁해야 연공이 가능한 기공이다. 이 탁한 피에서 만들어진 탁한 기를 정종무학에서 통상적으로 사용하는 기해, 황유, 기문, 거궐, 천돌, 천정, 백회, 이문, 곡지, 기해의 순으로 순행시키지 않고 기해, 곡지, 이문, 백회, 천정, 천돌, 거궐, 기문, 황유, 기해의 순으로 역행시켰다.

이런 식으로 꾸준히 연공을 하면 나중에는 결국 온몸의 피가 점액질처럼 끈끈해지며 화급한 성질로 꽉 차게 된다.

이 상태에서 혈령신공을 끌어올리면 전신의 피가 폭주하여 시전자는 이성을 잃고 광란 상태에서 축적된 모든 힘이 고갈될 때까지 초인적인 힘을 발휘하게 되는 것이다.

지랄발광.

마침내 혈령신공을 십성까지 익힌 그가 처음으로 기공을 끌어올려 반미치광이 상태가 되었을 때 사부가 싸늘히 내뱉은 한마디였다. 평소 몸가짐이 선비처럼 깔끔하던 사부에겐 혈령신공이 무슨 더러운 오물 덩어리로 보였으리라. 여린을 제자로 삼은 걸 두고두고 후회하는 눈치였다.

사부가 그처럼 못마땅하게 여겼던 혈령신공을 여린은 또다시 끌어올리는 중이었다. 강력한 기세 때문에 머리털이 빳빳이 곤두서고 온몸이 징그러운 핏줄로 뒤덮였다. 두 눈은 당장이라도 피눈물이 뚝뚝 떨어질 듯 붉게 물들었다.

"크아아아아!"

이때 우레와 같은 폭갈성을 내지르며 동부 안쪽에서 여린 못잖게 흉측한 몰골의 광인 하나가 튀어나왔다. 허옇게 센 머리카락을 허리까지 늘어뜨린 광인은 완전히 발가벗은 상태였다. 큰 키에 깡마른 몸 군데군데 음식 찌꺼기와 똥 덩이가 말라붙어 있었는데, 더욱 놀라운 것은 광인의 양쪽 어깨와 발목에 박힌 굵은 쇠꼬챙이였다. 발목의 쇠꼬챙이와 어깨의 쇠꼬챙이가 굵은 쇠사슬로 연결돼 있었는데, 이것은 아무래도 광인에게 마음껏 주먹을 휘두르지 못하게 하기 위한 장치 같았다.

쇠꼬챙이와 쇠사슬은 모두 흰 빛깔을 띠고 있었다. 중원에서 흰빛을 띠는 철은 딱 한 종류밖에 없다.

바로 같은 무게의 황금과 가격이 똑같다는 보물 중의 보물 만년한철(萬年寒鐵)!

그 어떤 명검이나 보도로도 끊을 수 없다는 만년한철은 흔히 절세의 고수를 묶어둘 때 사용되곤 했다. 아무리 고강한 고수라도 일단 만년한철로 족쇄가 채워지면 탈출은 불가능하기 때문이다.

"네 이놈, 소사청! 본왕의 적풍파권(赤風破拳)을 받아랏!"

산발한 머리카락 때문에 정확한 나이를 예측하긴 힘들었지만, 환갑은 훨씬 넘겼을 노마두가 무지막지하게 주먹을 휘두르며 덤벼들었다. 노인의 입에서 소사청이란 이름이 나왔지만, 여린은 그 이름이 누굴 뜻하는지 알아차리지 못했다.

노마두의 팔이 고무줄처럼 죽 늘어나는가 싶더니 엄청난 압력으로 주변의 공기를 빨아들이며 여린의 얼굴을 향해 똑바로 날아왔다. 주먹이 접근하기도 전에 주먹에서 뿜어진 막강한 기세 때문에 여린은 눈조차 제대로 뜰 수 없었다.

콰앙!

역시 광인의 모습으로 변한 여린이 양손으로 잡은 목검을 휘둘러 마두의 주먹을 튕겨냈다.

"크흡!"

하지만 여린과 노마두는 내공의 깊이가 달랐다. 엄청난 충격을 받은 여린이 울컥 선혈을 토하며 뒤쪽으로 단숨에 십여 걸음을 물러섰다.

"소사청, 쥐새끼 같은 놈! 오늘은 기어이 면상을 박살 내주겠다!"

노마두가 한껏 기세를 올리며 아직 자세도 바로잡지 못한 여린을 노리고 주먹을 한껏 휘둘렀다.

철커덩!

순간 발은 내딛고 어깨는 뒤로 젖히면서 쇄골과 발목에 연결된 쇠사슬이 팽팽하게 당겨지자 노마두는 멈칫했다. 그 빈틈을 놓치지 않고 여린의 목검이 노마두의 옆구리에 박혔다.

퍼억!

"끄으윽!"

신음성과 함께 노마두가 주르륵 밀려났다.

"으아아아!"

슈슈슈슈슉!

여린이 짐승 같은 울부짖음을 토하며 목검을 빠르게 내찌르자 목검

끝에서 단숨에 십여 가닥의 붉은 검광이 폭사되었다. 갑작스런 반격에 당황한 노마두가 양 주먹을 마구 휘저어 사방을 옥죄어오는 검광을 튕겨냈다.

퍼억!

퍼어억!

미처 튕겨내지 못한 검광 서너 개가 노마두의 어깨와 가슴을 강타했다. 그때마다 약간씩 비틀비틀할 뿐 노마두는 별 피해를 입은 것 같지 않았다. 혈령신공 구성의 힘이 실린 검을 맞고도 살가죽조차 상하지 않는 것만 봐도 노마두의 내력이 얼마나 고강한지 충분히 짐작할 만했다.

"크아아아! 본왕의 광풍쇄권(狂風碎拳)을 맛보여 주마, 이놈!"

꽈르르릉!

괜히 긁어 부스럼만 만든 것 같았다. 분기탱천한 노마두가 양 주먹을 교차시키며 마구 내뻗자 우레와도 같은 파공음과 함께 수십 가닥의 권영이 핑글핑글 맴을 돌며 허공을 뒤덮었다.

"끄아아아아!"

여린도 두 눈으로 피눈물을 뚝뚝 흘리며 무서운 기세로 목검을 휘둘렀다.

쾅쾅쾅쾅!

목검과 권영이 부딪칠 때마다 요란한 폭발음과 함께 사방으로 시퍼런 경기가 비산했다. 연이어 날아드는 권영을 튕겨내며 여린은 마두를 향해 조금씩조금씩 전진했다.

철컹철컹!

연달아 주먹을 내지를 때마다 발목에 연결된 쇠사슬이 팽팽해졌다. 아마도 저 쇠사슬 때문에 노마두는 지닌 공력의 오 할 정도밖에 사용하지 못하는 것 같았다. 그러지 않았다면 여린의 몸뚱이는 노마두의 저 무지막지한 주먹질에 의해 진즉 산산조각이 났으리라.

"으아아! 대붕전시!"

노마두의 일 장 거리까지 접근한 여린이 양손으로 단단히 움켜잡은 목검을 마두의 가슴을 향해 내찌르며 크게 소리쳤다. 목검 끝으로 한 마리 붉은 거룡이 아가리를 쫙 벌리고 쏟아져 나왔다.

퍼어어억!

"크아아악!"

거룡이 가슴 한복판에 정통으로 처박히는 순간, 비로소 노마두도 강한 충격을 받은 듯 뒤쪽으로 부웅 튕겨 나갔다. 노마두가 튕겨 나간 뒤편으로 동부 벽에 뚫린 좁은 동굴 입구가 보였다. 동굴은 아마도 천룡각의 비밀 서고와 연결돼 있으리라.

"후욱… 후욱……!"

흥분이 가시지 않은 듯 가쁜 숨을 몰아쉬며 여린이 동부 바닥에 드러누워 꿈틀거리고 있는 노마두를 노려보았다. 목검을 잡은 손에 다시 힘이 들어갔다. 치명상을 입지 않고 다시 일어서려는 노마두의 모습에서 강한 승부욕을 느낀 것이다. 하지만 천만다행으로 그때 이미 혈령신공이 조금씩 약해지며 여린도 빠르게 이성을 되찾아가고 있었다.

노마두를 버려두고 여린이 동굴 속으로 재빨리 뛰어들었다.

화재를 방지하기 위해서인지 단 한 알의 값어치가 고래등 같은 장원

과 맞먹는다는 야명주가 벽에 촘촘히 박혀 은은한 빛을 뿌리는 지하
서고 한복판 석탁 위에 족자는 놓여 있었다.

봉우금침어령(鳳友禁侵御令).

선대 황제의 친필이라는 일필휘지의 여섯 글자가 새겨진 족자였다.
행여 먼지라도 묻을까 봐 황금으로 테두리를 두르고 그 위에 유리를
입혀 표구를 만들었다.

여린은 한동안 숨을 죽이고 족자를 내려다보았다.

이 족자야말로 백만 금군의 출병을 가로막고 역도로 낙인찍힌 한 가
문의 멸문지화를 막아주는 마지막 구명 끈이었던 셈이다. 그래서일까?
품속에서 전낭을 꺼내는 여린의 손이 가늘게 떨리고 있었다.

여린이 전낭 속에서 철구심이 챙겨준 작은 유리 칼과 아교 풀, 그리
고 돌돌 만 봉우금침어령의 필사본을 꺼내 들었다.

이 필사본을 만들기 위해 여린은 낙양에까지 사람을 보내어 옛 명필
가들의 붓글씨를 전문적으로 위조하는 필사가에게 거금을 주고 위작을
만들어오기까지 했다.

'지금부터가 중요하다.'

이마에 땀방울이 송골송골 맺힌 채 여린이 유리 칼로 편액의 황금
테두리와 유리가 맞닿은 면을 조심스럽게 긁어내기 시작했다.

작업은 느리고도 신중하게 진행되었다.

약 한 식경의 시간이 흐른 후에 여린은 유리를 걷어내고 편액 속에
박혀 있던 족자를 무사히 떼어낼 수 있었다. 편액 안에 다시 위작을 집

어넣고 다시 한 식경 정도의 시간을 소비하고서야 여린은 편액을 본래의 모습으로 되돌려 놓을 수 있었다.

여린이 이처럼 정성을 들이는 이유는 족자를 훔쳐 내는 것도 중요하지만 철기방으로 하여금 족자가 무사하다고 믿도록 만드는 일도 못잖게 중요하기 때문이었다.

족자를 재빨리 품속에 갈무리하며 여린은 황급히 지하 서고를 빠져나갔다.

"아아악! 어머니!"

술에 취해 꽃밭에 엎드려 잠들어 있던 철기련은 불길한 꿈 때문에 잠에서 깨었다.

그의 나이 열두 살 때 홍수들의 칼에 처참하게 돌아가신 어머니를 꿈속에서 만난 것이다. 어머니는 그날처럼 전신에 난 수십 군데의 깊은 자상으로부터 피를 뚝뚝 흘리며 철기련을 조용히 응시하고 계셨다. 한동안 그렇게 섬뜩하게 자신을 바라보던 어머니의 눈에서 피눈물이 주르륵 흘렀다. 그제야 철기련은 어머니가 어린 아들을 근심의 눈으로 지켜보고 계셨음을 깨달을 수 있었다. 앞으로 닥쳐 올 어떤 험난한 운명을 아들에게 경고하고 싶으셨던 것 같다.

"왜 그러십니까, 어머니? 우리 집안에 또 어떤 몹쓸 일이 생기려고 그런 헐벗은 모습으로 찾아오셨습니까?"

아직 어두운 새벽 하늘을 올려다보며 철기련은 침중히 중얼거렸다.

숙취 때문에 물에 젖은 솜처럼 늘어지는 몸을 간신히 일으키며 철기련이 장원 한구석에 버려져 있는 작은 법당으로 걸음을 옮겼다. 법당은 지하 비밀 통로로 통하는 입구였고, 그 길을 따라가면 그의 미친 스승과 만날 수 있다.

오늘처럼 가슴이 답답한 밤이면 철기련은 스승을 찾아가 미친 듯 비무를 벌이곤 했다.

"소사청, 이 천하의 불한당 같은 개자식아아!"

철기련이 지하 동부에 발을 들여놓는 순간 산발한 스승은 언제나 그렇듯 소사청이란 인물에게 저주를 퍼부으며 덮쳐들었다. 철기련도 망설임없이 스승에게 전수받은 권법을 펼치며 대응했다.

쾅! 콰앙! 쾅쾅!

콰르릉! 콰르릉!

널찍한 지하 동부는 순식간에 퍼런 기세를 내뿜는 권영으로 가득 찼다. 권과 권이 부딪칠 때마다 사방으로 어지럽게 경기의 파편들이 비산하고, 지진이라도 난 듯 동부 전체가 뒤흔들리며 천장에서 흙먼지가 쏟아졌다.

철기련의 부친이 말하길, 엄동설한에 장강변을 둥둥 떠내려가던 스승을 건져 냈을 때도 스승은 지금처럼 쇄골과 발목을 쇠꼬챙이에 꿰어 쇠사슬로 묶여 있었다고 했다. 스승의 정확한 내력을 알 순 없었으나 부친은 스승이 백여 년 전 혜성처럼 등장하여 강호를 주유한 사대비문 중 일 문인 권문(拳門)의 수장 무적권왕 동태두라 짐작하고 있었다.

사대비문이 어떤 곳인가?

어느 날 홀연히 등장하여 수백 년간 강호를 실질적으로 지배하고 있던 구파일방의 초고수들을 차례로 굴복시키고, 전무후무한 강호 일통의 대망을 목전에까지 두었던 최강의 무인 집단이다.

네 가문의 파죽지세에 질린 구파일방이 황망히 연합 세력을 구축하여 사대비문의 수장들을 불귀곡으로 유인하여 협공을 가했으나 오백여 명에 이르는 구파일방의 고수들이 단 네 명의 신진고수에 의해 거의 궤멸적 타격을 입고 말았다. 강호의 호사가들은 아직도 그날의 대혈투를 노래로 지어 부르고, 구파일방은 그날의 참패를 영원히 씻을 수 없는 치욕으로 기억하고 있었다.

그처럼 위용을 자랑하던 사대비문이 자신들끼리의 불화로 회복 불능의 타격을 입고, 복수의 염원에 불타는 구파일방의 추적을 피해 강호에서 영원히 자취를 감추고 말았으니, 새삼 권불십년이란 고어를 떠올리지 않을 수 없다.

사대비문의 수장 중 한 명을 데리고 있다는 풍문이 떠돌면 수많은 방파들의 질시를 받을 것을 염려한 철기련의 부친은 사부를 이처럼 지하 동부에 가두고 아들로 하여금 무적권왕의 진전을 이어받도록 배려했다.

부친은 철기련에게 당부하곤 했다.

"무적권왕의 행동을 제어하고 있는 쇠사슬을 풀어낸 후 그와 맞대적할 수 있다면, 넌 이미 십상성의 반열에 오른 것이다. 그의 무공을 얻게 된 건 네겐 천재일우의 기회이니, 부디 정진하여 십상성을 뛰어넘어 입신(入神)의 경지에 발을 들여놓도록 하거라."

하지만 철기련은 어느 수준까지만 무공을 익힌 후 더 이상의 진전은 한사코 미뤄두고 있었다.

스스로 느끼기에도 그는 무공의 천재였다. 광인이 된 사부가 은연중에 내뱉는 호흡만으로 독문 기공을 간파했고, 미친 듯 내뻗는 주먹질을 상대하면서 저절로 무적권왕의 독문 권법을 익혔다. 사부와 만난 지불과 삼 년 만에 족쇄가 채워진 사부와 맞상대가 가능해졌으나 거기서 철기련은 전진을 멈추었다.

비참하게 죽은 어머니의 얼굴이 떠올랐기 때문이다.

어머니를 죽인 자들은 북명세가라고, 이십여 년 전 철기방에 의해 멸문하기 전까지 사천 땅에서 청성, 점창과 어깨를 나란히 할 정도로 번성을 누리던 무가였다. 당시 욱일승천의 기세로 성장하던 철기방과 당연히 갈등을 빚을 수밖에 없었으며, 그 와중에 부친을 암살하려 난입한 북명세가의 살수들에 의해 애꿎은 모친이 목숨을 잃은 것이다.

만약 아버지가 평범한 필부였다면 어머니가 그렇게 돌아가시진 않았으리라.

어린 시절 그의 눈앞에서 비참한 최후를 맞은 어머니의 모습이 뇌리에 박혀 두고두고 그를 괴롭혔고, 그 악몽 같은 기억은 자연스럽게 무공에 대한 반감으로 이어졌다. 그런 이유로 그는 최강이 되고 싶지 않았다. 최강이 된다면 자신을 시기하고 견제하려는 모종의 세력에 의해 또 소중한 누군가가 해코지를 당할지 모를 일이었다.

원하지도 않았던 천재성과 부친의 기대가 부담스러워진 그는 무공 대신 주색잡기에 빠져들었다.

유약한 성정과 술독에 빠져 사는 모습을 빗대어 주변 사람들은 철기련을 취군자(醉君子)라 부르며 비아냥거렸다. 철기련도 등 뒤에서 수군거리는 소릴 듣고 있었으나 개의치 않았다. 오히려 주위에서 자신을 그렇게 알아주길 원했다. 다만 부담스러운 것은 부친의 태도였다. 부친은 자신의 속내를 훤히 알 법도 한데 도무지 가타부타 말이 없었다.

"죽여 버릴 테다, 소사청!"

사부가 괴성을 내지르며 혼신의 힘이 실린 오른 주먹을 날려왔다. 폭발적인 내력이 실린 주먹이 솥뚜껑만하게 부풀어 있었다.

도대체 소사청이란 인물이 누구인지 궁금하다는 생각을 하며 철기련도 지체없이 오른 주먹을 내뻗었다.

꽈아앙!

주먹과 주먹이 정면으로 충돌하며 포탄 터지는 소리가 울려 퍼졌다.

"크흐흡!"

피분수를 뿌리며 사부가 주르륵 밀려났다.

순간 철기련은 사부의 상세가 평소와 다르다는 사실을 간파했다. 쌍방 혼신의 힘이 실린 주먹으로 맞부딪쳤을 경우 더 큰 충격을 받는 건 사부가 아니라 자신이어야 했다. 적어도 지금까지는 그랬다. 그런데 오늘의 사부는 왠지 지쳐 보였다.

입가로 핏물을 줄줄 흘리며 더운 숨을 몰아쉬는 사부를 찬찬히 살피던 철기련이 움찔했다. 사부의 가슴에 찍힌 두 개의 시커먼 멍 자국을 발견한 것이다.

'침입자가 있다!'

철기련이 홱 고개를 돌려 사부 뒤쪽의 좁은 동굴 입구를 보았다. 만약 침입자가 있었다면, 그의 최종 목적지는 뻔할 뻔 자였다. 저 동굴을 지나면 부친과 자신만 출입이 가능한 지하 서고가 나타나고, 그 서고 안에는 가문의 명줄을 틀어쥔 보물이 있다.

"우워어억!"

"죄송합니다, 사부! 비무는 잠시 미루도록 하겠습니다!"

사부가 크게 휘두른 주먹을 현란한 신법으로 피하며 철기련이 동굴 안으로 바람처럼 몸을 날렸다.

第八章

여린, 준비를 마치다

여린, 준비를 마치다

제가 만약 단독으로
수포 작전을 진행한다면 어찌시렵니까?

선대 황제의 친필 족자는 있어야 할 자리에 그대로 있었다.

편액을 들여다보고 유리 면을 손바닥으로 쓸어보고 했으나 별반 이상한 점을 찾을 수 없었다.

그런데도 기분이 찜찜했다. 뭔가 큰 사단이 벌어졌다는 불길한 예감이 철기련의 가슴을 옥죄었다. 어쩌면 피를 흘리는 어머니가 등장한 악몽 때문인지도 몰랐다. 자신을 애처롭게 응시하며 피눈물을 흘리던 어머니의 모습은 떨치려 해도 도무지 떨쳐지지가 않았다.

이때 번갯불처럼 철기련의 뇌리를 스치고 지나가는 얼굴이 있었다.

편액을 내려놓은 철기련이 황급히 서가를 빠져나갔다.

"려화야!"

벌컥!

철기련이 다짜고짜 방문을 열어젖히고 들어서자 침상에 나란히 누워 잠들어 있던 철려화와 여린이 놀라 헐레벌떡 상체를 일으켰다.

철려화가 오빠를 향해 베개를 집어 던지며 비명을 질러 댔다.

"까아악! 무슨 짓이야? 나가! 당장 나가!"

잠옷만 입고 있던 여린이 침대 밖으로 내려서서 등을 돌린 채 황급히 옷을 입었다. 그런 여린의 뒷모습을 철기련이 지그시 노려보았다. 대충 옷을 갖춰 입은 여린이 철기련의 앞으로 다가와 황망히 머릴 조아렸다.

"뭐라 드릴 말씀이 없습니다. 남녀가 유별한데 제가 그만 큰 실수를 저지른 것 같습니다. 부디 너그러이 용서해 주십시오."

"사과할 필요 없어요. 우린 어차피 머지 않아 혼인할 사람들이니까요."

잠옷 앞섶을 여민 철려화가 여린의 팔짱을 끼며 철기련을 도전적으로 쏘아보았다. 여린과 철려화는 오라비가 자신들의 합방을 문제 삼는다고 생각하는 것 같았다. 하지만 철기련은 전혀 엉뚱한 생각을 하고 있었다.

여린의 얼굴에 시선을 박은 채 철기련이 차갑게 물었다.

"오늘 밤 혹시 이 방을 나간 적이 있나?"

"예?"

"이 방을 나선 적이 있느냐고 물었네."

"초저녁부터 마신 술 때문에 정신없이 곯아떨어져 잤습니다만……."

"확실하지?"

철기련이 여동생 쪽을 돌아보며 확인을 요청했다.

"대체 무슨 일인데 그래?"

"묻는 말에나 대답해라. 이 친구의 말이 사실이냐?"

"사실이야."

철려화가 불쾌한 표정으로 크게 고개를 끄덕였다.

"정말이니?"

"그럼 정말이지 않고! 내가 왜 거짓말을 하겠어?"

더 이상 참지 못하고 철려화가 버럭 고함을 내질렀다. 딱딱하게 굳어 있던 철기련의 얼굴이 비로소 풀렸다.

철기련이 여린의 어깨를 툭툭 두드리며 빙긋 웃었다.

"내가 오해를 한 것 같군. 괘념치 말고 푹 쉬게. 려화의 말처럼 자넨 곧 우리 집안의 백년손님이 될 사람 아닌가?"

"그렇게 생각해 주시니 감읍할 따름입니다."

"무슨 감읍씩이나? 그럼 잘 쉬게나."

친근한 웃음을 머금고 돌아서던 철기련이 문득 멈칫했다.

철기련이 여린을 돌아보며 다시 한 번 고갤 갸웃했다.

"그런데 우리 정말 전에 만난 적이 없었나?"

다음날 아침, 여린은 철려화와 숙향의 배웅을 받으며 높다란 절벽 사이로 난 철기방 외원의 입구를 용마를 끌고 빠져나오고 있었다.

열흘 후 다시 만날 약속을 해놓고도 철려화의 눈가엔 벌써 이슬이 맺혔다.

철려화와 약간 떨어진 곳에 서서 외원 원주 마축지가 낭아곤을 꼬나 쥔 범 같은 수하들을 거느린 채 고까운 눈초리로 여린을 쏘아보고 있었다.

철려화의 손을 다정하게 움켜잡으며 여린이 마축지에게까지 들리도록 커다란 음성으로 말했다.

"열흘 후 다시 올 땐 아버님을 꼭 만나뵙고 싶소!"

"걱정 말아요. 내가 아버지께 꼭 말씀드려 놓을 게요."

"그날은 하인들과 함께 아버님께 바칠 선물을 싣고 오고 싶소만⋯⋯."

여린이 마축지의 눈치를 살피며 말을 이었다.

"외원 원주께서 통과를 시켜주실지 의문이구려!"

마축지가 한 걸음 나서며 퉁명스럽게 말했다.

"검열을 거치지 않고는 어떤 물건도 장원 내로 들일 수 없다!"

"역시 그렇겠지요?"

여린이 실망하는 걸 보고 철려화가 마축지를 향해 쌍심지를 돋았다.

"아버지께 진상할 선물이란 소리 못 들었어요! 그날은 내가 직접 마중을 나올 테니 얼마든지 싣고 와요! 아버님도 크게 기뻐하실 거예요!"

철려화가 직접 마중을 나오겠다는 소리에 할 말이 없어진 마축지가 쓰게 입맛을 다셨다.

"자, 그럼 난 이만 가봐야겠소! 열흘 후 이곳에서 다시 만납시다!"

용마에 올라탄 여린이 고삐를 흔들어 천천히 출발했다.

"잊지 마세요! 열흘 후예요! 열흘 후 이곳에서 기다릴 테니 꼭 돌아오셔야 해요!"

멀어지는 여린의 뒷모습을 향해 철려화가 입나팔을 만들어 소리쳤다.

여린도 아쉬운 듯 한사코 돌아보며 손을 흔들었다.

두 눈 가득히 차 오른 눈물 때문에 그런 여린의 모습이 먹물처럼 번져 보이는 철려화였다.

즙포사신의 집무실 안에 곽기풍과 하우영, 그리고 장숙과 단구는 물론 화초랑까지 자릴 잡고 앉아 있었다.

스윽! 슥슥!

부싯돌을 이용해 하우영은 도끼날을 벼리고 있었고, 장숙과 단구는 군도를 갈아 날을 세우고 있었다. 세 사람 모두 얼굴이 시커멓게 그을리고 은은한 안광을 내뿜는 폼새가 지난 한 달 동안 공력이 한층 증진된 느낌이었다.

여린의 지옥 훈련은 확실히 효과가 있어 하우영의 칠성부법은 패도적인 힘은 물론 정교한 기교까지 가다듬게 되었고, 장숙과 단구의 구주환상검은 오묘함을 더했다. 불과 한 달 만에 총 여덟 군데의 산채를 박살 낸 세 사람의 얼굴엔 자신감이 붙어 있었다.

얼굴이 검게 그을린 마지막 한 사람은 책상 위에 올려놓은 경대를 들여다보고 있었다. 곽기풍은 경대를 통해 검게 그을린 피부와 왼쪽 눈 밑에 길게 난 흉터 자국을 바라보았다.

"끌끌~ 그 헌헌하던 얼굴이 어느새 요 모양 요 꼴로 망가지고 말았구나."

현청으로 돌아오기 전 마지막으로 토벌한 황산채 부채주란 놈의 칼질에 당한 상처였다. 눈에서 별이 번쩍하던 그 순간을 떠올리며 곽기풍은 새삼 부르르 진저리를 쳤다. 까닥했으면 생목숨이 날아갈 뻔했던 것이다.

"난 문관이야. 내가 포두도 아니고 포사도 아닌데, 왜 나까지 혈풍 몰아치는 전장으로 내모느냔 말야?"

새삼 분통이 터지는지 곽기풍이 주인도 없이 굳게 닫힌 여린의 내실 문을 쏘아보았다. 자신들은 지옥 훈련에 몰아넣고 여린은 또 며칠째 감감무소식이었다.

"팔자도 좋지. 녹봉이나 축내는 저런 개자식은 당장 모가지를 뎅 강……."

벌컥!

이때 갑자기 집무실 문이 열리며 여린이 나타났다. 방금 전까지 여린에게 저주를 퍼부어 대던 곽기풍이 제일 먼저 자릴 박차고 일어났다. 여린의 앞으로 뽀르르 달려 나오며 곽기풍이 말 잘 듣는 강아지처럼 굽신거렸다.

"어이쿠~ 어딜 갔다 이제야 돌아오십니까, 사신님? 행여 무슨 사고라도 생겼나 얼마나 걱정했는지 모릅니다."

곽기풍의 저런 모습에 이골이 난 장숙과 단구는 태연했지만 말과 행동이 늘 일치하는 하우영은 영 못마땅한 표정이었다.

여린이 곽기풍을 향해 히쭉 웃으며 물었다.

"불미스런 사고라니요? 어떤 종류의 사고 말입니까?"

"그러니까 예를 들면 철기방에서 파견한 흉수에게 급습을 받는다든 지……."

"그래서 제가 죽기를 바랐군요?"

"그럴 리가 있겠습니까? 저는 오로지 즙포사신님에 대한 걱정으로

밤잠을 설치는 충복 중의 충복 아닙니까?'

"자, 객쩍은 소린 치우고 모두 날 주목해 주시오!'

짜악!

여린이 손뼉을 마주 치며 집무실 한복판으로 가 섰다.

모두의 시선이 자신에게 쏠린 후에도 여린은 잠시 뜸을 들였다.

그리고는 약간은 들뜬 표정으로 여린이 천천히 입을 열었다.

"드디어 철기방의 수괴 철태산을 수포하기로 했소. 열흘 후 출병할 테니 모두 각오를 다져 주시오."

'드디어……!'

하우영과 장숙, 단구가 열에 들뜬 눈으로 서로의 얼굴을 마주 보았다.

곽기풍만 사래 들린 사람처럼 숨을 캑캑거리며 가슴을 두드렸다.

곽기풍이 황급히 여린의 앞을 가로막고 나섰다.

"안 됩니다! 절대 안 돼요! 철태산에게 선대 황제의 친필 족자가 있는 한 누구도 철기방을 칠 수 없습니다. 황실에서 괜히 금군을 파병하지 않는 줄 아십니까?"

여린이 씨익 웃으며 품속에서 족자를 꺼내 보였다.

"혹시 이걸 말하는 겁니까?"

여린이 활짝 펼친 족자에는 일필휘지로 시원스럽게 써내려 간 붕우금침어령의 여섯 글자가 적혀 있었다.

경악으로 입을 쩍 벌린 곽기풍이 덜덜 떨리는 손가락으로 족자를 가리키며 간신히 내뱉었다.

"설마… 설마… 이게……?!"

"돈 주고도 구경할 수 없는 물건이니 잘 봐두시오. 선대 황제 폐하의 친필이오."

'이, 이 자식은 사람이 아니야. 귀신이 분명해.'

여린을 바라보는 곽기풍의 눈엔 공포심마저 어려 있었다.

그 길로 버둥거리는 곽기풍을 끌고 여린은 상관흘의 방을 찾았고, 곽기풍과 똑같은 이유로 불가함을 주장하던 상관흘은 역시 곽기풍처럼 족자를 보고는 입을 다물어 버렸다.

그날 오후 전령을 자처한 단구가 말을 몰아 성청을 향했고, 다음날 아침 철기방의 수괴를 체포하기 위한 출병을 허락한다는 성주 대인의 내락이 일사천리로 떨어졌다.

그날부터 여린은 곽기풍 등을 독려하여 선별한 백여 명의 특무조 포사들을 혹독하게 조련하는 한편, 성주 북궁연이 직접 거느리고 올 오천여의 위군을 맞이할 채비를 서둘렀다.

열흘의 시간이 살처럼 흐르고 있었다.

산동성과 강소성의 경계에 흑림(黑林)이란 이름의 검은 소나무 숲이 있다. 검은 소나무란 것이 흔치 않은데다 숲의 규모도 어마어마해서 천하의 진경 중 하나로 손꼽혔다.

우두두두두!

한가로운 봄 햇살을 즐기고 있던 검은 소나무 숲이 갑자기 지진이라도 난 듯 요동치기 시작했다. 그러더니 잠시 후 묵직한 갑주와 창검으로 중무장한 수천의 철기군(鐵騎軍)이 숲을 박차고 쏟아져 나왔다.

누런색 갑옷 위에 이미 입춘이 지났음에도 초여름까지 살얼음이 낀

다는 만주 벌판의 혹한을 견디기 위해 양털로 지은 피풍의까지 두른 기병대의 얼굴엔 관록과 긍지가 엿보였다.

동로원정군(東路遠征軍).

바람에 펄럭이는 거대한 군기를 받쳐 든 기수들을 거느리고 기병대의 선두에서 질주하고 있는 젊은 지휘관은 황제의 신임을 한 몸에 받고 있는 동로대장군 이철이었다. 팔천의 철기로 이루어진 이 동로군이야말로 북경에 주둔 중인 황제 직속의 금군을 제외하곤 대명의 최정예라 할 수 있었다.

만주는 예부터 한족을 괴롭히는 강력한 이족 중 하나인 여진이 웅지를 틀고 있는 땅이다. 명은 여진에게 상시(常市)를 열어 교역을 허락하는 등의 회유책을 쓰는 한편, 반란을 일으켰을 경우 이 동로군을 동원하여 철퇴를 가하곤 했다. 호전적인 민족인 만주족의 반란은 빈발했고, 그로 인해 실전 경험이 풍부할 수밖에 없었던 동로군은 사기가 드높을 수밖에 없었다.

우두두두두!

탁 트인 벌판을 질풍노도처럼 내달리는 용맹한 부하들의 선두에 선다는 것은 타고난 무골인 이철에겐 언제나 가슴 뿌듯한 경험이었다.

그러나 오늘만큼은 그런 뿌듯함을 느낄 수 없는 이철이었다. 그는 지금 무도한 여진이 아니라 남경의 영왕을 치러 가는 길이었기 때문이다.

지엄한 황상께옵서 정무를 보시는 태화전(太和殿) 대리석 바닥에 엎드려 이철은 죽음을 각오하고 황제께 영왕의 무고함을 주청하였다. 황제를 에워싼 더러운 환관 놈들이 뱀 같은 눈을 하고 자신을 노려보았으나 이철은 개의치 않았다.

영왕은 황상의 이복 형이기에 앞서 한때 이철이 모시던 직속 상관이기도 했다. 십여 년 전 여진의 십여 개 부족이 연합하여 큰 반란을 일으켰고, 그때 막 즉위한 황상의 명을 받고 그들을 토벌한 것이 당시 동로대장군을 맡은 영왕이었고, 자신은 중군병마도독을 맡아 영왕을 보좌했다. 그때 그는 이미 영왕의 범 같은 용맹함과 진솔한 사내다움에 감복하고 말았다.

그런 영왕이 역모를 획책하다니…….

한 줌도 안 되는 환관 놈들이 황조를 멸망의 길로 인도하고 있었다.

결론부터 말하자면, 황상은 그의 직언을 받아들이지 않았다. 그에 대한 오랜 신뢰가 없었다면 이철은 대명의 다른 수많은 충신들처럼 태화전 뜰을 벗어나기도 전에 환관 놈들이 수족처럼 부리는 금의위(錦衣衛)의 고수들에 의해 도륙당하고 말았으리라.

당장이라도 자금성을 향해 말머리를 돌리고 싶은 충동을 억누르기 위해 이철은 새삼 말고삐를 힘주어 움켜잡았다.

어찌 세상에서 가장 존경하고 흠모하는 옛 상관을 향해 칼을 겨눌 것인가.

새삼 눈앞이 캄캄해지는 이철이었다.

"전방에 적이 출현했다!"

병사들의 외침 소리에 상념에 잠겨 있던 이철은 퍼뜩 정신을 차렸다.

사나운 눈초리로 전방을 노려보자 말 등에 '영(슈)'의 깃발을 꽂고 자욱한 흙먼지를 일으키며 달려오는 십여 기의 전령이 보였다.

"철기 정렬!"

이철이 오른손에 쥐고 있던 지휘봉을 쳐들며 우렁차게 소리치자 팔천여의 기마대가 일순간에 멈춰 섰다.

이철 앞에 부복한 전령이 공손히 두루마리를 내밀었다.

"이것이 무엇이냐?"

"영왕께서 전하시는 서찰이옵니다. 이 서찰을 반드시 북로대장군께 직접 전하라고 당부하셨습니다."

전령의 말을 귓등으로 흘러들으며 황급히 족자를 펼쳐 든 이철은 일순간 멍한 표정이 되고 말았다.

백아절현(伯牙絶絃).

큼직한 두루마리에는 '백아절현' 이란 딱 네 글자가 쓰여져 있었다. 글귀를 접하는 순간 이철은 그만 가슴이 콱 막히며 눈물이 핑 돌았다.

백아절현이란, 열자(列子)의 탕문편(湯問篇)에 나오는 이야기이다.

춘추전국시대, 원래 초(楚)나라 사람이지만 진(晉)나라에서 고관을 지낸 거문고의 달인 백아가 있었다. 백아에게는 자신의 음악을 정확하게 이해하는 절친한 친구 종자기(種子期)가 있었다. 백아가 거문고로 높은 산들을 표현하면 종자기는 '하늘 높이 우뚝 솟는 느낌은 마치 태산처럼 웅장하구나' 라 하고, 큰 강을 나타내면 '도도하게 흐르는 강물의 흐름이 마치 황하 같구나' 라고 맞장구를 쳐주기도 하였다.

어느 날 두 사람이 놀러 갔다가 갑자기 비가 쏟아져 이를 피하기 위해 동굴로 들어갔다. 백아는 동굴에서 빗소리에 맞추어 거문고를 당겼다. 처음에는 비가 내리는 곡조인 임우지곡(霖雨之曲)을, 다음에는 산이 무너지는 곡조인 붕산지곡(崩山之曲)을 연주하였다. 종자기는 그때마다 그 곡이 의미하는 바가 무엇인지를 조금도 틀리지 않고 정확하게 알아맞혔다. 이렇듯 종자기는 백아가 무엇을 표현하려는지를 정확히 이해하고 감상할 수 있는 능력을 가졌고, 백아와는 거문고를 매개로 서로 마음이 통하는 음악 세계가 일치하는 사이였다.

그런데 종자기가 병으로 갑자기 세상을 등지자 백아는 크게 슬퍼하며 애지중지하던 거문고 줄을 스스로 끊어버리고 죽을 때까지 다시는 거문고를 켜지 않았다고 한다. 백아는 자신의 음악을 알아주는 사람이 이 세상에는 더 이상 없다고 생각하였기 때문에 거문고 줄을 끊은 것이다.

이 백아절현의 고사를 영왕과 주고받은 것은 한창 전투가 격렬해지던 십여 년 전 겨울의 군막에서였다. 동로군을 이끌고 산해관을 건너 질풍처럼 길림까지 진격하였으나 갑자기 무서운 눈보라가 열흘 넘게 이어지면서 보급이 끊기고, 원정군은 여진족이 아니라 자연이라는 강적 앞에서 속수무책으로 무너지고 있었다.

음울한 분위기가 굶주림과 추위에 지친 진중을 휘감고 있던 그때, 대장군의 막사 안에서 차다찬 술잔을 주고받다가 이철은 그만 감정을 이기지 못하고 영왕 앞에 엎드려 의형(義兄)이 되어줄 것을 간청했다. 자신이 비록 명문대가 출신이라곤 하나 황족이자 직속 상관인 영왕에게 의형 운운했다는 건 중형을 받을 수도 있는 잘못된 처신이었다. 그러나 영왕은 취한 그를 일으켜 주며 이 백아절현의 고사를 들려주었다.

그리곤 백아와 종자기처럼 영원히 변치 않는 우정을 맹세하자고 했다.

영왕은 그런 남자였다.

맹세컨대 이철은 아직 그만큼 사내답고 용맹한 남자를 만난 적이 없었다.

두루마리를 와락 움켜잡으며 이철이 부복한 전령을 향해 물었다.

"이 두루마리를 건네면서 영왕께서 다른 당부는 없으셨느냐?"

전령이 이철을 올려다보며 씨익 웃었다.

"환관 놈들의 쓸데없는 농간에 놀아나지 말고 남경 왕부로 들어 찬술이나 한잔하자고 하시더이다."

"핫하하하! 그렇게 말씀하셨단 말이지? 과연 영왕다운 말씀이시다!"

이철은 참으로 오랜만에 호탕하게 웃었다. 그리곤 평생 후회하게 될지도 모를 결정을 내렸다.

"모든 철기들은 들으라! 지금 즉시 군기를 내리고 창검은 땅을 향하도록! 우리는 남경에 토벌군이 아니라 손님으로서 방문한다! 알았나?"

그렇게 황제가 사랑하는 동로대장군 이철과 팔천여의 강병은 남경 영왕의 휘하로 복속되고 말았다. 그리하여 북경 조정이 발칵 뒤집혔고, 영왕이 머지 않아 황도로 진격할 것이란 흉흉한 풍문이 떠돌았다. 영왕은 병사 하나 일으키지 않고 북경 조정을 수세에 몰아넣고 있었던 것이다.

"이런 병신 같은 것들! 일 처리를 대체 어떻게 하는 거야?"

전령이 전해온 급보를 움켜쥔 북궁연의 손이 푸들푸들 떨렸다.

사하현의 즙포 여린으로부터 철기방의 마지막 구명 줄이었던 전대 황제의 족자를 빼냈다는 소식을 접하고 기꺼운 마음으로 출병 준비를 서두르고 있던 그였다. 여린과 출병을 약조한 날짜가 이제 불과 사흘 남았다. 그런데 북경으로부터 전혀 뜻밖의 소식이 날아들었던 것이다.

동로대장군 이철과 휘하의 정예군 팔천이 칼 한 번 휘두르지 않고 남경의 영왕에게 굴복하였다!

이건 단순히 팔천이라는 병력의 문제가 아니었다. 영왕 대 황실의 대결에서 당연히 황실의 일방적인 승리를 예단했던 지방의 성주나 무림의 제 방파들이 어느 쪽의 승리도 장담하지 못하는 방관자의 자세로 돌아섰음을 뜻했다.

달그락달그락!

북궁연이 또다시 오른손에 쥔 두 개의 호두 알을 불나게 굴리기 시작했다. 초조할 때면 늘 나오는 버릇이었다.

한동안 그렇게 호두 알을 굴리며 머리를 쥐어짜던 북궁연이 문밖을 향해 크게 소리쳤다.

"소소! 즙포 북소소를 불러들이라!"

잠시 후, 성청 소속의 선임 즙포 북소소는 남자들이나 입는 흑색 경장에 등 뒤에는 큼직한 고려검을 차고 삐딱하게 성주 대인의 집무실에 서 있었다. 어깨 위에는 가죽도 아니고, 짚을 얼기설기 엮어 만든 싸구려 피풍의를 둘렀다.

깡총하게 자른 단발머리와 한일 자로 굳게 다문 입술에서 그녀의 만만찮은 성정이 엿보였다. 하지만 유난히 흰 피부와 깊은 눈매, 색목인처럼 시원스레 뻗은 콧날, 그리고 오 척 팔 촌은 될 듯한 큰 키에 들어갈 곳은 들어가고, 나올 곳은 나온 몸매는 그녀가 약간만 꾸며도 항아나 서시 뺨 칠 미인이란 사실을 강변하고 있었다.

태사의에 비스듬히 앉아 독사성이 엄청 못마땅한 시선으로 북소소를 바라보았다.

저 삐딱한 자세하며 선머슴 같은 옷차림에 등짝에 메고 있는, 여자가 차기에는 너무 커다란 장검까지.

무엇 하나 마음에 드는 구석이 없었다. 그러나 작금의 화급한 상황에서 믿을 수 있는 건 저 골칫덩이 즙포사신밖에 없다는 게 현실이었다.

달그락달그락!

"무슨 말인지 알겠지?"

손 안의 호두 알을 굴리며 북궁연이 다짐을 받았다. 하지만 퉁명스럽게 돌아온 대답에 그는 그만 미간을 확 찌푸리고 말았다.

"모르겠는데요."

"왜 몰라? 지금껏 한 시진도 넘게 설명했잖아!"

"그러니까 모르겠다는 말입니다. 봉우금침어령이란 시답잖은 문구가 쓰여진 족자도 빼앗았겠다, 이제 노도처럼 군사를 몰고 들어가 철태산의 목을 베면 되는 일 아닙니까? 황실과 영왕의 역학 관계를 떠나서 철기방이 그동안 저지른 패악은 멸문지화를 당해도 할 말이 없을 겁니다."

콧김을 핑핑 내뿜으며 씩씩하게 말하는 여즙포를 바라보며 북궁연은 가슴이 답답해짐을 느꼈다.

북궁연이 어금니를 지그시 깨물며 말했다.

"남경의 영왕을 토벌하러 나섰던 북로대장군 이철이 정예군 팔천과 함께 투항해 버렸다고 하지 않나? 정세가 아주 이상하게 돌아가기 시작했단 말이다."

"그러니까 그 정세란 것과 철기방의 수괴 철태산을 수포하는 일이 무슨 상관이냔 말입니다. 이럴 때일수록 관은 본연의 임무에 충실해야……."

"닥치지 못할까?!"

더 이상 참지 못하고 북궁연이 주먹으로 태사의 팔걸이를 후려치며 일갈했다.

"몇 번을 말해야 알아들어? 지금 상황에서 우리 관이 철기방을 잘못 건드렸다간, 오히려 우리 쪽이 전멸을 당할 수도 있다고 했잖아! 판이 뒤집힌 걸 알면 철기방 쪽으론 한탕을 노리는 강호의 숱한 무뢰배들이 몰려들 것이고, 흙이나 파던 농부들을 끌어다 조직한 지방군인 우리 위군은 하루아침에 지리멸렬하고 말아! 오히려 우리 쪽이 토벌당할 수도 있단 말이다, 멍청아!"

뽀각!

너무 흥분한 나머지 손 안의 호두 알에 금이 가고 말았다. 운남에서 들여온 껍질이 단단하기로 유명한 호두였는데, 북궁연이 어지간히 흥분했다는 증거였다.

북소소가 약간은 누그러진 음성으로 말했다.

"그러니까 사하현청으로 달려가서 철태산 수포 작전이 당분간 보류되었음을 알리고, 성주 대인의 영이 제대로 시행되는지 감시하라 이 말씀이죠?"

"그렇다."

"알았습니다. 녹봉을 받아먹는 몸이니 까라면 까야죠, 뭐."

기어이 뼈 있는 한마디를 던지며 북소소가 몸을 돌렸다.

"소소야."

북궁연이 갑자기 부드러운 목소리로 부르자 북소소가 멈칫했다.

"왜요?"

스윽 돌아서는 북소소를 향해 북궁연이 애정과 걱정이 뒤섞인 표정으로 진지하게 당부했다.

"즙포 여린은 철기방과 원한이 깊다. 그 아인 내 명령을 무시하고서라도 반드시 철기방을 치려고 할 게야. 어떻게든 그 아이를 막아라. 이 일에 우리 가문의 성쇠가 달렸음을 잊지 말고."

"예, 예. 목숨 걸고 가문의 영광을 지키겠습니다, 아버지."

잔뜩 비틀린 목소리로 대답하곤 북소소가 문을 열고 나갔다.

"쯔쯧~ 시집은 언제나 가려고 저러는지, 원."

비로소 평범한 아버지의 자세로 돌아와 스물 하고도 여섯 해째를 보내고 있는 과년한 딸을 걱정하는 북궁연이었다.

다음날 아침, 사하현 현청은 그야말로 벌집을 쑤셔놓은 듯 소란스러웠다.

식전 댓바람부터 갑자기 들이닥친 꼭 선머슴처럼 생긴 신임 여즙포가 철기방 방주 철태산에 대한 수포를 무기한 연기한다는 성주 대인의 영을 전달했기 때문이다. 한창 포사들을 조련하고 있던 하우영과 장숙, 단구는 큰 혼란에 빠졌다. 다만 현감 상관홀과 총관 곽기풍만 삐져 나오는 웃음을 참느라 표정 관리에 애를 먹었다.

여린은 자신의 방 안에서 찻잔이 놓인 탁자를 가운데 두고 마주 앉은 북소소를 유심히 바라보고 있었다.

여린은 북소소가 꽤 재미있는 여자라고 생각했다.

분명 조금만 꾸며도 뭇 사내들의 시선을 한 몸에 사로잡을 미색이었다. 하지만 남자들 중에서도 멋보다는 실용을 따지는 나이 든 사람들이 주로 즐겨 입는 흑색 경장을 입고, 등 뒤에는 중원에선 보기 힘든 고려검을 찬 그녀는 전혀 자신을 꾸밀 마음이 없는 것 같았다.

스스로를 꾸미지 않는 여자는 딱 두 종류밖에 없다.

아이 서넛 낳고 뱃살이 축 늘어진 아줌마이거나, 아니면 엄청난 의지를 가진 여자이거나.

자신의 눈앞에 앉아 있는 여즙포는 아줌마가 아니니 아마도 의지가 강한 여자일 거라고 여린은 짐작했다. 스스로를 꽃처럼 가꿔 사내들의 사랑을 받기보다는 스스로의 의지를 관철시켜 사내들과 동등하게 경쟁하려는 여자 말이다.

그런 여자는 대부분 남자를 골치 아프게 만든다. 지금 자신 앞에 앉아 싱글거리고 있는 저 북소소처럼.

"이유가 뭡니까?"

찻잔을 내려놓으며 여린이 빙긋 웃었다.

북소소도 빙긋 웃으며 대답했다.

"이유가 뭐 필요합니까? 우리 같은 말단 관원들이야 위에서 까라면 까야죠."

"그래도 출병을 불과 이틀 앞두고 갑자기 수포 작전이 연기된 데는 이유가 있을 거 아닙니까?"

"이유야 있지요. 대역무도한 동로대장군 이철이 영왕에게 투항하지 않았습니까? 그러자 성주 대인의 생각이 달라졌지요. 다른 지방관들처럼 눈치를 보기 시작했다 이겁니다."

"성주 대인이 그처럼 가볍게 처신할 분으론 보이지 않습니다."

"그럴까요? 만약 영왕이 군사를 일으켜 무능한 조정을 타파하고 새로운 황제가 된다면, 철기방을 토벌한 성주 대인은 즉시 역적으로 몰려 구족이 줄줄이 목이 잘릴 텐데요."

"그러니 싹을 잘라야죠. 지금이 철기방을 칠 수 있는 마지막 기회입니다."

"그거야 여린님의 생각이고, 성주 대인의 생각은 좀 다른 듯합니다."

"제가 만약 단독으로 수포 작전을 진행한다면 어쩌시렵니까?"

"불가능할 겁니다. 성주 대인께옵서 작전권을 선임 즙포인 제게 넘긴데다 사하현의 현감과 총관까지 제 편인 듯하니 말입니다."

가시 돋친 대화 내용과는 달리 두 사람은 마치 오랜 친구라도 되는 양 연신 싱글벙글 웃는 얼굴이다. 누군가 지금의 여린과 북소소를 보았다면 두 사람의 미소가 상당히 닮아 있음을 알아차릴 수 있으리라.

한동안 조용히 북소소의 얼굴을 바라보던 여린이 자리를 털고 일어섰다. 북소소도 황급히 따라 일어섰다.

"어딜 가십니까?"

"어차피 수포 작전도 끝장이 나지 않았습니까? 허탈한 마음도 달랠 겸 탁주나 한 사발 하려고 합니다."

"그도 좋겠지요."

"그럼 편히 쉬십시오, 북소소 선임 즙포님. 부임을 진심으로 환영합니다."

의미심장한 미소를 머금은 채 문을 열고 나가는 여린의 뒷모습을 북소소가 조용히 바라보았다.

타악!

문이 닫힘과 동시에 그녀의 얼굴에서 웃음기가 싹 가셨다.

북소소가 심각하게 중얼거렸다.

"아버지 말씀이 옳아. 저 남자, 지극히 위험한 인물이다. 내가 조금만 방심해도 큰 사고를 치고 말 거야."

이때 문이 빼꼼히 열리며 삶아놓은 쥐새끼처럼 생긴 중년 사내가 얼굴을 디밀었다. 북소소 혼자 방 안에 있음을 확인한 중년 사내가 뽀르르 달려와 손바닥을 불나게 비벼 댔다.

"헷헤헤! 안녕하십니까요, 북 즙포사신님? 인사가 늦었습니다요. 소관은 앞으로 북 사신님을 모시게 될 총관 곽기풍이라 하옵니다."

연신 굽신거리는 총관 곽기풍을 바라보며 북소소는 가볍게 미간을 찌푸렸다.

전형적인 보신주의자. 그녀가 가장 싫어하는 타입이었다.

그러나 현청의 역학 구도로 보아 여린을 견제하려면 이 사내를 내 편으로 만들 필요가 있었다. 당연히 곽기풍을 대하는 북소소의 태도가 공손하고, 목소리가 사근사근해질 수밖에 없었다.

북소소가 정중히 포권을 취하며 허리를 낮췄다.

"편히 대해주십시오, 곽 총관님. 사하현에 대해 속속들이 알고 계시는 곽 총관님께 앞으로 많은 가르침을 받아야 할 입장입니다."

"오오……!"

곽기풍은 그만 목이 콱 메이고 말았다.

그동안 여린 때문에 겪었던 온갖 고초가 주마등처럼 스쳐 지나가는 것 같았다.

자고로 즙포사신이란 이래야 정상이지. 여린 때문에 즙포사신과 총관의 정상적인 관계마저 망각하고 있던 곽기풍이었다. 그런데 이 시원시원하게 생긴 여즙포가 자신의 잃어버린 자존심을 단번에 되살려 주고 있었다. 게다가 그녀는 철기방 방주 철태산을 수포하는 계획을 무기한 연기한다는 성주 대인의 반가운 영까지 받아오지 않았는가.

사실 그 소식을 접하고 현감 상관흘과 함께 덩실덩실 춤까지 추었던 곽기풍이다. 당연히 깨물어주고 싶을 만큼 북소소가 예뻐 보일 수밖에.

북소소를 잘만 이용하면 사고뭉치 여린을 몰아내는 것도 시간문제라고 판단한 곽기풍이 때가 밀리도록 손바닥을 비비며 넌지시 운을 떼었다.

"저… 혹시 약주는 하시는지요? 여성 즙포사신님은 모셔본 적이 없는지라 어찌 영접을 해야 할지 난감합니다."

"저, 술 아주 좋아해요."

북소소가 눈을 둥그렇게 뜨고 말하자 곽기풍은 신바람이 났다.

"마침 잘됐군요. 대서문로 번화가에서 큰 주루를 운영하는 절친한 친구가 있는데, 이 친구가 얼마 전부터 한번 놀러 오라고 극성스럽게 조르지 뭡니까? 오늘 저와 함께 그쪽으로 가서서 회포를 푸심이 어떠할지요?"

"좋습니다. 가십시다."

시원시원하게 대답하는 북소소의 얼굴을 바라보며 곽기풍이 행복하게 웃었다.

'맞아. 자고로 즙포와 총관의 관계는 이래야 해.'

대서문로에서 가장 유명한 주루는 천화루였다. 하지만 어느 날 갑자기 천화루 루주 마 대인이 현청에 붙잡혀 들어가고, 천화루에 따리를 틀고 있던 철기방 사하현 부당주 사문기가 마 대인의 밀고에 의해 피떡이 되었다는 풍문이 퍼지면서 보복을 두려워한 손님들의 발길이 뚝 끊기고 말았다.

덕분에 반사 이익을 누리는 업소가 있었는데, 바로 대서문로 주당들이 천화루 다음으로 쳐주는 백화루였다. 천 송이의 꽃이 준비돼 있는 곳이 천화루, 백 송이의 꽃이 준비돼 있는 곳이 백화루. 백화루는 이름에서부터 천화루에 밀려 만년 이등이었으나 근자에 들어선 경쟁자의 몰락으로 자연스럽게 일등으로 올라서 있었다.

"흐흐! 돈이 아주 쏟아져 들어오는구나, 쏟아져 들어와."

자신의 방 아랫목 보료 위에 앉아 지난밤 벌어들인 은자를 세어보며 백화루 루주 채 대인은 마냥 행복했다.

벌컥!

"큰일났습니다요, 대인!"

이때 갑자기 청지기가 문을 박차고 뛰어들었고, 놀란 채 대인은 큼직한 옥함 안에 서둘러 은자를 쓸어 담느라 한바탕 소동이 벌어졌다.

철썩!

옥함을 챙겨 넣자마자 채 대인이 청지기란 놈의 뺨부터 쳐 올렸다.

"미련 곰탱이 같은 새끼야! 사시(巳時) 이전에는 절대 내 방에 들어

오지 말라고 몇 번을 얘기했니? 엉?"

청지기가 벌겋게 달아오른 뺨을 감싸쥐고 기죽은 목소리로 더듬거렸다.

"그, 그것이… 현청의 곽 총관이 신임 즙포사신을 앞세우고 나타났는지라……."

"곽 총관이?!"

철퍼덕!

채 대인의 손바닥이 다시 청지기의 뺨을 후려쳤다.

"그런 중대한 사안을 왜 이제야 보고하는 거야, 굼벵이 같은 새꺄?!"

채 대인이 볼이 퉁퉁 부은 청지기를 거느리고 헐레벌떡 복도를 달려왔다.

은자 삼백 냥이면 타협이 될까? 아님 아예 한 천 냥쯤 확 안겨 버려?

그의 머리 속은 과연 얼마나 뇌물을 먹여야 곽 총관과 신임 즙포를 내쫓을 수 있을 것인가에 대한 생각으로 불나게 돌아가고 있었다. 얼마가 들더라도 곽 총관과 즙포사신을 객실에 들일 수는 없는 노릇이었다. 그 두 사람 때문에 한창 성세를 누리던 천화루가 얼마나 처참히 몰락했는지 채 대인은 너무도 잘 알고 있었다.

"은 이천 냥이면 어떻겠소, 곽 총관?"

그래서 객실 문을 거칠게 밀치고 뛰어들며 채 대인은 이렇게 소리쳤던 것이다.

"엥?"

하지만 어느 미친놈이 내왔는지 이미 한 상 제대로 차려놓고 마주 앉아 있는 곽기풍과 북소소를 발견하고 채 대인은 멈칫했다.

채 대인의 예리한 눈이 재빨리 북소소를 훑었다.

물건이었다. 비전문가의 눈으로 보면 북소소는 저자에서 흔히 볼 수 있는 그저 그런 여자였다. 하지만 전문가인 채 대인의 눈은 북소소가 한 꺼풀만 벗기면 경국지색이란 칭호를 들을 정도의 초미녀임을 간파하였다. 게다가 색목인처럼 굴곡이 확실한 저런 몸매의 여자를 채 대인은 환장하게 좋아했다.

곽기풍과 함께 나타난 인물이 여린이 아니라는 데 일단 안도하며 채 대인이 곽기풍과 북소소 사이에 털썩 주저앉았다.

채 대인이 곽기풍을 향해 한결 부드러워진 표정으로 물었다.

"공사다망하신 총관께옵서 저희 주루까진 어쩐 일이십니까?"

"그보다 자네가 뛰어들면서 외친 은 이천 냥이란 무슨 소린가?"

귀신 같은 늙은이.

하긴 돈 냄새를 귀신처럼 맡는 저 사악한 총관 놈이 그 소릴 못 들었을 리 만무했다.

'이 참에 그냥 이천 냥 쿡 찔러주고 다시는 걸음을 못하게 만들어?'

잠시 갈등하던 채 대인은 북소소가 자신을 향해 배시시 웃어 보이자 그만 생각이 확 바뀌고 말았다.

채 대인이 험험 헛기침을 하며 말했다.

"제가 대북문로에 주루를 하나 더 내려고 합니다. 대지 일만 평에 스무 칸짜리 전각의 장원을 하나 보아두었는데, 그 값으로 이천 냥이면 싼 걸까요, 비싼 걸까요?"

"예끼, 이 사람아! 그걸 왜 나한테 물어? 내가 거간꾼이야?"

"헐헐! 곽 총관님께서 하도 발이 넓으시니 그러지요."

곽기풍의 관심을 돌리려 채 대인이 문밖을 향해 크게 소리쳤다.

"귀한 손님들 오셨는데 술상이 이게 뭐냐? 여기 안주와 술 좀 다시 내오너라!"

기름진 안주와 달디단 술에 취흥이 한껏 돌았다.

해가 중천에 뜰 무렵 북소소와 곽기풍은 물론 채 대인까지 불콰하게 취해 버렸다.

"딸꾹! 한데 저희 백화루엔 갑자기 어인 일이십니까, 곽 총관님? 평소 천화루만 뻔질나게 드나들 뿐, 저희 백화루 쪽으론 방귀 한 번 뀌지 않던 분 아닙니까?"

채 대인이 약간은 불만스럽게 말했다.

"산에서 호랑이가 사라지면 승냥이가 왕이 된다고 했네. 이제 천화루가 쫄딱 망했으니 백화루가 대서문로 최고의 주루 아닌가? 마침 신임 즙포사신께서 부임하셨기에, 내 특별히 자네를 인사시킬 겸 해서 모셔왔다네."

"딸꾹! 그럼 전임 즙포 여린이란 작자는 이렇게 된 겁니까?"

채 대인이 손가락으로 제 목을 긋는 시늉을 했다.

"아직은 아니야. 하지만 곧 그리되지 않겠나? 여기 계신 북소소 즙포사신님은 여린 같은 후레자식과는 비교조차 할 수 없는 실세 중 실세이시니 잘 모셔야 하네. 앞으로 자네 사업에 큰 힘이 돼주실 분이야."

곽기풍이 걸신들린 듯 술잔을 기울이는 북소소를 가리키며 너스레를 떨었다.

아닌 게 아니라 약을 좀 쳐둘 필요는 있었다. 즙포사신에게 밉보였다간 물장사하기 힘들다는 건 어린애도 아는 사실이었다.

'얼마가 좋을까? 오백 냥… 사백 냥… 아님 삼백 냥? 그런데 무슨 계집이 술을 저리 잘 퍼마시누? 꼭 술에 걸신들린 술귀신 같구먼.'

북소소의 얼굴을 연신 힐끔거리던 채 대인이 그녀의 앞 술상 위에 쓰러져 있는 대여섯 개의 빈 술병을 발견하곤 눈이 휘둥그레졌다. 술값도 아낄 겸 하여 사천에서 가장 독하다는 노주(老酒)를 내왔다. 장정도 두 병 이상 마시면 술상에 코를 처박기 일쑤인 술이었다. 그러나 어찌 된 영문인지 북소소는 눈만 약간 풀렸을 뿐 허리를 꼿꼿이 세운 채 연신 술잔을 들이키고 있었다.

'좋다! 이백 냥!'

그런 북소소를 바라보며 채 대인이 결심한 듯 주먹을 불끈 쥐었다. 술 좋아하는 사람은 돈 욕심이 덜하다는 오랜 믿음에 따른 결심이었다.

"이 집사! 이 집사 어디에 있나?"

채 대인이 소리쳐 부르자 염소수염의 집사가 황급히 뛰어들어 왔다.

"내 방 금고에 가서 은자 좀 내어오게. 신임 즙포께서 일부러 행차하셨는데 최소한의 성의는 보여야 하지 않겠나?"

그렇게 말하면서 채 대인은 가랑이 사이에서 손가락 두 개를 펴 보였다.

눈치 빠른 집사가 횅하니 은자 이백 냥을 갖고 돌아왔고, 두툼한 전대에 싸인 은자를 채 대인이 북소소 쪽으로 밀어주었다.

북소소가 취한 목소리로 물었다.

"뭡니까?"

"허허! 제 작은 성의입니다. 받아주십시오, 북 즙포님."

"이게 얼맙니까?"

"은 이백 냥입니다."

순간 곽기풍이 도끼눈을 하고 채 대인을 노려보았다.

'쫀쫀한 놈 같으니. 은 이백 냥이 뭐냐, 이백 냥이?'

그가 평소 천화루만 출입하고 백화루에 절대 발을 들여놓지 않았던 데는 다 이유가 있었다. 천하에 노랭이로 소문난 채 대인을 닦달해 봤자 천화루 하룻밤 술값도 나오기 힘들다는 걸 뻔히 알았기 때문이다. 쫀쫀하게 먹을 바엔 먹지도 않고 주지도 않겠다는 생각에 곽기풍은 천화루에만 온갖 이권을 몰아주었고, 덕분에 천화루는 대서문로 최고의 기루로 성장할 수 있었다. 그러나 별 특혜를 받지 못한 백화루는 채 대인의 꼼꼼한 경영 덕에 꾸준히 이등의 지위를 유지하고 있었다. 곽기풍은 가끔 그게 신기했다.

곽기풍이 힐끗 북소소를 돌아보았다. 그녀는 무덤덤한 얼굴로 채 대인이 내민 전대를 내려다보고 있었다. 그녀의 입가에 걸린 보일락말락한 미소가 여린과 닮았다는 데 생각이 미치는 순간 곽기풍의 등골을 타고 한기가 주르륵 흘렀다.

설마 아니겠지.

사실 곽기풍의 모든 시련은 오늘처럼 신임 즙포와 지역 세력가와의 술자리를 주선하면서 시작되었다. 갑자기 술상을 들어 엎던 여린의 모습이 떠오르자 곽기풍의 입 안에 신 침이 홍건히 고였다.

샤샥!

바로 그 순간 곽기풍은 똑똑히 보았다.

북소소의 손이 그야말로 전광석화처럼 술상 위에 놓인 전대를 낚아

채 경장 속에 밀어 넣는 것을. 마치 날랜 매가 병아리를 낚아채는 듯했다.

"……!"

곽기풍이 벙찐 눈으로 북소소를 돌아보았다. 북소소도 곽기풍 쪽을 돌아보면서 두 사람의 눈이 허공에서 끈끈하게 엉겼다.

"푸흘흘흘!"

"깔깔깔깔깔!"

"헐헐헐!"

곽기풍과 북소소가 거의 동시에 대소를 터뜨렸다. 거기에 채 대인까지 합류하면서 세 사람은 한동안 실성한 사람처럼 웃어젖혔다.

"헐헐헐헐! 화통해요. 북 즙포님은 화통해서 아주 좋아요."

신나게 웃으며 채 대인이 엉덩이만 들썩여 북소소 옆으로 슬금슬금 다가앉았다. 일단 북소소가 돈을 받고 나자 안심이 되었고, 안심이 되자 취기와 함께 음심이 슬금슬금 솟구쳤던 것이다.

"한잔하시지요, 북 즙포님."

"즙포는 무슨 즙포요. 그냥 소소라고 불러주세요, 오라버니."

"오, 오라버니?"

"그럼 채 대인이 제 오라버니지 동생이란 말인가요?"

"아니요, 아니요! 헐헐! 이거, 갑자기 어여쁜 동생이 하나 생겼습니다그려."

그러면서 채 대인의 손이 북소소의 엉덩이를 슬슬 문질렀다. 만약 싫다면 자신의 손을 쳐내리라. 그러나 북소소는 환하게 웃으며 술잔을 기울일 뿐이었다. 안심한 채 대인은 북소소의 두툼한 엉덩이 살을 콱 콱 주물러 대고 있었다.

'좋구나. 이제 지옥 같은 철기방으로 불나방처럼 뛰어들 일도 없고, 북 즙포에 의해 여린이란 놈의 모가지만 뎅강 잘리면 다시 내 세상이 돌아올 터.'

곽기풍도 안심하고 술잔을 기울이고 있었다. 여린에게 참혹하게 당했던 지난날과 앞으로 도래할 여린이 사라진 행복한 세상을 꿈꾸며 곽기풍은 울다 웃었다. 술에 취해 몽롱한 그의 시선 속으로 막 북소소의 풍만한 가슴에 손을 밀어 넣으며 음흉하게 웃고 있는 채 대인이 보였다.

재주도 좋은 놈.

하긴 기루를 운영하는 놈이 즙포사신을 정부로 둔다면 이보다 좋은 일은 없을 것이란 생각을 하고 있을 때, 갑자기 둔탁한 타격음과 함께 날카로운 비명 소리가 들려왔다.

뻐억!

"어이쿠!"

놀란 곽기풍이 술잔을 놓치고 돌아보자 피가 쏟아지는 코를 감싸쥐고 술상에 엎드린 채 대인과 씩씩거리며 자리를 박차고 일어서 있는 북소소의 모습이 닥쳐 들었다. 북소소의 얼굴에선 이미 취기가 싹 가셔 있었다.

'똑같아. 그때하고 상황이 너무나 똑같아.'

불길한 예감이 곽기풍을 엄습했다.

북소소가 채 대인의 머리채를 우왁스럽게 움켜잡아 천천히 일으켜 세웠다.

꽝!

북소소의 주먹이 채 대인의 안면에 쑤셔 박히자 이와 핏물이 분분히 터져 나왔다.

꽝꽝꽝!

말이 필요없었다. 도저히 여자의 것이라곤 믿어지지 않는 무지막지한 북소소의 주먹이 연달아 안면에 처박혔고, 그때마다 채 대인은 덜컥덜컥 전신을 진동하며 핏물을 게워냈다. 눈자위가 허옇게 까뒤집힌 꼴이 이미 사경을 헤매고 있는 듯했다.

'저러다 사람 죽는다.'

다급해진 곽기풍이 다시 주먹을 쳐드는 북소소의 다리를 붙잡고 늘어졌다.

"진정하십시오! 진정하십시오! 술 잘 드시다가 갑자기 웬 발작이십니까?"

"이 처죽일 색마 놈이 내 젖통을 만졌어!"

그걸로 끝이었다. 감히 기루의 루주 따위가 지엄한 황상의 영을 수행하는 즙포사신을 욕보였다? 이건 목이 열 개라도 살아남기 힘든 대죄였다. 북소소가 채 대인을 도발시켰다는 등의 변명은 이쯤 되면 아무 소용이 없어져 버린다.

"살려줍쇼! 제발 목숨만 살려줍쇼!"

사태의 심각성을 깨달은 채 대인이 입, 코로 피를 줄줄 흘리며 싹싹 빌어 댔다.

북소소가 그런 채 대인에게 얼굴을 바싹 들이밀며 살벌하게 으르렁거렸다.

"어떻게 보상할래?"

"예?"

"위자료로 은자 이천 냥만 내!"

벙찐 채 대인의 눈앞으로 손가락 두 개를 세워 보이는 북소소를 지켜보며 곽기풍은 무언가 일이 잘못 돌아가고 있음을 깨달았다.

한 시진쯤 후, 신이 난 북소소는 백화루 대문을 나서고 있었다. 묵직한 돈 자루를 짊어진 곽기풍이 그 뒤를 따랐다.

곽기풍이 북소소의 뒷등을 향해 억지로 웃으며 물었다.

"그래도 오늘 술자리는 괜찮으셨죠?"

순간 북소소가 우뚝 멈춰 섰다.

북소소가 으스스한 얼굴로 곽기풍을 돌아보며 내뱉었다.

"감히 그따위 개잡놈에게 상사를 팔아넘겨?"

"제, 제가 언제……?"

무언가 변명을 하려다가 곽기풍은 그만 입을 다물어 버렸다.

꿩 먹고 알 먹고, 도랑 치고 가재 잡고.

이 한 방으로 돈은 물론 골치 아픈 총관 놈까지 확실히 길들여 놓겠다는 신임 즙포사신의 의도를 간파했기 때문이다. 새삼 여린과의 악몽이 주마등처럼 스쳐 지남을 느끼며 곽기풍이 북소소를 향해 공손히 머릴 조아렸다.

"죽을죄를 지었습니다. 부디 너그러이 용서하십시오."

황금전장은 사천성 금천에 자리잡고 있었다.

원래는 황도가 있는 하남성 개봉에서 처음 간판을 내걸었으나, 명대

중반부에 들어 서역과의 무역이 활성화되면서 대부분의 표국과 상단이 청해성이나 사천성으로 근거지를 옮기자 황금전장도 따라서 옮겨 왔다.

황금왕 금복황은 그날 오후 접객당에서 좀 특이한 손님과 마주하고 있었다.

손님은 사하현의 즙포라고 자신의 신분을 밝혔다. 평소라면 중원 재화의 삼 할 이상을 움직인다는 금복황이 그만한 하급 관리에게 아까운 시간을 할애할 리 만무했다. 그러나 상대가 철기방과 홀홀단신으로 전쟁을 벌이며, 전 사천성의 주목을 한 몸에 받고 있는 인물이라면 얘기는 달라진다.

오후의 봄 햇살이 은은히 비추는 접객당 안에서 두 개의 찻잔이 놓인 교탁을 가운데 두고 금복황과 하급 관리 여린은 마주 앉아 있었다.

금복황은 은은한 향내를 풍기는 철관음을 한 모금 홀짝이며 여린의 얼굴을 찬찬히 살폈다. 평소 상상했던 생김새는 아니었다. 그 이름만 들어도 산천초목이 벌벌 떤다는 철기방과 전쟁을 선포한 인물치곤 너무 곱상하게 생겼다. 금복황은 적어도 삼국지에 등장하는 관운장이나 장비처럼 패도적인 분위기를 물씬 풍기는 육 척 장신의 무골을 상상하고 있었다.

그러나 저런 곱상한 얼굴들이 가끔씩 상상조차 할 수 없는 큰 사고를 친다는 걸 경험으로 알고 있었기에 금복황은 긴장의 끈을 놓지 않았다.

찻잔을 조용히 내려놓으며 금복황이 물었다.

"그래, 무슨 용무로 이 사람을 찾아오셨는지……?"

"전장에 무슨 일로 왔겠습니까?"

"돈을 빌리러 왔단 말이오? 규찰원에 소속된 사정관인 그대가 내게?"

약간의 실망감을 드러내며 금복황이 되물었다. 순간 여린의 입가로 씨이익 미소가 스쳤다. 그 미소에 담긴 섬뜩한 잔혹성을 느끼며 금복황은 저도 모르게 부르르 진저리를 쳤다.

'역시…….'

호락호락한 인물이 아니라는 확신이 금복황의 뇌리를 스쳤다.

차를 한 모금 홀짝여 입술을 적신 여린이 단도직입적으로 나왔다.

"돈은 돈인데 현물로 받기를 원합니다."

"현물이라면 어떤……?"

"사람도 결국은 돈이 있어야 부릴 수 있는 것 아닙니까? 저는 지금 장주께 사람을 빌려주십사 청하고 있는 겁니다."

"사람에도 여러 종류가 있지요."

"칼을 잡을 수 있는 사람 말입니다."

"사병을 빌려달라는 겁니까?"

"그렇습니다."

"관에 소속된 그 많은 포두들과 포사들은 어쩌고 제 사병을 빌려다 어디에 쓰려고 그럽니까?"

"늙은 범 한 마리를 잡으려는데 손이 좀 부족하군요."

"범이라면 설마 철혈대제를 말하는 건……?"

"왜 아니겠습니까?"

쿠웅!

순간 금복황의 눈이 경악으로 부릅떠졌다.

부릅뜬 눈으로 다시 여린의 안색을 살폈다. 이놈은 미친 건가, 아니면 배포가 엄청난 건가? 어느 경우라도 이건 무리한 요청이었다. 돈을 다루는 전장은 기본적으로 권력과 무력을 등에 업지 않으면 운영이 불가능하다. 그래서 황금전장도 조정과 지방의 실력자들은 물론이고 무림 방파들과도 좋은 관계를 유지하기 위해 노력했다. 한 달에 수천 관에 이르는 금괴를 관료들과 무림의 명숙들 아가리로 처넣는 것도 다 그만한 이유가 있어서였다. 한데 이 미친 하급 관료는 사천성에 뿌리를 내리고 있는 가장 강맹한 세력인 철기방을 치는 걸 도와달라고 부탁하러 왔단다.

금복황이 흐릿한 조소를 머금으며 입을 열었다.

"아무래도 사람을 잘못 찾아온 것 같구려. 범 사냥은 힘없는 전장보다 오천의 정예 위군을 통솔하시는 성주 대인께 도움을 청하는 게 옳을 듯싶소."

이미 예상한 반응이라는 듯 일말의 동요도 없이 여린이 대답했다.

"이레 전 황명을 받고 남경으로 출병했던 동로대장군 이철이 영왕에게 귀순해 버렸답니다."

"으음……."

그제야 상황 파악이 된다는 듯 금복황이 고갤 끄덕끄덕했다. 그 소식은 그도 당연히 들어 알고 있었다. 상황이 여의치 않다고 판단한 불여우 같은 북궁연이 위군의 출병을 막았음이 분명했다. 모든 정황을 판단한 금복황의 어투가 갑자기 하대로 바뀌었다.

"그래서 날 찾아왔군. 아무리 그래도 내게 와서 손을 빌려달라고 하는 건 억지가 아닌가? 더 이상 할 말이 없을 듯하니 난 이만 일어서겠네. 황산에서만 생산되는 귀한 찻잎으로 만든 철관음이니 마저 마시고 가게나."

괜히 아까운 시간만 빼앗겼다는 표정으로 금복황이 자릴 털고 일어섰다.

"막내 영애께서는 편안하신지요?"

막 문을 열고 나가려는데 여린의 한마디가 뒤통수를 끌어당겼다.

늘 부자 특유의 친화력있는 미소가 머물러 있던 금복황의 얼굴에서 웃음기가 싹 가시며 무서운 눈으로 여린을 돌아보았다.

"자네가 내 딸을 어찌 아는가?"

"장주께서 세수 육십이 넘어 얻은 귀하디귀한 막내 따님의 존함이 아마 금영주였지요. 얼마 전 불의의 사고를 당해 정신이 혼미한 상태라고 들었습니다만……."

"네 이놈, 주둥이 닥치지 못할까?!"

웬만해선 감정을 드러내지 않는 금복황도 딸 영주의 얘기가 나오자 평정심을 잃고 노호성을 터뜨렸다. 그만큼 딸아이를 사랑하고 있었던 것이다.

"한마디만 더 해봐라! 요사스런 혓바닥을 뽑아 개에게 던져 주고 말 테니!"

금복황이 눈에 핏발까지 세워가며 씹어뱉었지만, 그만한 협박에 굴복할 여린이 아니었다. 여린이 스윽 자리에서 일어나 금복황 바로 앞으로 다가섰다.

움찔하는 금복황에게 얼굴을 바싹 들이밀며 여린이 나직이 중얼거렸다.

"옛말에 부모를 해친 원수와는 한 하늘을 이고 살 수 없다고 했지요. 그럼 자식을 해친 원수와는 어찌 되는 것입니까?"

"끄으으……."

금복황은 차마 대답하지 못하고 으스러져라 움켜쥔 주먹을 부르르 떨었다.

"출병은 이틀 후 묘시입니다. 눈에 넣어도 아프지 않을 자식의 원한을 풀어주고 싶다면 전장의 사병을 동원해 주십시오. 부탁드립니다."

그 말을 끝으로 여린은 금복황만 남기고 방을 나가 버렸다. 여린이 사라진 후에도 금복황은 한동안 방 안에 홀로 남아 있었다. 격한 분노의 회오리가 그의 가슴을 휩쓸고 지나갔다. 당장이라도 총관을 불러 천여 명에 달하는 가병(家兵)에게 총동원령을 내리고 싶은 마음이 굴뚝같았다.

하지만 그는 역시 장사꾼이다.

자신의 한계와 철태산이란 인물의 무한한 잠재력에 대해 너무도 잘 알고 있었기에, 그는 목구멍까지 치밀어 오르는 복수에의 욕구를 가까스로 찍어누를 수 있었다.

평정심을 되찾은 금복황이 장의 깊숙한 후원을 향해 걸음을 옮겼다.

후원은 온통 아름다운 꽃밭이다. 유달리 꽃을 좋아하는 어린 딸을 위해 그는 중원은 물론 저 멀리 서역까지 사람을 보내 온갖 진귀한 꽃들을 사 모으고, 한겨울에도 꽃밭 곳곳에 거대한 화로를 설치해 꽃들이 말라죽지 않게 만들었다. 꽃밭을 돌보는 시종만 열둘을 두었으니, 딸에 대한 그의 애정을 능히 짐작할 만했다.

넓은 꽃밭을 가로질러 일 다경쯤 걷자 아담하고 예쁜 정자가 나타났다.

보화정(寶花丁).

보화정. 정자 처마 밑에 매달린 현판을 올려다보며 금복황은 가슴이 미어짐을 느꼈다. 보석 같고 꽃 같은 어린 딸을 위해 그가 직접 붓을 들어 글귀를 써넣은 편액이었다.

"까아아악!"

"왜 이러세요, 아가씨?"

"진정하세요! 제발 진정하세요, 아가씨!"

정자 안에서 들려오는 째지는 듯한 비명 소리와 시녀들의 다급한 외침에 금복황은 흠칫 상념에서 깨어났다.

"무슨 일이냐?"

금복황이 미닫이 문을 박차고 뛰어들었을 때, 방 안에선 그야말로 난장판이 벌어지고 있었다.

두 시녀는 아마도 딸 영주에게 밥을 먹이고 있었던 모양이다. 방바닥에 어지럽게 널려 있는 음식 찌꺼기들이 상황을 설명하고 있었다. 그러나 딸은 음식을 거부하고 토사곽란을 일으키고 있었고, 시녀들은 그런 딸아이의 팔을 양옆에서 붙잡고 어찌할 바를 모르고 있었다.

"놔주거라!"

금복황이 시녀들을 향해 싸늘히 말했다.

"하지만 장주님……."

"놔주라면 놔줘!"

시녀들이 풀어주자 딸아이는 금복황을 향해 네 발로 박박 기어왔다. 삐쩍 마르고 기운 한 점 없어 보이던 딸아이의 두 눈이 갑자기 기광으로 번뜩이기 시작했다.

갑자기 금복황에게 달려든 딸아이가 그의 바지 고름을 풀어내며 미친 듯 소리를 질렀다.

"오줌! 오줌! 오줌을 줘! 오줌!"

"영주야, 아비다. 정신 차려라, 이 녀석아."

그런 딸아이의 팔을 붙잡고 제지하는 금복황의 목소리가 갈라졌다.

꽈악!

자신의 뜻대로 되지 않자 딸아이가 갑자기 금복황의 손목을 힘껏 깨물었다. 이가 살갗을 파고들며 저릿한 고통이 밀려왔지만 금복황은 팔을 빼내거나 하지 않았다. 육신의 고통이 마음의 고통을 조금이라도 상쇄하는 것 같아 그는 오히려 시원함을 느꼈다.

딸 영주가 친구들과 함께 평창까지 놀러 가겠다고 했을 때 그는 말리지 않았다. 함께 간다는 친구들 모두 믿을 만한 가문의 여식들이었기 때문이다. 그래서 영주의 개인 호위인 흑우만을 딸려 보냈을 뿐이다. 그런데 사단이 터졌다. 친구들 중 한 계집이 사소한 다툼 끝에 흑우를 죽이고 영주를 이 꼴로 만들었던 것이다.

사지를 찢어 죽여도 시원찮을 계집의 이름은 철려화.

바로 철기방 방주 철태산의 여식이었다. 나중에 알아본 바에 의하면, 철려화는 시중을 들던 창부(娼夫) 놈들의 오줌까지 영주에게 마시도록 했다고 한다. 소식을 접한 그는 그날 밤으로 가병을 보내 벌레 같은 창부 놈들은 물론 주루에 소속된 식솔들을 개새끼 한 마리 남기지 않고 주살해 버렸음은 물론이다. 물론 정작 죽여 없애야 할 계집은 따로 있었다. 하지만 죽일 수가 없었다.

중원에서 가장 재물이 많다는 그조차도 철기방과 전면전을 벌일 엄두는 내지 못했다. 이것이 바로 금력의 한계다. 말보다 주먹이 앞서고, 법보다 창검이 가까운 이놈의 강호에선 아무리 돈이 많아도 무력을 가진 무림 방파를 제압할 순 없다. 그래서 그는 피눈물을 삼키며 복수를 포기했다. 그런데 오늘 웬 시답잖은 하급 관원 놈이 찾아와 간신히 억눌러 놓았던 그의 살심에 불을 당기고 말았다.

"오줌! 오줌!"

금복황이 아무런 반응이 없자 영주가 다시 그의 바지 고름을 풀어내려고 매달렸다.

"정신 차리라니까!"

철썩!

순간적으로 분기가 솟구친 금복황이 그만 딸의 뺨을 있는 힘껏 후려갈기고 말았다.

우당탕!

힘없이 튕겨 나간 딸이 방바닥을 몇 바퀴 나뒹굴었다.

"으흐흐흑! 영주야! 아비가 잘못했다, 영주야!"

퀭한 눈으로 코피만 줄줄 흘리는 딸 영주를 으스러져라 끌어안으며 금복황은 어린애처럼 목놓아 울었다. 순간 그의 두 눈으로 섬뜩한 기광이 스치고 지나갔다.

자식을 죽인 원수와도 한 하늘을 이고 살아갈 순 없는 법!

여린이 남긴 마지막 한마디를 떠올리며 금복황은 결심을 굳혔다.

황금전장 호가원(護家園) 소속의 무사 역장생은 하루종일 기분이 언짢았다.

호가원은 전장의 안팎을 경비하고, 장주의 식솔들을 호위하는 무사들이 소속된 일종의 사병 집단을 말했다. 녹봉 많고 일 편하기로 유명한 호가원에 소속되는 건 칼밥을 먹고 사는 모든 무인들의 꿈이었고, 검의 명가인 화산의 속가로 나름의 성취를 이룬 역장생은 호가원에 든 것을 필생의 영광으로 생각했다.

그의 부모는 가난한 농투성이었다. 가난과 역병에 위로 아들 셋과 아래로 딸 둘을 잃고 막내인 그만이 살아남자 무식한 그의 부모는 귀한 밀을 석 되씩이나 퍼주고 작명인에게 부탁하여 그에게 장생(長生)이란 이름을 지어주었다. 무탈하게 오래오래 살아만 달라는 부모의 간절한 염원이 담긴 이름 자였다.

그 덕분인지 지금까지 역장생의 인생은 순탄했다. 운 좋게 화산의 장로 출신인 스승을 만나 검을 익혔고, 몇 푼의 녹봉을 좇아 군소 표국의 표사로 떠돌 적에도 산적들의 습격을 받고 숱한 동도들이 죽어 나자빠질 때 그만은 운 좋게 살아남았다.

그렇게 부모의 은덕에 감사하고, 현실에 만족하며 살아가고 있는 그에게 시련이 닥친 것은 바로 오늘 아침이었다. 아침을 먹자마자 호가원의 원주이자 장주의 오른팔인 칠색검(七色劍) 표충이 찾아와 장주께서 자신을 호출했다는 말을 전해 듣고 그는 그만 정신이 아득해짐을 느꼈다.

말단 호위무사 주제에 지엄한 장주께서 부르면 반갑게 달려가야지 왜 튕기느냐고?

요즘 그의 주변에선 벌써 열 명 정도의 호가원 무사가 장주에게 불려갔고, 그 열 명이 모조리 행방불명이 돼버렸기 때문이다. 윗선에선 그들이 장주의 특별한 밀명을 받고 북경의 분타로 떠났다고 하지만, 그는 이상한 낌새를 느꼈다. 일단 행방불명된 자들의 식솔들조차 그들이 어디로 갔는지 모른다는 것이 이상했고, 마장(馬場)에 알아본 결과 북경으로 출마시킨 말이 단 한 필도 없다는 사실 또한 이상했다.

설마설마 하면서도 왠지 불안한 심사를 떨쳐 버릴 수 없었다. 하루 온종일 일도 손에 잡히지 않고 불안한 마음으로 보내던 그는 마지막으로 부모의 공덕을 믿기로 했다. 부모가 지어준 장생이란 이름처럼 큰 무명을 떨치거나 대단한 거부가 되진 못해도 목숨이나마 부지하며 오래오래 살 수 있을 것이라 스스로를 위로하고 또 위로하면서.

해가 서녘 하늘로 뉘엿뉘엿 넘어갈 무렵, 역장생은 장주가 기거하는 만금당으로 향했다. 황송하옵게도 장주는 이미 대전 밖으로 나와 그를 기다리고 있었다.

역장생이 장주 앞으로 부리나케 달려가 부복했다.

"말복 역장생이 삼가 장주님을 알현합니다."

"일어서라."

장주가 지극히 덤덤한 목소리로 말했다.

몸을 일으켜 세우며 일말의 감정도 담기지 않은 듯한 장주의 목소리에 역장생은 왠지 한기가 들었다.

"따르라."

별 설명도 없이 장주가 돌아서서 걸음을 옮겼고, 역장생은 조용히 따랐다.

역장생은 어둑한 지하로 끝없이 이어진 듯한 계단을 밟고 내려가며 불안한 눈으로 주변을 두리번거렸다. 장원 안에 이처럼 깊은 통로가 있다는 걸 그는 오늘 처음 알았다.

계단을 한참 내려가자 널찍한 석실이 나타났다. 그 흔한 탁자 하나 없는 석실 맞은편 벽에 범을 가둔 우리라도 되는 듯 굵은 쇠창살에 의해 가로막힌 동굴 입구가 보였다.

투욱!

역장생의 발밑에 무언가가 걸렸다.

"히익!"

그것이 허연 인골이란 걸 깨닫는 순간 역장생은 참지 못하고 단말마의 비명을 내질렀다. 어두워서 잘 몰랐는데 자세히 살펴보니 석실 바닥에는 여러 사람의 인골이 흩어져 있었다. 아주 오래전에 죽은 사람들인 듯 인골은 심하게 부식돼서 발로 가볍게 건드리기만 해도 먼지처럼 우수수 흩어졌다.

공포에 질린 역장생이 뚫어지게 동굴 입구만 바라보는 장주의 뒷등을 향해 물었다.

"여, 여긴 어딥니까, 장주님? 절 왜 이런 곳으로 데려오신 겁니까?"

"이곳은 내게 큰 잘못을 저지른 자들을 가둬놓았던 지하 뇌옥 터다. 오랫동안 사용하지 않아 지금은 여기서 죽은 자들의 인골 몇 개만 나뒹굴고 있을 뿐이지."

"그렇군요."

장주의 설명을 듣고 역장생은 안도의 한숨을 내쉬었다. 충분히 의심

할 만한 설명이었으나 그는 의심하지 않았다. 아니, 좀 더 솔직히 말하면 의심하고 싶지 않았다. 의심이 시작되면 밀려들 불안과 공포를 감당할 자신이 없었기 때문이다.

가늘게 떨리는 손으로 쇠창살을 가리키며 역장생이 물었다.

"그럼 저 동굴은 뭡니까? 저 안에 괴물이라도 가두어두셨습니까?"

장주 금복황이 비로소 그를 힐끗 돌아보았다. 장주의 입가에 걸린 온화한 미소를 보고 역장생은 이상하게 마음이 차분히 가라앉음을 느꼈다. 그가 아는 한 장주는 후덕한 사람이었다. 그런 장주가 아무 죄도 없는 자신을 해칠 것 같진 않았다.

웃음을 머금은 채 장주가 그의 어깨를 가볍게 두드렸다.

"너는 나와 내 식솔들을 지키는 호가원 소속의 무사다. 맞나?"

"예? 아, 예."

"네 임무는 위험으로부터 날 지키는 것이다. 그렇지?"

"물론입니다."

신뢰가 듬뿍 담긴 장주의 목소리에 호승심이 솟구친 역장생이 가슴을 쭉 펴며 대답했다.

장주가 손가락으로 쇠창살을 가리키며 말을 이었다.

"나는 지금 저 안에 살고 있는 어떤 괴인(怪人)을 만나려고 한다. 한데 이 괴인이 좀 위험한 인물이야. 그래서 특별히 눈여겨봐 왔던 자넬 데리고 왔지. 만약 괴인이 날 해치려고 한다면 자넨 어찌하겠는가?"

콰악!

"이 검으로 장주님의 목숨을 지켜드릴 것입니다! 제가 죽기 전에는 괴인은 결코 장주님의 터럭 한 올 건드릴 수 없을 것입니다!"

역장생이 허리춤의 검자루를 움켜잡으며 씩씩하게 소리쳤다.

"역시 내가 사람을 제대로 보았군. 자네 같은 사람이 머지 않아 호가원의 원주를 맡아주어야 한다는 게 내 생각일세."

'호가원의 원주?'

순간 공포는 거짓말처럼 사라지고 주체할 수 없는 탐욕이 역장생의 가슴을 채웠다. 그가 무탈하게 오래오래만 살아달라는 부모의 염원을 기억해 냈다면, 너무도 파격적인 이 행운에 의심을 품고 당장 뒤도 돌아보지 않고 달아나는 게 옳았다. 하지만 장주는 넓디넓은 중원 천지에서 돈이 가장 많은 사람이었고, 그런 장주의 오른팔이 된다는 건 한 방파의 장문인이 되는 것과 마찬가지로 무인으로 누릴 수 있는 최고의 영광이었다.

"너무 큰 인물이 되려고도 하지 마라. 그저 분수에 맞춰 욕심 부리지 말고 무탈하게 장수할 생각만 하거라."

수백, 수천의 수하들을 호령하는 자신의 모습을 떠올리는 역장생의 머리 속에서 부모의 가르침은 이미 깨끗이 지워지고 없었다.

"자, 그럼 자네만 믿고 괴인을 불러내겠네."

크르르르릉!

금복황이 한쪽 벽에 숨겨져 있던 비밀 단추를 누르자 쇠창살이 짐승의 으르렁거림과 같은 소리를 내며 위쪽으로 올라갔다.

초긴장 상태의 역장생이 옆구리에 비껴 찬 칼자루를 움켜잡으며 장주 옆에 버티고 섰다. 그리고 부릅뜬 눈으로 동굴 안에서 과연 어떤 괴인이 걸어 나올지 쏘아보았다.

"으하암~"

동굴 안에서 장주가 말했던 괴인이 늘어지게 하품을 하며 걸어 나오는 게 보였다.

"엥?"

문제의 괴인을 발견하는 순간 역장생은 황당한 표정이 돼버렸다. 그럴 것이, 하품 때문에 눈물이 그렁하게 맺힌 눈으로 쩝쩝 입맛을 다시는 괴인은 이제 갓 열두어 살쯤 돼 보이는 귀엽게 생긴 계집아이였기 때문이다.

쏟아질 듯 커다란 눈망울을 똘망똘망 굴리며 자신과 장주의 얼굴을 쳐다보는 계집아이는 깨물어주고 싶을 만큼 귀엽게 생겼다. 절로 칼자루를 잡았던 손아귀에 힘이 풀리며 역장생은 장차 저 아이가 성숙하면 숱한 뭇 사내들을 울릴 것이라는 엉뚱한 상상을 했다.

"잘 있었소?"

계집아이가 장주를 향해 대뜸 반말로 묻는 바람에 놀란 역장생이 퍼뜩 정신을 차렸다. 얼굴은 이쁜 것이 예절 교육은 영 시원찮은 듯했다. 하지만 그를 더욱 놀라게 만든 건 이어진 장주의 대답이었다.

"예, 덕분에 잘 지냈습니다."

환갑을 한참 넘긴 장주가 열두어 살 남짓한 계집애에게 존대를 하고 있었다. 이 이해하기 힘든 상황에 대해 장주에게 직접 묻고 싶었지만, 장주의 표정이 너무 심각한지라 감히 엄두가 나질 않았다.

계집아이가 다시 장주를 향해 반말로 물었다.

"요요환혼대법(妖妖幻魂大法)은 얼마나 익혔어?"

"귀한 가르침을 내려주셨으나 제자가 미욱하여 아직 삼성의 성취도 이루지 못하였습니다."

"비영신."

계집아이가 경멸을 가득 담아 씨부렸다.

역장생은 이제 정신이 하나도 없었다. 제자라니? 장주가 제자면 저 어린 계집이 사부라는 뜻인데, 그럼 저 계집애는 전설상에나 존재하는 반로회동의 경지에 오른 절세의 고수란 말인가?

계집아이가 아주 귀찮다는 표정으로 장주를 향해 물었다.

"그래서? 오늘은 또 무슨 부탁을 하러 온 거니?"

장주가 양손을 모으고 허리를 깊숙이 숙이며 계집아이를 향해 사정조로 말했다.

"연전에 말씀하셨던 환충이혼대법(環蟲移魂大法)을 시전해 주십사 하는 청을 드리러 왔습니다."

"그건 네가 싫다고 했잖아."

"생각이 바뀌었습니다."

"왜?"

"꼭 죽여야 할 원수가 생겼기 때문입니다."

"으음……."

계집아이가 턱을 어루만지며 영악한 눈으로 장주의 신색을 살폈다.

그러더니 은근한 목소리로 되물었다.

"환충이혼의 폐해에 대해선 알고 있지?"

"잘 알고 있습니다. 정상적인 이지를 상실하며, 수명 또한 십 년 넘게 갉아먹는다고……."

"그 정도가 아니야!"

계집아이가 빽 고함을 질렀다.

"일단 충이 네 몸 안으로 들어가면 네놈은 단숨에 환문(幻門)의 비전절학을 구성까지 성취할 수 있지만, 그 대가로 영원히 충의 노예가 되고 만다! 생각 자체가 벌레처럼 흉악하게 바뀌고, 머리털과 이빨이 뽑히고, 온몸에 진물이 줄줄 흐르다가 마침내는 너 자신이 한 마리 커다란 벌레로 변한단 말이다! 그걸 알고도 하겠냐고 묻고 있는 것이다!"

엄청 성이 난 사람처럼 장주를 손가락질하며 악을 써대는 계집아이를 바라보며 역장생은 비로소 일이 심상치 않게 돌아감을 깨달았다. 엄습하는 불안감에 다시 검자루를 그러쥐는 그의 손바닥이 땀으로 흥건히 젖었다.

수하의 불안한 마음을 아는지 모르는지 장주는 미미한 웃음을 머금은 채 계집아이를 향해 다시 머리를 조아렸다.

"모든 걸 감내할 결심이 섰습니다. 그러니 제자의 염려일랑은 마시고 대법을 시전해 주옵소서."

"네깟 놈을 걱정하는 게 아니잖아? 충을 불러내는 게 얼마나 고역인 줄 알아?"

장주가 힐끗 역장생을 돌아보며 중얼거렸다.

"대가는 충분히 치르겠으니 심려 마십시오."

그 눈빛이 꼭 발톱 밑에 깔린 토끼를 내려다보는 매와 같아 역장생은 또다시 부르르 진저리를 쳤다. 그러나 맹수의 살기에 질린 연약한 짐승이 그렇듯 그 역시 달아날 엄두는 못 내고 있었다.

"고집불통하고는! 네놈에게 신세진 게 있어 해주긴 해줄 테니 잠시

만 기다려라."

그렇게 말하며 계집애는 토악질이라도 하려는 듯 입을 쫙 벌렸다.

"꿀럭꿀럭!"

아랫배를 들썩이며 억지로 토악질을 하는 계집애의 아가리가 점점 크게 벌어지는가 싶더니 마침내 귀 바로 밑까지 쭉 찢어지고 말았다. 그 상태에서 송곳니가 점점 날카롭게 돋아나고 눈은 벌겋게 충혈되기 시작했다.

"꿀럭꿀럭꿀럭꿀럭!"

승냥이처럼 모든 이가 날카롭게 돌출되고 더욱 격렬하게 헛구역질을 해대는 계집아이의 얼굴은 온통 굵은 힘줄로 뒤덮여 그 자체로 한 마리의 끔찍한 괴수(怪獸)로 보였다.

"캐애액!"

계집애의 입 밖으로 짓눌린 갓난아기의 얼굴을 한 커다란 벌레 한 마리가 고개를 내밀었다. 사람의 얼굴에 몸은 촌충의 몸뚱이인 벌레의 전신은 희멀건하고 끈끈한 타액으로 뒤덮여 있었다.

"캐액! 캐액! 캐애애액!"

토악질을 거듭하는 계집아이의 턱 밑까지 괴물은 꾸물꾸물 미끄러져 내리고 있었다. 그 흉측한 몰골과 기이한 등장에 속이 메스꺼워진 역장생은 구토를 참느라 볼을 잔뜩 부풀려야만 했다.

투욱!

벌레가 마침내 계집아이의 발밑으로 떨어졌다.

요사한 빛을 발하는 얼굴의 계집아이가 입가에 묻은 타액을 손등으로 훔치며 장주를 향해 말했다.

"이 벌레의 이름은 욕(慾)이라고 해. 환문 문주의 핏줄에게만 이어지는 보물 중의 보물이지. 이제 이놈이 네놈 몸속으로 들어가 내가 알고 있는 가문의 비전절학을 자동으로 머리 속에 주입시켜 줄 거야. 감사한 마음으로 받도록 해. 알았지?"

욕이라는 이름의 벌레는 어느새 꿈틀꿈틀 장주의 발목을 타고 기어오르고 있었다.

"물렀거라, 요사스런 괴물아!"

벌레가 장주를 해칠 것이라 판단한 역장생이 단숨에 검을 뽑아 벌레를 내려치려고 했다.

"칼을 거두지 못할까?!"

하지만 장주의 호된 호통에 역장생은 검을 치켜든 채 서너 걸음을 물러섰다.

장주의 턱을 타고 기어오른 벌레가 어느새 꾸역꾸역 활짝 벌린 장주의 입 안을 들어가고 있었다. 어른 팔뚝만한 길이의 벌레가 장주의 입 안으로 들어가는 데는 그리 오래 걸리지 않았지만 역장생에겐 마치 영겁의 시간처럼 길게만 느껴졌다. 벌레가 들어가는 과정은 나오는 과정만큼이나 숙주를 힘들게 만드는 것 같았다.

"끄억… 끄억… 끄어억……."

턱이 빠질 듯 입을 최대치로 벌린 장주는 개침을 질질 흘리며 아주 힘겹게 벌레를 받아들이고 있었다.

"꿀꺽!"

마침내 쥐꼬리처럼 생긴 벌레의 꼬리 부분까지 장주의 입 안으로 완전히 사라졌다.

"쿨럭쿨럭쿨럭!"

한동안 밭은기침을 토하던 장주가 갑자기 조용해졌다.

한동안 숨 막힐 듯한 침묵 속에 검을 치켜든 자세 그대로 역장생은 장주의 뒷등을 노려보고 있었다. 장주가 자신 쪽으로 천천히 고갤 돌리면서 역장생의 긴장감도 최고조에 이르렀다. 그는 흉측하게 변해 버린 장주의 얼굴을 상상했고, 그 얼굴을 대면하는 순간 자신의 검이 의지와는 상관없이 장주의 목을 날려 버릴 것만 같아 불안했다.

"날 지켜주느라 고생했다."

하지만 완전히 고갤 돌린 장주는 평소의 모습으로 돌아와 있었다.

"후우우~"

왠지 모를 안도감에 역장생은 깊은 한숨을 토해냈다.

장주가 계집아이를 향해 정중히 포권을 취하며 머릴 조아렸다.

"과분한 은혜에 다시 한 번 감사드립니다. 그럼 제자는 이만 물러가나이다."

"고마울 거 없어. 나도 뭐 공짜로 해주는 일은 아니잖아?"

계집아이가 사악한 눈으로 자신을 비라보며 말하자 역장생은 가슴이 선뜩해졌다. 그래서 돌아서는 장주를 황급히 뒤따랐다.

장주가 우뚝 멈춰 서더니 역장생을 돌아보며 빙긋 웃었다.

"더 이상 따라올 필요 없다. 넌 여기 남거라."

"무슨 말씀이신지……?"

계집아이가 배시시 웃으며 대신 대답해 주었다.

"그럼 내가 공짜로 욕을 넘긴 줄 아니? 다 너처럼 싱싱한 제물을 바치니까 은혜를 베푼 거라고."

"이, 이게 무슨 말입니까, 장주님?"

역장생이 울 것 같은 표정으로 장주를 향해 항변했다.

금복황은 그러나 너무도 태연한 얼굴로 말했다.

"너는 나를 지켜주기 위해 이곳에 왔다. 맞나?"

"그, 그건 맞습니다만……."

"네가 여기 남지 않으면 저기 계신 내 사부께옵서 날 죽일 것이다. 그러니 네가 날 지키려면 어떻게 해야 한다고 생각하느냐?"

"으으으……."

역장생은 비로소 장생이란 이름 자가 더 이상 자신을 지켜주지 못할 것이란 걸 알았다. 하긴 부모님이 돌아가신 지도 어언 삼십 년. 약발이 떨어질 때도 되었다. 자신이 곧 죽으리란 걸 직감하자 참기 힘든 분노가 치밀었다.

"크아아아!"

분노의 일갈과 함께 역장생이 다시 검을 치켜들었다. 이 상황에서도 그의 검은 차마 장주를 향하진 못했다. 그러기엔 너무 오랜 시간 황금 전장의 녹을 먹었고, 장주를 진정한 존장으로 모셨다.

"죽여 버릴 테다, 요사한 계집년!"

그래서 혼신의 힘이 실린 그의 검은 미동도 않고 태연히 서 있는 계집아이를 향했다. 죽어도 혼자 죽지는 않으리라. 핏물이 배어 나오도록 입술을 깨문 역장생의 검끝에서 세 가닥의 눈부신 검광이 뻗쳐 나왔다.

쉬이이잉!

맹렬한 칼바람 소리를 내며 세 가닥의 검광이 일제히 계집의 목을 노리고 날아갔다.

파파팟!

'잡았다!'

검광이 정확히 계집의 목을 가르는 순간 붉은 선혈이 보인 듯했고, 역장생은 자신이 사악한 마녀를 죽였다고 확신했다.

"어?"

하지만 아랫배에서 극심한 고통을 느끼며 역장생은 무언가 일이 잘못되었음을 직감했다. 힐끗 내려다보니 어느새 바싹 다가든 계집이 그의 아랫배에 오른손을 손목까지 쑤셔 박고 있는 게 보였다.

"이럴 수가······?!"

간신히 내뱉는 역장생의 입가로 주르륵 검붉은 핏물이 흘러내렸다.

<u>츠츠츠츠츠!</u>

"끄아아아악!"

계집의 팔뚝을 타고 자신의 단전에 쌓여 있던 공력이 미세한 전류처럼 빠져나가는 것을 지켜보며 역장생은 끔찍한 비명을 내질렀다.

"나무아미타불 관세음보살! 부디 극락왕생하기를!"

평소 독실한 불제자임을 자처하던 금복황이 비명횡사하는 충직한 수하의 마지막을 향해 정중히 합장을 취했다.

"허어억!"

현청 내 관사에서 잠을 자던 북소소는 악몽 때문에 잠에서 깨었다. 무시무시하게 생긴 저승사자에 의해 붉은 포승줄에 꽁꽁 묶인 채 끌려가는 꿈이었다.

"헉헉!"

아직 뿌연 새벽, 어둠에 잠긴 방 안을 둘러보며 북소소는 더운 숨을 몰아쉬었다. 정말 지독하게 생생한 꿈이었다. 입술을 붉게 칠한 저승사자들의 비릿한 입김이 지금도 귓전을 맴도는 것 같았다.

잡념도 떨칠 겸 북소소는 관사 밖으로 천천히 걸어 나왔다.

마당에는 뿌연 안개가 깔려 있었다. 안개 속에서 짙은 땅 냄새가 풍기는 것으로 보아 안개가 걷히면 비가 올 것 같았다.

"후우웁~"

새벽 하늘을 향해 한껏 기지개를 켜며 북소소는 대연무장 쪽으로 걸음을 옮겼다. 잠은 일찌감치 달아나 버렸고, 얼마 전 스승께 새로이 배운 맹호은림(猛虎隱林)의 초식이나 연마해 보자는 생각이었다.

대연무장 안으로 들어서던 북소소는 그만 딱딱하게 굳어버리고 말았다.

희뿌연 새벽 안개 사이로 활과 단검으로 무장한 궁수대, 도끼로 무장한 활로대, 군도와 포승으로 무장한 포박대의 삼 대로 이루어진 백여 명의 특무조 포사들이 입을 굳게 다물고 십 열 횡대 대형으로 시립해 있는 광경이 닥쳐 들었기 때문이다.

"이, 이게 대체 무슨……?"

북소소가 질린 듯 중얼거리는데 곽기풍의 급박한 외침 소리가 들려왔다.

"하극상입니다, 북 쥡포님!"

북소소가 홱액 고개를 돌리자 그곳에 딱딱하게 군은 얼굴로 버티고서 있는 여린과 장숙, 단구와 곽기풍이 보였다. 곽기풍은 장숙과 단구에 의해 양팔을 단단히 붙잡힌 상태였다.

"저 미친 작자가!"

언제나처럼 희미하게 미소 짓고 있는 여린의 얼굴을 노려보며 북소소는 뿌드득 이를 갈아붙였다. 여린이 성주 대인의 영을 무시하고 단독으로 철기방을 치려는 게 분명했다.

곽기풍이 고래고래 악을 쓰며 북소소의 생각을 확인시켜 주었다.

"즙포 여린이 현감 영감을 연금시키고 단독으로 병력을 동원하려 하고 있습니다! 이는 명백한 하극상이니 군율로 다스려야 마땅할 것입니다! 부디 막아주십시오!"

"경고하겠다! 지금 당장 병력을 해산시키지 않는다면 여린 그대를……!"

등 뒤의 고려검 칼자루를 움켜잡으며 북소소가 나직이 으르렁거렸다.

빠악!

순간 둔탁한 타격음과 함께 눈앞에 별이 번쩍했다.

"이놈, 하우영! 연약한 여자에게 도끼를 휘두르다니! 네가 그러고도 사람이냐?!"

앞쪽으로 천천히 허물어져 가는 북소소의 눈에 미친 듯 몸부림치며 악을 써대는 곽기풍이 보였다. 그제야 비로소 여린 옆을 그림자처럼 지키던 혈부 하우영이 보이지 않았다는 사실을 깨닫는 북소소였다.

第九章

여린, 철혈대제를 잡아들이다

여린, 철혈대제를 잡아들이다

운 좋게 살아난다 해도 머지않아
저 남자의 손에 의해 죽게 되리라

각각 네 필의 말이 끄는 열 대의 마차가 광활한 황무지를 가로질러 지평선을 장성처럼 가로막고 선 절벽을 향해 다가갔다. 마차의 짐칸에는 높다란 봉물 짐이 실려 있었다.

여전히 졸린 눈의 용마에 올라탄 여린이 행렬의 선두에 섰고, 너무 울어 눈이 퉁퉁 부은 곽기풍을 비롯하여 하우영과 장숙, 단구가 몇몇 포두들과 함께 마부로 변장한 채 마부석에 앉아 고삐를 잡고 있었다.

여린은 희미하게 웃으며 절벽 한복판에 뚫린 협곡의 입구를 바라보았다.

그곳에 일단의 사람들이 서 있는 게 보였다. 사람들의 선두에 서 있는 여자가 철려화란 걸 여린은 어렵지 않게 알아볼 수 있었다.

"오셨군요, 당신! 당신이 약속을 지킬 줄 알았어요!"

용마에서 내리는 여린을 숨가쁘게 달려온 철려화가 와락 끌어안았다. 그녀의 눈가는 이미 눈물로 흠씬 젖어 있었다.

"누구와의 약속인데 어기겠소? 지난 열흘간이 십 년처럼 느껴졌다오."

철려화의 등을 부드럽게 토닥이며 여린은 이십여 명의 기세 등등한 외원 무사들을 거느리고 서서 자신 쪽을 노려보는 마축지를 보았다. 마축지는 불타는 듯한 눈으로 여린이 끌고 온 마차 행렬을 쏘아보았다.

'외원만 무사히 통과할 수 있다면……'

쿵닥거리는 박동 소리를 철려화에게 들킬까 봐 여린은 자신의 가슴에 안겨 있는 그녀를 약간 떨어뜨렸다. 여린의 짐작대로 마축지는 이번 계획에서 가장 큰 걸림돌이었다.

마축지가 하우영이 고삐를 잡고 있는 첫 번째 마차 옆으로 다가섰다.

그 뒤에 줄줄이 멈춰 서 있는 열 대의 마차와 마차에 그득그득 실린 봉물 짐을 일별하며 마축지가 건성으로 물었다.

"대단한 봉물이로군. 이게 다 방주님께 진상할 선물인가?"

여린이 마축지 옆으로 다가와 정중히 허릴 숙였다.

"그렇습니다, 마 원주님."

"자네 집이 상당히 부자인 모양이군. 짧은 시간에 이 많은 선물을 준비하다니 말이야."

마축지가 의심으로 번뜩이는 눈으로 여린을 쏘아보았다. 그러나 여린의 얼굴은 태연하기 그지없었다.

"과찬이십니다. 아버님께서 비단 장수로 자수성가하신 건 사실이나 대철기방에 비하면 월광 앞에 반딧불이지요."

"쿡쿡."

"그럼 이것들은 모두 비단인가?"

마축지가 손가락으로 단단히 묶은 봉물 짐을 찔러보며 물었다.

"비단도 있고 다른 것도 있습니다."

"다른 것?"

"북만의 호피도 있고, 고려국의 청자도 있고, 운남의 호박도 있습니다."

"그럼 이 마차의 짐을 풀어서 한번 확인해 봐도 상관없겠지?"

순간 여린과 마부석에 앉아 있던 하우영이 동시에 움찔했다. 하우영은 당장이라도 발밑에 숨긴 두 자루의 혈부를 꺼내 휘두르고 싶은 욕망에 손이 근질근질했다.

여린은 대답은 않고 미미하게 웃으며 자신을 죽일 듯 노려보는 마축지의 눈빛을 받아낼 뿐이었다.

마축지가 버럭 고함을 질렀다.

"마차의 짐을 풀어 확인해도 되느냐고 묻질 않느냐?!"

여린이 마축지를 향해 정중히 포권을 취하며 말했다.

"장차 장인어른 되실 분을 위해 소중한 마음을 담아 하나하나 직접 포장한 선물입니다. 그걸 꼭 땅바닥에 패대기쳐 엉망으로 헝클어야 시원하시겠습니까?"

"나는 꼭 그래야겠다."

"……."

마축지의 고집에 여린은 그만 할 말을 잃었다.

여린은 하우영이 살기 가득 담긴 눈으로 자신을 쳐다보는 걸 느꼈다.

지금 덮칩시다.

하우영의 눈은 그렇게 말하고 있었다. 그러나 아직은 아니라는 듯 여린은 하우영만 알아차릴 수 있도록 미미하게 고갤 흔들었다.

"그만두지 못해요, 마 원주!"

바로 그때 여린이 기다리던 앙칼진 목소리가 들려왔다.

철려화가 여린의 옆으로 나서며 마축지를 향해 도끼눈을 떴다.

"내 정인이 내 아버지를 위해 준비한 선물이에요! 한데 마 원주가 무슨 자격으로 이 귀한 선물을 망쳐 놓겠다는 거죠?"

철려화의 서슬 퍼런 기세에 마축지도 약간은 누그러졌다.

"제 소임은 외원을 통과하는 모든 사람과 짐을 조사하는 겁니다. 혹시라도 있을 불손 세력의 침입을 막는 것이지요. 부디 제 입장을 헤아려 주십시오, 소공녀님."

"내가 책임지겠어요! 그러니 마 원주는 더 이상 관여하지 말아요!"

흥분한 철려화가 하우영이 마부석에 앉아 있는 마차에 묶인 첫 번째 말의 말고삐를 잡아끌었다.

다각다각!

마차가 몇 걸음 이동하자 마축지가 단호한 음성으로 명령했다.

"막아라!"

처처처척!

그때까지 구경만 하고 있던 이십여 명의 외원 무사들이 낭아곤을 꼬나 쥐고 마차의 앞을 가로막았다.

"네 이놈들! 사지가 끊겨 죽고 싶지 않으면 썩 물럿거라!"

철려화의 서슬 퍼런 외침에도 무사들은 요지부동이다. 약이 오른 철려화가 삼족을 멸하겠다는 둥 눈과 혀를 파버리겠다는 둥 거세를 해버리겠다는 둥 온갖 험악한 욕지기를 쏟아냈지만 그들은 꿈쩍도 하지 않았다. 오로지 원주의 명만 따르겠다는 결연한 의지에서 상당히 잘 조련된 집단이란 걸 알 수 있었다.

'외원에서 전투가 벌어진다면 저 긴 협곡을 통과할 수조차 없으리라.'

어떻게든 무사히 외원을 통과해 철기방의 내원으로 진입해야 한다고 다시 한 번 다짐하는 여린이었다. 여린이 힐끗 고갤 돌려 등짝에 커다란 마차 바퀴를 짊어진 채 고집스럽게 눈을 치뜨고 있는 땅딸보 마축지를 바라보았다. 문제는 저 외골수였다. 외원 원주 마축지만 통과하면 이번 작전은 오 할 이상 성공한 것이나 다름없었다.

그러나 마축지는 호락호락하게 여린을 통과시킬 생각이 없는 것 같았다.

마차 옆으로 슬며시 다가온 마축지가 손바닥으로 툭툭 봉물 짐을 두드렸다.

"그러니까, 이 안에 비단과 도자기 같은 것들이 들어 있단 말이지?"

마축지의 손바닥 위로 희뿌연 기세가 피어오르는 것을 발견하고 여린은 움찔했다. 마축지는 내력을 격발시키려 하고 있었다. 문득 저 마차 안에 웅크리고 있는 한 명의 포두와 열 명의 포사 얼굴이 주마등처럼 스치고 지나갔지만 여린은 마축지를 제지하지 못했다.

투우웅!

마축지가 봉물 짐에 손바닥을 깊숙이 밀어 넣는 순간 내력이 격발되며 마차 전체가 휘청했다. 눈에 보이지 않는 강력한 내기가 봉물 짐을 휘저었다가 반대쪽 옆구리가 터지며 잘게 잘린 비단과 도자기 조각들이 우수수 쏟아졌다.

비명은 없었다.

봉물 짐 안에 누군가 숨어 있었다면 칼날처럼 예리한 경력에 살갗과 내장이 갈가리 찢기는 극렬한 고통을 참지 못하고 비명을 내질렀으리라. 바닥에 흩어진 비단 쪼가리와 도자기 파편을 훑어보며 마축지는 비로소 의심을 거두었다.

"별 이상은 없는 듯하군."

"그러게 내가 뭐랬어? 쓸데없는 똥고집으로 아까운 선물만 망쳤잖아!"

실망스런 표정의 마축지를 향해 철려화가 길길이 뛰며 소리쳤다. 성질이 불같기로 유명한 소공녀에게 당할 것을 생각하자 끔찍해진 마축지가 첫 번째 마차의 말 엉덩짝을 후려치며 크게 소리쳤다.

"통과! 속히 마차를 통과시켜라!"

그러나 철려화는 이대로 끝낼 기세가 아니었다.

철려화가 황급히 몸을 피하는 마축지를 따라붙었다.

"어쩔 거야? 어쩔 거야? 이 무례한 짓거리를 어떻게 책임질 거냐고? 앙?"

"그만 들어갑시다, 철 소저."

여린이 철려화의 팔을 잡아끌었다.

"하지만……."

"난 괜찮소. 어서 들어가 아버님을 뵙고 싶은 생각뿐이라오."

철려화는 새삼 애정이 듬뿍 담긴 눈으로 여린을 바라보았다. 옹졸한 사람 같으면 외원주 마축지의 만행에 격노하여 말머리를 돌렸을지도 모른다. 그러나 여린은 오히려 자신이 민망해할까 봐 서둘러 이 자리를 피하려 하는 것이다.

"앞으로 조심해, 마 원주! 한 번만 더 여린님께 불경스런 짓을 했다간 그땐 정말 국물도 없을 줄 알라고!"

여린과 함께 용마에 올라탄 철려화가 어느 틈에 문도들 뒤쪽으로 멀찍이 물러선 마축지를 가리키며 으르렁거렸다.

마축지가 입맛을 쓰게 다시며 여린과 철려화를 따라 협곡 안으로 줄줄이 들어가는 마차 행렬을 바라보았다.

여린이 힐끗 고개를 들어 좁은 협곡 양옆에 벌집처럼 뻥뻥 뚫린 동굴들을 올려다보았다. 동굴 안에서 서너 명씩의 외원 문도가 고갤 쑥 내밀고 행렬을 내려다보고 있었다. 그들의 시선을 의식해 여린은 어느 때보다 환하게 웃고 있었다. 하지만 그의 가슴속에선 피눈물이 흐르고 있었다.

여린이 힐끗 고갤 돌려 바로 뒤쪽 마차의 고삐를 잡은 하우영을 보았다. 하우영의 얼굴도 울음을 참느라 어색하게 일그러져 있었다. 봉물 짐의 뻥 뚫린 옆구리에서 흘러내린 핏물이 마차 밑으로 뚝뚝 방울져 떨어지는 게 보였다.

각 마차의 봉물 짐마다 한 명의 포두와 아홉 명의 포사들이 몸을 숨겼다. 그들 모두는 입에 솜을 틀어넣고, 헝겊으로 입가를 둘둘 말아 봉해 버렸다. 만에 하나 창검 등으로 봉물 짐 안을 들쑤셔 상처를 입어도 비명을 지르지 못하게 하기 위해서였다. 하우영이 모는 첫 번째 마차에 숨었던 열 명의 포두와 포사들이 마축지의 공격으로 순식간에 불귀의 객이 되고 말았던 것이다.

'큰일에는 희생이 따르는 법이다.'

애써 자위하며 여린은 용마의 옆구리를 걷어찼다.

"이럇! 게으름 그만 피우고 빨리 가자, 인석아!"

"하하하! 어서 오시게! 정말 잘 왔네, 친구!"

벽돌이 깔린 널찍한 광장 저 너머에서 양팔을 활짝 벌리고 반갑게 걸어 나오는 철기련은 여전히 무늬조차 없는 헐렁한 백색 장포 차림이었다.

"반갑네! 정말 반가워!"

철기련이 마치 십년지기라도 만난 듯 여린을 와락 끌어안았다. 그래서 황궁처럼 드넓은 철기방 안에서도 가장 중심부라 할 수 있는 천룡각 앞 광장에 마차를 세워두고 시립한 하우영과 장숙과 단구, 그리고 마부 역을 맡은 너댓 명의 포두들은 일순간 좀 황당한 표정이 되었다.

그중에서도 표정이 가장 가관인 사람은 곽기풍이었다.

'결국 호랑이 아가리 속까지 들어오고 말았구나. 이제 온전히 살아 돌아가긴 글렀다.'

아랫도리를 후들후들 떨고, 열병에라도 걸린 사람처럼 이를 딱딱딱 맞부딪치며 곽기풍은 식은땀을 줄줄 흘리고 있었다.

여린이 뒤쪽 봉물 행렬을 가리켰다.

"아버님께 바치는 제 작은 성의입니다. 받아주십시오."

"우리 사이에 뭐 저런 걸 준비했나? 바깥 세상의 풍문과는 달리 우리 아버님은 상당히 소탈하신 분이라네. 과한 선물 따윈 별로 좋아하지 않으시지. 어쨌든 애써 준비한 것이니 잘 받도록 함세."

철기련이 여린의 어깨를 친근하게 두드리며 웃었다.

"기왕 받을 거면 고맙게 받지 웬 서설이 그리 길어요?"

입구에서부터 마뜩지 때문에 횡액을 치른 철려화가 뾰족하게 쏘아붙였다.

"알았다, 알았어. 려화, 네 앞에선 도무지 무슨 말을 못하겠구나."

버릇없다고 화를 낼 만도 하건만 철기련은 동생이 무슨 말을 하든 허허 웃기만 한다. 평소 여동생에 대한 애정이 각별하다는 걸 짐작할 수 있었다.

"응? 그런데 이 사람은 어디가 아픈 모양이다?"

철기련이 갑자기 곽기풍 앞에 서서 얼굴을 들여다보았다. 순간 여린이 흠칫 곽기풍 쪽을 돌아보았다. 잘못하면 모든 일이 수포로 돌아갈 수도 있는 순간이었다.

"왜 그러오? 어디가 편찮으시오?"

철기련이 곽기풍을 향해 살갑게 물었다.

"어어… 어어어……."

대답도 못하고 무릎만 덜덜 떨던 곽기풍이 그만 주르륵 오줌을 지리고 말았다.

"어? 이 사람이 왜 이러지?"

철기련이 그런 곽기풍을 바라보며 고갤 갸웃했다.

"원래 약간 모자란 사람입니다. 딸린 가솔들이 적지 않은지라 주인께서 불쌍히 여기시어 상단에서 계속 일하도록 배려해 주고 있습죠."

하우영이 철기련을 향해 머리를 조아리며 말했다.

"호오, 그래요? 우리 매제는 마음씨도 비단결 같구먼. 자자, 들어가세나."

기분이 좋아진 철기련이 여린의 어깨에 팔을 두르고 돌아섰다.

순간 여린의 눈앞에 넓이가 작은 장원만하고 하늘을 뚫어버릴 듯 십층 높이로 솟구친 거대한 누각 한 동이 닥쳐 들었다. 누각의 높다란 지붕 끝에는 거대한 용 한 마리가 큰 날개를 펴고 날아오르는 모양의 석상이 양각되어 있었다. 이곳이 바로 세인들이 철혈대제라 부르며 경외하고 두려워하는 철기방주 철태산의 처소였다.

백여 개나 되는 누각의 계단 앞에 철기련이 우뚝 멈춰 섰다. 철기련이 여린의 등을 가볍게 밀어주며 빙긋 웃었다.

"자, 어서 들어가게. 아버님께서 자넬 기다리고 계신다네."

"형님과 려화는 함께 가지 않습니까?"

여린이 의아한 눈으로 만면에 웃음을 머금은 철기련과 그 뒤쪽에서 엄청 미안한 표정으로 서 있는 철려화를 바라보았다.

"미안하지만 아버님은 자네와의 독대를 원하시네. 자넬 가문의 일원으로 받아들일지 말지를 직접 결정하실 모양이야."

"그, 그렇습니까?"

여린의 앞으로 한 걸음 다가선 철려화가 눈물까지 글썽이며 말했다.

"입구에선 마 원주에게 곤욕을 치르고, 이젠 내원까지 들어와 또 곤욕을 치르게 생겼군요. 당신한텐 정말 미안해요. 하지만 우리 가문은 지금 위급한 상황에 처해 있고, 아버지는 그로 인해 저나 오라버니에게 무슨 문제라도 생길까 봐 걱정하고 계세요. 그래서 당신을 직접 만나서 시험해 보고 싶어하시니 부디 이해해 주세요."

"……."

한동안 조용히 침묵을 지키고 있던 여린이 철려화를 살며시 끌어안으며 위로했다.

"걱정 마시오. 어떤 식으로든 아버님의 인정을 받을 수 있다면 난 그것으로 만족하오."

여린이 빙글 돌아서서 계단을 밟고 올라가기 시작했다.

'아아! 당신은 정말 너그러운 사람이군요.'

철려화가 계단을 밟고 올라가는 여린의 뒷모습을 바라보며 주르륵 눈물을 흘렸다.

"매제의 사람됨은 내가 보증한다. 아버님도 그를 가문의 일원으로 흔쾌히 받아들이실 테니 아무 걱정 말거라, 려화야."

철기련이 그녀의 어깨를 힘주어 잡으며 말했다.

이 사고뭉치 오라버니도 위로가 될 수 있다는 사실을 신기하게 여기며 철려화가 억지로 웃었다.

바깥쪽 광장만큼 넓디넓은 천룡각 안은 가구라곤 작은 서탁 하나 없이 횅댕그렁했다. 바닥과 벽은 물론 천장까지 큼직큼직한 대리석으로 뒤덮인 대전 안에는 아무도 없었다.

"소인은 섬서 땅에서 작은 포목점을 운영하시는 여 자, 불 자, 지 자 쓰시는 어른의 장자인 린이라 하옵니다. 어르신의 따님과 장래를 약속하고 오늘 이렇듯 인사를 여쭈러 찾아뵈었습니다."

텅 빈 대전 안을 두리번거리며 여린이 천천히 안쪽으로 걸음을 옮겼다. 그의 목소리가 텅 빈 공간을 우렁우렁 울렸다.

"이쪽으로 들어오게!"

이때 어디선가 목소리가 들려왔다. 낮고 조용한 음성이었으나 이상하게도 그 목소리가 귓속으로 파고들자 여린은 무림 명숙의 장풍이라도 맞은 것처럼 가슴이 답답해지고 어지럼증을 느꼈다.

휘청거리는 두 다리에 애써 힘을 불어넣으며 돌아서자 대전 왼쪽 벽에 좁은 출구 하나가 뚫려 있는 게 보였다. 목소리는 아마도 출구 안쪽에서 들려온 듯했다. 여린이 서둘러 문 안으로 들어섰다.

문 안쪽은 밤이다.

그곳에는 봄꽃이 흐드러지게 핀 작은 마당과 마당 한복판에 자리잡은 아담한 연못이 있었다.

'분명히 대전 안쪽으로 통하는 출구로 들어왔는데 웬 마당과 연못이지?'

여린이 의아한 눈으로 주위를 두리번두리번거릴 때 또다시 목소리가 들렸다.

"왔으면 이리 와서 앉지."

"응? 저 남자가 언제 저곳에?"

연못가에서 웬 사내 한 명이 한가롭게 낚싯대를 드리우고 앉아 있는 게 보였다. 아담한 체구에 학사풍의 단정한 느낌이었다. 어디서 많이 본 사내 같다는 생각을 하다가 여린은 사내가 철기련을 많이 닮았다는 사실을 깨달았다. 나이도 엇비슷해 보여 철기련보다 너댓 살쯤 많은 삼십대 후반쯤으로 보였다.

사내가 낚싯대를 드리운 채 여린을 돌아보며 싱긋 웃었다.

"자넨 누군가? 이곳엔 어떻게 들어왔나?"

"전 여린이란 사람입니다. 혹시 이곳에 철혈대제 어른이 안 계십니까?"

여린이 마당 안을 두리번두리번하며 묻자 사내가 장난스럽게 웃으며 대답했다.

"그 사람이라면 어디 있는지 내가 잘 알지."

"어디 계십니까?"

"으음……."

사내가 뜸을 들이자 여린은 조급증이 났다.

"제가 그분을 꼭 만나야 돼서 그럽니다. 알고 계시면 빨리 좀 가르쳐 주십시오."

"그냥은 안 되겠고… 고기 잡는 걸 좀 도와주면 가르쳐 줌세. 오늘은 하루 온종일 송사리 한 마리 못 잡았어."

사내가 낚싯대를 들어 보이며 말했다.

여린이 낚싯대를 건네 받으며 사내 옆으로 바싹 붙어 앉았다.

"이런 곳에서 물고기가 잡히긴 잡힙니까? 제가 보기엔 붕어 한 마리도 없을 것 같은데요."

"사물을 판단할 땐 겉모습만 보지 말게나. 이 좁은 연못 안에 승천을 앞둔 잠룡이 웅크리고 있을지 누가 알겠는가?"

"에이~ 설마요?"

여린이 말도 안 된다는 듯 흰 이를 드러내고 웃을 때 낚싯대를 잡은 양손 손바닥으로 찌리릿 물고기의 퍼덕임이 전해져 왔다.

"물었습니다!"

크게 소리치며 여린이 힘껏 낚싯대를 잡아당겼다.

피이잉!

단숨에 낚싯줄이 끊어질 듯 팽팽해지며 낚싯대가 활처럼 휘었다.

부글부글!

마치 용암이라도 터진 듯 수면이 부글부글 끓어오르기 시작했다. 여린이 사력을 다해 낚싯대를 잡아당겼지만 바늘을 문 물고기는 바윗덩이처럼 꿈쩍도 하지 않았다.

여린이 옆쪽 사내를 돌아보며 다급히 소리쳤다.

"엄청난 놈이 물었나 봐요! 좀 도와주세요!"

"정말로 연못 밑에 잠든 용이라도 걸렸나 보군. 어쨌든 이제 그건 자네 낚싯대야. 혼자 힘으로 걷어 올려야 한다는 말일세."

사내가 곰방대에 담뱃잎을 꾹꾹 눌러 담으며 말했다.

사내의 적반하장식 태도에 기가 막혔지만 여린은 낚싯대를 잡고 있느라 사력을 다하고 있었으므로 항의할 기력조차 남아 있지 않았다. 그저 빨리 물고기를 잡아서 철태산의 행방을 물어봐야겠다는 생각뿐이었다.

"우워어어억!"

여린이 괴성과 함께 허리를 활처럼 젖히며 낚싯대를 잡아당겼다.

파아아아!

그러자 수면 아래서 크고 시커먼 그림자가 천천히 떠오르는가 싶더니 주변으로 맹렬한 소용돌이가 번져 나가기 시작했다. 마침내 수면 위로 물고기의 시커먼 비늘이 보이기 시작했다.

여린이 아예 뒤쪽으로 부웅 몸을 날리며 낚싯대를 잡아당기는 순간, 엄청난 물보라를 일으키며 거대한 이무기 한 마리가 그 하나하나가 어른 주먹만한 크기의 검은 비늘을 번뜩이며 수면 위로 치솟아 올랐다. 머리에서 꼬리까지의 길이가 스무 장은 돼 보였고, 채찍 같은 수염만 해도 서너 장은 족히 돼 보였다. 원독에 찬 듯한 이무기의 시뻘건 동공과 눈이 딱 마주치는 순간 여린은 그만 심장이 내려앉는 것 같았다.

쿠우웅!

정말 하늘에 닿을 듯 날아올랐던 이무기가 굉렬히 곤두박질치면서 지진이라도 난 듯 땅이 흔들렸다. 그 진동에 놀라 여린은 엉덩방아를 찧었다.

"저 괴물은 뭡니까?"

부들부들 떨리는 손가락으로 여린이 아직도 퍼덕거리고 있는 이무기를 가리켰다.

"이무기일세."

"이무기요?"

"그래, 좁은 연못 속에 천 년간 웅크리고 있다가 하늘로 올라 용이 되는 놈이지. 오늘이 구백구십구 일째 되는 날인데 재수없게 자네에게 걸려 한을 품은 채 죽고 말았군."

"이건 당신이 시킨 일 아닙니까? 난 책임없습니다."

이무기에게 괜스레 미안해진 여린이 사내를 향해 항변했다.

"철태산 어른은 어디에 계십니까? 빨리 그거나 알려주시오!"

사내가 여린의 얼굴을 똑바로 쳐다보며 의미심장하게 웃었다.

"여기가 정말 어딘지 모르겠나? 다른 사람을 찾기 전에 먼저 자네를 찾아보는 건 어떻겠는가?"

"여기가 대체 어디기에… 어헉!"

의아한 눈으로 주위를 둘러보던 여린은 너무 놀라 찢어질 듯 눈을 부릅떴다.

자세히 보니 자신이 서 있는 곳은 사하현 현청의 앞마당이 아닌가?

화르르륵!

사방의 전각이 맹렬히 불타오르고 있었다. 매캐한 연기가 자욱한 마당 여기저기에는 포두들과 포사들은 물론 현청에 소속된 일꾼들이나 시녀들의 시체가 즐비하게 널려 있었다.

여린은 비로소 자신이 어디에 와 있는지 알 것 같았다.

"여긴… 설마 여긴……?"

열병에 걸린 사람처럼 중얼거리며 여린이 불 붙은 월동문을 지나 현청 본관을 향해 천천히 걸음을 옮겼다.

"아악!"

"사, 살려! 크아악!"

"까아아악!"

회랑처럼 긴 본관 복도로 들어서자 방문을 박차고 뛰쳐나오는 현청 서기들과 여급사 등을 인정사정없이 도륙 내는 시커먼 사내들이 보였다. 사내들의 낭아곤이 박힐 때마다 혹자는 머리통이 반쯤 날아가고, 혹자는 살점과 함께 창자가 터져 나왔다. 전신이 희생자들의 피로 흠씬 젖은 살육자들의 가슴과 등짝엔 각각 '철(鐵)' 자와 '혈(血)' 자가 크게 새겨진 둥근 쇠 방패가 매달려 있었다.

다행히 철기방의 살육자들은 여린을 보지 못하는 것 같았다.

몇몇은 눈에 익은 죄없이 죽어가는 자들의 비탄에 젖은 신음 소리를 애써 무시하며 여린은 천천히 복도를 걸어 현감의 집무실을 향해 다가갔다.

집무실 문은 활짝 열려 있었다.

'설마… 설마……?!'

그 문을 향해 다가가면서도 여린은 여전히 반신반의하고 있었다. 아무리 지독한 악몽이라도 십 년 전의 끔찍했던 밤으로 자신을 인도하진 않을 것이란 믿음 때문이었다. 하지만 언제나 그렇듯 믿음은 헛된 것이다.

집무실 안으로 들어선 여린은 머리통이 으깨진 채 눈을 부릅뜨고 숨겨 있는 선친과 그 옆에 공포에 질린 얼굴로 꿇어 앉아 있는 십여 년 전 자신의 모습을 발견할 수 있었다.

"어린 놈은 어떡할까요, 대제(大帝)?"

오연히 버티고 서 있는 철태산을 돌아보며 묻는 남자는 여린도 잘 알고 있는 인물이었다. 독사성, 지금보다 십 년쯤 젊어 훨씬 독랄해 보이는 독사성이 철혈대제 철태산을 향해 묻고 있었다. 철태산의 얼굴은 기억이 흐릿한지 윤곽밖에 보이지 않았지만 그의 손을 꽉 움켜잡고 서 있는 사내아이는 분명히 알아볼 수 있었다. 철기련, 지금보다 십여 년 젊어 아직 앳된 티를 벗지 못한 철기련이 부친을 손을 잡고 여린 앞에 서 있었던 것이다.

여린은 비로소 상황을 완전히 파악할 수 있었다.

십여 년 전, 사하현의 강직한 현감이었던 아버지가 패악을 일삼던 철기방에 대해 내사를 벌이다가 살해당한 끔찍했던 그날 밤으로 그는 돌아와 있었다.

"어떻게 처리할까요?"

독사성이 다시 재촉하듯 묻자 철태산이 차가운 음성으로 대답했다.

"아비가 있는 곳으로 보내주거라. 그것이 어린 녀석을 위해서도 좋은 일이다."

독사성의 눈짓을 받고 오른손에 움켜쥔 낭아곤을 쳐들며 여린의 앞으로 선 이는 바로 갈산악이었다. 갈산악의 낭아곤이 어린 자신의 이마를 단숨에 으깨놓을 것만 같아 여린은 질끈 눈을 감아버렸다.

"살려주세요, 아버지! 불쌍하잖아요!"

그때 철기련의 목소리가 들려왔다.

여린이 천천이 눈을 뜨자 부친의 손을 흔들며 사정하는 철기련의 모습이 들어왔다.

"죽이기엔 너무 어려요! 제발 살려주세요!"

"섣부른 동정은 금물이다. 오늘 한 번의 동정이 후일 멸문지화로 이어질 수도 있음이니."

"저 아이가 복수를 한다고요? 보세요? 아버지가 죽었는데도 저렇게 떨고만 있잖아요. 저런 겁쟁이가 무슨 복수를 하겠어요?"

"으음……."

어린 아들의 설득에 마음이 움직였는지 철태산이 낮은 침음을 흘리며 벌벌 떨고만 있는 어린 여린을 내려다보았다.

"안 돼! 하지 마! 하지 마!"

다급해진 여린이 어린 자신과 철태산을 향해 손을 내뻗으며 고함을 내질렀다. 하지만 그의 목소리는 저들에게 전달되지 않는 모양이었다.

땡강!

한참을 고민하던 방주가 단검 한 자루를 어린 여린 앞에 던져 주었다.

그리곤 무서운 표정으로 말했다.

"그 칼을 죽은 아비의 가슴에 박고, 아비의 얼굴에 침을 뱉으며 욕을 하거라. 그럼 넌 살려주마."

"하지만 어떻게… 어떻게……."

어린 여린이 이를 딱딱 맞부딪치며 간신히 말했다. 철태산이 숨 막힐 듯한 살기를 발산하며 위협했다.

"왜, 싫으냐? 그럼 너는 죽는 수밖에 없다."

갈산악이 기다렸다는 듯 자신의 얼굴을 노리고 낭아곤을 화악 치켜드는 순간 어린 여린이 단검을 움켜쥐며 절박하게 소리쳤다.

"할게요! 할게요! 무엇이든 시키는 대로 할 테니 제발 살려만 주세요! 으허허헝~"

현재의 여린이 후들후들 떨리는 다리를 간신히 움직여 집무실을 빠져나왔다. 그 이후의 상황에 대해선 이미 너무도 잘 알고 있었기 때문이다. 십 년 전 그날 밤 자신은 이미 고혼이 된 부친의 가슴에 원수가 건넨 단검을 꽂았다. 그리고 부친의 얼굴에 침을 뱉으며 능력도 없으면서 왜 감히 철기방을 건드렸느냐고 욕을 퍼부었다. 덕분에 그는 구차한 목숨을 연명할 수 있었다.

"죽었어야지. 그날 아버지와 함께 죽었어야지, 병신아."

닭똥 같은 눈물을 뚝뚝 흘리며 여린은 지난 십 년간 수만 번이나 반복했던 후회의 낱말들을 쏟아내고 있었다. 하지만 무슨 소용이랴. 후회는 아무리 빨리도 늦는 법이니.

여린은 자신이 어느새 천룡각의 텅 빈 대전 한복판으로 돌아와 있음을 깨달았다. 혹시 꿈을 꾸었던 건 아닐까? 손으로 볼을 만져 보니 눈물에 젖어 축축하다. 꿈은 아닌 것이다. 그렇다면 자신이 겪은 이 기이한 경험은 대체 뭐란 말인가?

"여진중의 자식이었구나."

등 뒤에서 들려오는 음성에 여린이 홱 고갤 돌렸다.

거기 자신에게 낚싯대를 맡겼던 사내가 뒷짐을 진 채 조용히 서 있었다. 사내를 바라보며 여린은 기억에서 깨끗이 지워졌던 십 년 전 부친을 살해한 흉수의 얼굴을 다시 떠올릴 수 있었다.

여린이 덤덤히 물었다.

"당신이 철혈대제요?"

"그렇다. 내가 바로 철기방의 방주이자 네놈이 농락한 철려화의 아비되는 사람이다."

"하나도 늙지 않았군."

정말 그랬다. 철태산은 십여 년 전 그날 밤보다 오히려 더 젊어져 있었다. 아마도 무공이 이미 화경(化境)의 경지로 접어든 것이 분명했다.

"너의 분노와 원망은 충분히 이해한다. 그래서 웬만하면 널 살려보내 주려고 했다. 하지만 넌 절대 건드리지 말아야 할 상대를 건드렸다. 바로 목숨보다 소중한 내 여식을!"

철태산이 오른손을 활짝 펼치며 내뻗자 그 안에서 보이지 않는 힘이 뻗쳐 나와 여린을 강하게 끌어당겼다. 양 발에 힘을 주고 버텨보았지만 역부족이었다. 작은 체구에 학사풍의 깨끗한 얼굴을 한 철태산에게서 자신으로선 도저히 상상할 수 없는 미증유의 힘이 느껴졌다.

꽈악!

여린이 황급히 허리춤의 목검을 움켜잡았다.

강호의 별처럼 많은 고수와 명숙들 중에서도 유일하게 초절정의 경지에 올라 십상성이라 추앙받는 열 명의 절대고수 중에서도 왜 철태산의 이름이 늘 윗자리를 차지하는지 여린은 비로소 알 것 같았다.

"으아아아! 십 년 전의 원한을 씻으러 찾아왔다, 철태산!"

여린이 혼신의 힘을 담은 목검을 철태산의 이마를 향해 후려쳐 갔다.

빠아악!

철태산이 파리를 쫓듯 오른손을 가볍게 휘두르자 여린은 목검과 함께 뒤쪽으로 너울너울 튕겨 나갔다. 목검을 잡는 손바닥이 터져 피가 흥건히 고였다. 그래도 여린은 목검만은 놓치지 않았다.

여린이 단숨에 혈령신공을 극성까지 끌어올렸다.

온몸의 피와 기가 역행하며 얼굴이 흉측한 핏줄로 뒤덮였다. 너무 빠르고 강하게 본신 내공을 끌어올리면서 여린은 빠르게 괴물로 변해 갔다. 그의 눈과 코와 입에서 검붉은 핏물이 줄줄 흘렀다. 아무래도 너무 무리를 하는 것 같았다. 잘못하면 주화입마에 빠져 영영 정상인의 모습으로 돌아올 수 없을지도 모른다는 불길한 예감이 들었다. 그러나 여린은 멈추지 않았다. 지난 십 년간 얼마나 이 순간을 기다렸던가?

이젠 도망치지 않으리라.

세상 누구보다 존경하고 사랑했던 아버지의 가슴에 칼을 박고 침을 뱉으면서까지 구차하게 보존했던 목숨을 기어이 원수의 목숨과 낯바꾸고야 말리라.

"우워어어어어억!"

짐승 같은 울부짖음과 함께 여린이 일도양단의 자세로 목검을 치켜든 채 철태산을 향해 돌진했다.

"쯧쯧, 기껏 배웠다는 것이 스스로를 망쳐 상대를 죽이는 악독한 사공이란 말이냐?"

한 손은 뒷짐을 진 채 철태산이 나머지 한 손을 활짝 펼쳐 오른쪽 벽을 향해 내뻗으며 혀를 찼다.

쿠쿠쿡!

철태산이 뻗었던 손바닥을 빠르게 회수하자 벽에 박혀 있던 커다란 대리석 하나가 뽑혀져 나왔다. 흠칫 고개를 돌리는 여린의 옆쪽으로 대리석이 날아들고 있었다.

콰앙!

여린이 목검을 사정없이 휘둘러 대리석을 박살 냈다.

쿠쿠쿡!

쿠쿠쿡!

쿠쿠쿠쿡!

철태산이 한 손을 바닥과 천장 좌우 벽을 향해 빠르게 뻗었다가 회수했고, 그때마다 커다란 대리석이 뽑혀져 여린을 향해 날아들었다.

쾅! 콰앙! 쾅쾅! 콰아앙!

여린이 혼신을 실은 목검을 휘둘러 대리석들을 박살 낼 때마다 돌가루 파편이 자욱하게 흩날렸다. 사방 벽과 바닥과 천장에서 마구 쏟아진 금강석처럼 단단한 대리석들이 끊임없이 여린의 앞을 가로막았다. 게다가 그 안에는 눈에 보이지 않는 철태산의 웅후한 내력까지 실려 있었다.

"헉헉!"

오래지 않아 여린의 숨소리가 거칠어지기 시작했다. 철태산은 뒷짐
진 한 손을 결코 풀지 않았다. 결국 철태산은 한쪽 손만으로 목숨을 담
보로 한 여린의 필사적인 공격을 막아내고 있었던 것이다.

혈령신공 때문에 정신이 혼미한 상태에서도 여린의 눈가에 눈물이
비쳤다.

"사(邪)는 결코 정(正)을 넘지 못한다. 혈령신공으로 강하다는 소린 들을
수 있을지 모르나 진정한 강자를 만나면 넌 결코 이길 수 없을 것이다."

새삼 사부 당상학의 싸늘한 얼굴이 떠오르는 여린이었다.

"이 짓도 지겹군. 그만 끝을 보자. 혼천지망(混天之網)이라는 초식일
세."

철태산이 오른손 검지를 쭉 내뻗자 그 끝으로 가늘고 누런 지풍 한
가닥이 발출되었다.

캉!

자신을 얼굴을 노리고 똑바로 날아든 지풍을 여린이 목검으로 팅겨
냈다.

쐐액!

쐐애액!

허공으로 튀어올랐던 지풍이 두 가닥으로 갈라지며 다시 여린을 향
해 날아들었다. 이번에도 팅겨내자 지풍은 네 가닥으로 갈라져 날아

왔다.

"허억허억!"

여린의 숨소리는 점점 더 가빠졌고, 그의 목검에 튕겨질 때마다 지풍은 정확히 두 배로 불어났다. 마침내 고개를 쳐드는 여린의 머리 위가 온통 누런 색의 촘촘한 그물 같은 지풍으로 뒤덮여 버렸다.

여린은 이제 목검을 들어 올릴 힘조차 남아 있지 않았다. 목검을 허리 아래로 늘어뜨린 채 여린은 저 칼날처럼 예리한 지풍이 자신의 살을 가르고 뼈를 부러뜨리길 기다렸다.

"안 돼요!"

이때 날카로운 비명과 함께 여린을 안고 나뒹군 것은 바로 철려화였다.

"위험하다, 려화야!"

철태산이 오른손을 어깨 너머로 젖혀 재빨리 지풍의 그물을 회수했다.

"괜찮아요? 괜찮아요, 여린?"

지친 여린을 부축하며 철려화가 다급히 물었다.

혈령신공이 사라지고 여린은 어느새 평소의 모습으로 되돌아와 있었고, 철려화의 눈엔 부친이 시험을 빌미로 정인을 핍박하고 있는 것으로 보였다.

철태산이 철려화를 향해 손을 내뻗으며 말했다.

"이리 오너라, 려화야. 그 녀석으로부터 떨어져라."

"싫어요! 왜 아무 죄도 없는 사람을 핍박하는 거죠? 왜요?"

"그런 게 아니다. 그놈은 아비의 목숨을 노리고 잠입한 살수야."

"거짓말! 거짓말! 왜 모든 집안 사람들이 나와 여린의 관계를 방해하는지 정말 모르겠어요!"

"당신의 아버지는 아무 죄도 없소, 려화."

바로 그 순간 철려화는 관자놀이에 선뜩한 감촉을 느꼈다. 눈알만 굴려 돌아보니 여린이 한 팔로 자신의 목을 휘감은 채 목검 끝을 관자놀이에 붙이고 있는 게 보였다.

"왜, 왜 이래요, 여린? 장난치지 말아요."

철려화가 어색하게 웃으며 말했다.

하지만 여린은 더 이상 웃는 얼굴이 아니었다.

"움직이지 마시오. 당신의 어여쁜 얼굴을 내 손으로 망가뜨리고 싶진 않소."

"다, 당신……?!"

철려화의 눈이 부릅떠졌다. 비로소 일이 심상치 않게 돌아가고 있음을 깨달은 것이다.

철기방 외원 원주 마축지가 내원으로부터 급보를 전해 들은 건 해가 중천에 떠올랐을 무렵이었다.

'소공녀께서 아무리 떼를 써도 그놈을 들여보내는 게 아니었어.'

마축지로선 여린을 들여보낸 것이 크나큰 자책으로 남았고, 당연히 여린에 대한 분노가 불길처럼 솟구쳤다. 그래서였을 것이다. 내원에서 아무리 큰 소란이 일어나도 방의 입구를 지키는 외원의 전력 오 할 이상은 반드시 남겨두고 움직여야 한다는 철칙을 잊어버린 것은.

"최소한의 경비 인력만 남고 모두 나를 따르라! 여린이란 족제비 놈을 잡으러 간다!"

마축지는 천여 명에 이르는 외원 전력 중 구백 이상을 이끌고 내원을 향해 내달렸고, 외원의 입구는 단 백 명만이 지키게 되었다. 마축지가 그렇게 사라지고 한 식경도 지나지 않아 냉정검 청해일이 이끄는 천여 명의 청상파 제자들이 들이닥쳤다.

백여 명의 방도들은 사력을 다해 청해일 등을 막았으나 복수심에 불타는 청성파 제자들에 의해 모조리 고혼이 되고 말았다.

퍼억!

"끄억!"

마지막 남은 철기방 방도의 목에 협봉검을 찔러 넣으며 청해일은 실로 오랜만에 상쾌한 기분을 맛보았다. 이 순간을 얼마나 기다려 왔는가? 그가 갖고 싶은 건 서북방의 맹주로서 포효하는 청성이지, 철기방의 위세에 눌려 종이호랑이로 전락한 문파의 장문 직은 아니었다. 그런데 여린이라는 애송이 줍포에 의해 오랜 갈망이 실현되는 듯이 보였으니 그의 희열이 오죽하랴.

"청성의 제자들아, 역도들을 한 놈도 살려두지 마라!"

피 묻은 검봉으로 협로 안쪽을 가리키며 청해일이 목청 높여 소리쳤다.

이미 피 맛을 본 천 명의 청성파 제자들이 검을 휘두르며 밀물처럼 협로 안으로 진격해 들어갔다.

쩌엉!

하우영의 도끼를 맨주먹으로 막아내며 철기련은 미치광이 스승, 동태두의 무공을 조금 더 완벽하게 익히지 못한 자신을 질책했다. 여린이 들어간 천룡각 안에서 부친의 노호성과 굉렬한 격타음이 들려오는 것을 신호로 봉물 짐 앞에 서 있던 마부들과 봉물 짐을 찢고 튀어나온 백여 명의 짐꾼들이 일제히 병장기를 휘두르며 덤벼들었다.

철기련과 그의 여섯 숙부들이 겁없는 침입자들을 응징하러 나섰지만, 그들 하나하나의 무공이 만만치 않은데다 협공에 능한지라 제압하는 데 애를 먹고 있었다. 그중에서도 거대한 쌍도끼를 휘두르며 덤벼드는 이 거인 같은 사내는 특히 강했다.

내공을 잔뜩 불어넣은 주먹으로 사내의 도끼를 박살 내려 해봤지만, 오히려 도끼에 얻어맞은 주먹이 깨질 듯 아팠다.

"혈부 하우영님의 도끼 맛이 어떠하냐, 애송아?"

흉신악살처럼 눈을 치뜬 하우영이 뒤쪽으로 두어 걸음 물러서는 철기련을 뒤쫓으며 쌍도끼를 무지막지하게 휘둘렀다.

쩌정!

힘겹게 도끼날을 튕겨내며 철기련은 비로소 사내와 사내가 끌고 온 짐꾼들의 정체를 알아차릴 수 있었다.

혈부 하우영.

철기방 방도들 사이에서 죽음의 저승사자로 통하는 이름. 철기련은 그 무도한 포두의 이름을 들어 알고 있었고, 그래서 이들이 관에서 파견한 관원들이란 사실을 직감했다. 하지만 전대 황제께옵서 내린 봉어금침어령의 족자가 있는데 어떻게?

'아차!'

그때서야 그는 열흘 전 여린이 처음 장원을 방문했을 때의 밤을 떠올랐다. 그날 밤 엄습했던 불안감의 실체가 이제야 확실해지는 것 같았다. 아마도 여린은 그날 이미 족자를 빼돌리고 위작을 놓아두었을 것이다. 새삼 악몽 속에서 피눈물을 흘리던 어머니의 모습이 불길한 예언처럼 떠올라 철기련은 부르르 진저리를 쳤다.

쐐애액—

철기련이 상념에 젖어 잠시 주춤하는 틈을 놓치지 않고 하우영의 도끼가 날아들었다. 공력을 불어넣은 주먹을 황급히 휘둘러 철기련이 도끼날을 튕겨냈다. 그러나 미처 기를 완전히 불어넣지 못한 손등이 베이며 핏방울이 터져 나왔다.

"으윽!"

충격을 받고 주르륵 밀려나는 철기련의 얼굴을 노리고 하우영이 두 자루 도끼를 힘차게 흩뿌렸다. 청성의 칠성검법을 더욱 강맹하게 변형시킨 하우영의 회심의 독문부법이었다. 빠르게 회전하며 날아들던 두 자루 도끼가 각각 일곱 개씩의 잔영을 그리며 철기련의 팔방을 포위해 왔다.

웅웅웅—

철기련이 오른팔을 쭉 내뻗는 순간 주먹이 미미하게 진동하며 주변으로 십여 개의 잔영을 만들어냈다.

"불청객들은 그만 내 집에서 나가라!"

분노의 일갈과 함께 철기련이 열 가닥의 권영이 쏟아냈다.

펑펑펑!

주먹과 도끼날이 충돌하며 시퍼런 경기가 사방으로 비산했다. 사방에서 옥죄어오던 도끼날들을 훌륭하게 파해하고 있었으나, 시간이 지

날수록 철기련은 하우영의 기세에 밀리는 자신을 발견했다. 두 눈에 핏발을 세우고 야차처럼 달려드는 하우영에 비해 철기련은 확실히 독기가 부족했다. 누군가를 죽이기 위해 필사의 각오로 무공을 연마한 사람과 익히기 싫은 무공을 억지로 연마한 사람과의 차이가 확실해지는 순간이었다. 내공의 깊이나 무학의 심오한 이치를 깨닫는 데는 확실히 철기련이 앞섰으나, 기어이 적을 죽이고야 말겠다는 의지에서 철기련은 하우영에게 밀리고 있었던 것이다.

'내가 잘못 생각했다. 사부님의 무공을 좀 더 깊이 익혔어야 했거늘⋯⋯.'

철기련이 내심 자책할 때, 하우영은 튕겨 오른 두 자루의 도끼 자루를 옹골지게 움켜잡으며 철기련의 머리 위에 떠 있었다. 바람을 가르는 파공음과 함께 철기련의 정수리를 노리고 쌍도끼가 떨어졌다.

황급히 고개를 쳐들던 철기련은 절로 미간을 찌푸렸다. 하우영의 등 뒤에서 비추는 강렬한 햇살 때문에 하우영의 거대한 신형이 먹물처럼 번져 보였기 때문이다. 눈을 반쯤 감은 철기련이 양 주먹을 미친 듯 쳐올렸지만, 적을 막아낼 수 있으리라곤 생각하지 않았다. 반응이 너무 늦었고, 또한 망할 놈의 햇빛 때문에 목표도 정확하지 않았다.

"으아악!"

이때 장숙이 내지른 처절한 비명 소리만 아니었다면, 철기련은 정말 하우영의 눈먼 도끼에 머리통이 쪼개어졌을지도 모른다. 철기련을 향한 공세를 멈추고 돌아서는 하우영의 시야에 한쪽 눈알이 뽑힌 채 핏물을 흩뿌리며 물러서는 장숙과 그런 장숙을 쫓아 날아드는 내원의 고수들인 여섯 노인이 보였다. 단구와 나머지 포두들이 검을 찌르며 노인들 앞을 막아섰지만 역부족이었다. 저대로 두면 장숙의 목이 머지않아 허공으로 튕겨 오를 것이 분명했다. 미처 생각할 겨를도 없이 하우영이 노인들을 노리고 힘차게 쌍도끼를 흩뿌렸다.

철태산의 열두 의제 중 하나이자 내원의 원주인 맹금왕(猛禽王) 구일기는 치밀어 오르는 짜증기에 팔자수염이 역팔 자로 솟구쳤다. 맹금왕이라는 별호답게 그는 매부리코에 입은 돌출되고, 눈은 수리처럼 쭉 찢어져 얼굴 자체가 맹금류처럼 보였다. 내일 모레면 세수 팔십을 바라보지만, 이미 절정의 반열에 오른 그의 조공(爪功)은 금강석을 쪼갤 정도로 강맹한 것이었다. 하지만 그와 그의 다섯 의형제는 무공이 일천한 현청의 포두와 포사 놈들에게 고전을 면치 못하고 있었다.

문제는 합격진이었다.

아마도 오랜 시간에 걸쳐 훈련을 받았음이 분명한 백여 명의 관원들은 각각 오십 명씩 이 열 횡대로 늘어서서 앞 열에 서 있는 놈들이 자신들의 공격을 검으로 막아내면 그 뒤 열에 숨어 있던 놈들이 재빨리 일어서서 화살을 쏘아 대기를 반복했다. 그깟 화살쯤이야 손짓 한 번이면 수수깡처럼 끊어버릴 수 있었으나, 문제는 마지막에 도사리고 있는 두 포두 놈이었다.

지금은 실전된 포달랍궁의 구주환상검 한 자락을 주워 익힌 듯한 두 녀석은 구일기 자신과 의형제들이 포두와 포사 놈들을 요절낼라 치면 물밑에 숨어 있던 개구리처럼 폴짝 뛰어올라 그 대부분이 허상이 분명한 수십 가닥의 검영을 쏟아내었던 것이다.

놈들의 구주환상검을 우습게 보고 직선으로 날아들었다가 구일기는 그만 검날에 어깨를 베이는 수모까지 당한 후였다. 격분한 그와 형제들이 장막처럼 앞을 가로막는 나머지 포두와 포사 놈들부터 싹 쓸어버리리라 마음먹고 달려들었을 때, 이 마지막 두 놈이 다시 튀어나와 그만 막내 의제의 목을 꿰뚫어 버렸다.

'저깟 애송이 놈들에게 당하다니!'

철혈대제의 의제라는 자부심 하나로 살아온 구일기로선 스스로 눈알을 뽑아버리고 싶을 정도의 치욕이었고, 수치심은 곧 불같은 분노로 이어졌다. 한사코 군도를 휘두르고 활을 쏘아 대는 관원 놈들의 한복판으로 뛰어든 구일기는 굴속으로 몸을 도사리는 뱀처럼 물러서는 마지막 포두 놈들을 뒤쫓았다. 그리곤 돌도 쪼갠다는 그 날카로운 손톱으로 둘 중 한 놈의 눈알을 뽑아버리는 데 성공했다.

시원하게 분풀이를 했지만 그도 피해가 없는 건 아니었다. 고슴도치처럼 사방에서 찔러오는 관원들의 칼과 화살에 대여섯 군데 크고 작은 자상을 입은 것이다. 튼튼한 호신강기 덕분에 치명상은 면할 수 있었지만 출혈이 생기면서 기력도 떨어졌다. 그래도 한사코 덤벼드는 관원들의 머리통을 날카로운 손톱으로 쪼개며, 한쪽 눈알이 뽑힌 놈을 부축하고 정신없이 달아나는 놈을 쏜살같이 뒤쫓았다. 반드시 죽이고야 말겠다는 살심으로 구일기의 눈에선 퍼런 광채가 일렁였다.

쾌애액—

꼭 맹금류처럼 생긴 노인에게 한쪽 눈을 잃은 장숙을 부축하고 정신없이 뒷걸음질을 치던 단구는 허공을 밟듯이 날아오는 맹금류 노인을 쳐다보았다. 당장이라도 노인에게 따라잡힐 찰나의 순간, 허공을 가르는 파공음이 들려왔다. 흠칫 돌아보자 노인의 등을 노리고 날아드는 하우영의 두 자루 도끼가 보였다.

'나무꾼도 아니고, 원.'

구일기는 자신을 향해 날아드는 도끼를 쳐다보며 실소를 머금었다. 무림인들이 사용하는 여러 병장기 중에서도 도끼는 가장 하류로 통했다. 무겁기만 할 뿐 속도나 변화 면에서 떨어질 수밖에 없는 도끼는 고수들은 거들떠보지도 않고, 주로 산적들이나 지방의 무뢰배들이 힘자랑을 위해 사용할 뿐이었다. 그래서 구일기는 도끼를 쳐내려고 휘두르는 손속에 절반 정도의 공력밖에 불어넣지 않았고, 이것이 치명적인 실수였다.

쩌어엉!

"우웩!"

첫 번째 도끼날과 손바닥이 부딪치는 순간 엄청난 충격이 밀려들며 구일기는 왈칵 선혈을 토했다. 그 충격 때문에 그는 미처 두 번째 도끼를 막아낼 엄두조차 내지 못했다. 자신의 가슴을 노리고 맹렬히 날아드는 도끼를 멍하니 바라보며 그저 호신강기를 최대치로 끌어올릴 뿐이었다.

도끼가 가슴을 쪼개며 반 넘게 틀어박혔고, 그 순간 구일기는 입과 코로 핏물을 게워내며 너울너울 튕겨 날아갔다.

"사형!"

"무사하십니까, 사형?"

두 명의 의제가 땅바닥을 구르는 그를 보호하기 위해 달려오는 걸 바라보며 맹금왕 구일기는 정신이 아득해짐을 느꼈다.

내원의 여섯 늙은이 중 한 명은 죽고, 한 명은 치명상을 입었으며,

두 명은 구일기를 보호하러 달려갔으니, 이제 남은 것은 단 두 명뿐이었다. 그리고 이 둘만으로 아직 절반도 넘게 살아남은 사하현의 특무조 포두들과 포사들을 상대하기란 녹녹한 일이 아니었다. 그래서 쌍방 간에 전투는 더욱 치열해져 갔다.

여린이 반쯤 넋이 나가 버린 철려화의 목을 휘감고 천룡각 밖으로 나온 건 바로 그때였다.

쿵쿵쿵!

성난 철태산이 여린과 약간의 거리를 두고 따라왔다. 공력을 잔뜩 끌어올린 그가 대리석 바닥을 짓밟을 때마다 두터운 대리석이 깨지며 움푹움푹 패였다.

여린이 난전을 벌이는 관원들과 철기방 방도들 한복판에 우뚝 멈춰 섰다.

여린을 따라 멈춰 선 철태산이 손가락으로 여린의 얼굴을 겨누며 차갑게 내뱉었다.

"려화를 놓아주거라. 그럼 고통없이 순순히 죽여줄 것을 약속한다."

"거절이오."

"사지가 찢겨 벌레처럼 죽고 싶은 게냐, 놈!"

격분한 철태산이 사자후를 터뜨렸다. 태산이라도 허물어 뜨릴 듯한 노호성에 놀란 좌중이 일제히 싸움을 멈추고 여린과 철태산 쪽을 돌아보았다. 한동안 정적이 여린과 철태산, 그리고 온몸에 피칠을 한 좌중을 휩쓸었다.

"흑……."

침묵을 깨뜨린 건 철려화의 나직한 울음소리였다. 상처 입은 작은 꽃처럼 그녀는 어깨를 들썩이며 오열하고 있었다. 문득 돌아가신 어머니의 최후가 떠오르는 그녀였다. 차라리 그때 어머니와 함께 죽어버렸다면…….

북명세가의 괴한들이 난입했을 때 아빠와 오빠는 집을 비우고 어린 철려화는 어머니와 단둘이 남아 있었다. 지금처럼 봄볕이 따스하게 비추는 대청에 앉아 어머니는 어린 딸이 입을 새 옷을 손수 지어주던 참이었다. 피처럼 붉은 꽃이 수놓아진 그 앙증맞은 저고리가 철려화는 지금도 눈앞에 아른거리는 것 같았다.

너무도 평화롭던 그 순간 복면을 뒤집어쓴 채 날 선 검을 꼬나 쥔 괴한들이 들이닥쳤다. 어머니는 무조건 딸을 안고 쓰러지셨다. 그런 어머니의 등 위로 쏟아진 그 무지막지한 칼날들. 등에 칼이 꽂힐 때마다 어머니는 덜컥덜컥 전신이 진동했고, 어머니 밑에 깔려 있던 철려화에게도 그 진동과 함께 어머니의 고통이 고스란히 전해져 왔다. 그런데도 어머니는 어린 딸의 뺨을 쓰다듬으며 중얼거렸다.

"우리 딸 착하지. 걱정 말거라. 엄마가 있는 이상 누구도 널 해칠 수 없단다."

그때 예리한 칼날이 어머니의 가슴을 뚫고 자신의 가슴까지 꿰뚫어버리지 못한 건 딸을 살리고자 하는 어머니의 초인적인 의지 때문이라고 그녀는 믿었다. 하지만 이제는 그날 죽지 못한 걸 천추의 한으로 생각하는 철려화였다.

어머니가 죽은 이후, 처음으로 어머니에게 느꼈던 것만큼의 사랑을 느꼈던 남자가 지금 자신에게 칼을 겨눈 채 아버지의 목숨을 요구하고 있는 것이다. 이런 꼴을 겪으니 차라리 그때 죽는 게 나았다는 생각은 어쩌면 당연한 것인지도 몰랐다. 철려화의 눈에서 서러운 눈물이 연신 떨어져 내렸다.

여린도 철려화의 목을 휘감은 손등 위로 떨어지는 눈물의 온기를 느끼고 있었다. 일순간 그의 가슴이 흔들렸다. 따지고 보면 그녀에게 무슨 죄가 있겠는가? 철려화를 만나면서 여린 역시 숱한 갈등의 밤을 보낸 게 사실이다. 자신이 만약 보통의 남자처럼 살아갈 수 있는 운명이었다면, 십여 년 전 그날 밤 눈앞에서 아버지가 죽고 원수의 강요에 의해 죽은 아버지의 등에 칼을 박지만 않았다면, 그는 아마도 이 철없는 아가씨를 진정으로 사랑하게 됐을지도 모른다. 하지만 운명은 모진 것이라고 여린은 애써 자위했다.

안타깝게 오열하는 딸의 어깨 너머에서 딸을 볼모로 잡고 있는 흉수의 눈동자가 일순간 흔들리는 것을 이미 초절정의 반열에 오른 철태산이 놓칠 리 없었다. 여린을 가리키고 있는 철태산의 손가락 끝으로 반딧불 같은 불꽃이 맺히는가 싶더니, 한줄기 가늘고 붉은 지풍이 쏘아져 나갔다. 언젠가 철려화가 살수들을 상대로 펼친 적이 있는 열화지였다. 철려화보다 몇 배 더 예리하고 빠른 열화지가 여린의 얼굴을 노리고 소리없이 날아갔다.

열화지가 목전까지 날아들 때까지 여린은 알아차리지 못했다. 부친의 회심의 일초를 먼저 알아차린 건 철려화였다. 그녀는 잠시 망설였다. 여린이 방어를 준비하는 기척은 느껴지지 않았고, 이대로 두면 한때 마음을 송두리째 빼앗겼던 정인은 이마에 바람 구멍이 나고 말리라. 이 상황에서도 여린의 안위를 걱정하는 자신을 발견하고 철려화는 스스로에게 놀랐다.

죽일 놈의 사랑이라고 했던가? 아직도 여린을 향하고 있는 사랑을 깨닫는 순간 철려화는 강렬한 자기 혐오를 동시에 느껴야 했다. 여린을 살리고 싶다는 자각과 그런 자신에 대한 혐오. 짧은 순간 그녀는 이 상반된 감정을 동시에 처리할 수 있는 방법을 찾아냈다. 살처럼 날아드는 지풍을 향해 가슴을 쑥 내민 것이다.

퍼억―

뜨거운 열화지가 철려화의 가슴을 꿰뚫는 것과 동시에 여린은 상황을 파악할 수 있었다. 십여 걸음 앞쪽에 서서 자신을 향해 손을 내뻗고 있는 철태산의 검지 끝에서 흰 연기가 피어오르는 게 보였다.

"려화!"

힘없이 스러지는 철려화를 끌어안는 여린의 목소리가 어쩔 수 없이 갈라졌다.

"려화야!"

철태산이 여린보다 몇 배 놀라고 비통한 경호성을 내질렀다. 자신이 쏜 지풍에 딸이 당하고 만 것이다. 더구나 딸의 행동이 흉수를 보호하기 위한 것이었음을 깨닫는 순간 여린에 대한 그의 분노는 절정에 다다랐다.

"죽여라! 한 놈도 살려 보내지 말고 모조리 주살해라!"

분노의 일갈을 내지르며 철태산이 쏜살같이 달려 나왔다. 동시에 숨을 죽이고 있던 철기방 방도들과 관원들 사이에 다시 격전이 벌어졌다.

철려화를 끌어안은 채 철태산을 피해 정신없이 물러서면서 여린은 황급히 주변을 둘러보았다. 이제 더 이상 철려화를 볼모로 철태산을 협박할 수도 없었고, 누군가에게 기절한 철려화를 넘기고 저 무서운 사내를 상대해야 했기 때문이다. 여린의 눈에 창검이 번뜩이는 주변 상황에는 아랑곳하지 않고 백치 같은 표정으로 벌벌 떨며 서 있는 곽기풍의 모습이 들어왔다.

"이 아이를 좀 맡아주시오! 그 아이를 빼앗기는 순간 우리 모두 죽은 목숨이니, 반드시 지켜야 합니다!"

곽기풍에게 철려화를 떠넘긴 여린은 대답을 들을 새도 없이 철태산을 향해 마주 달려 나갔다.

우웅—

활짝 펼친 우수를 어깨 너머로 젖히는 순간 철태산의 장심에는 이글이글 타오르는 듯한 열기가 맺혔다. 철혈대제의 독문기공인 태양신공이 단숨에 극한까지 끌어올려지는 순간이었다.

"혼까지 살라주리라!"

철태산이 우수를 내지르자 무쇠도 녹여 버릴 듯한 뜨거운 장력이 쏟아져 나왔다.

퍼엉!

여린이 양손으로 꽉 움켜잡은 목검을 휘둘러 장력을 쳐냈다. 하지만 장력은 완전히 흩어지지 않고 뜨거운 열기가 고스란히 얼굴로 화악 끼얹져졌다. 숨이 턱 막혀옴을 느끼며 여린은 단숨에 다섯 걸음을 물러섰다.

"너 따위 벌레 같은 놈이 감히 내 딸을!"

철태산이 벌겋게 달아오른 양손을 빠르게 교차시키며 내뻗자 단숨에 백여 개의 붉은 장영(掌影)이 만들어져 여린을 압박해 왔다. 어금니를 질끈 깨물며 여린은 목검을 마구 휘둘렀다.

펑펑펑펑!

둔중한 타격음과 함께 장영이 분분히 터져 나갔지만 열기는 고스란히 여린에게로 쏟아졌다. 머리카락이 지직지직 타 들어갔고, 의복은 걸레처럼 헤져 버렸다. 그래도 장영은 쉴 새 없이 밀려들었고, 여린은 심장까지 태워 버릴 듯한 열기에 그만 정신이 아득해졌다. 여린이 혈령신공을 최대치로 끌어올렸다.

"한 나절에 한 번 이상은 절대 혈령신공을 격발시키지 말거라."

문득 스승의 충고가 귓가를 스쳤지만 그는 개의치 않았다. 지금 원수가 눈앞에 있고, 원수와 함께 죽을 수만 있다면 그것으로 족하리라.

"으아아! 같이 죽자, 철태산!"

짐승 같은 울부짖음과 함께 여린이 목검 속에 감추어져 있던 날이 좁고, 끝이 송곳처럼 뾰족한 쇄검 한 자루를 뽑아냈다. 은은한 혈광을 내뿜는 이 쇄검이야말로 여린이 원수와 함께 산화할 순간을 대비하여 준비한 최후의 일초식이었던 것이다. 자신을 향해 닥쳐 오는 철태산의 얼굴을 노리고 쇄검 끝을 찌르며, 여린이 검신일체의 신법으로 철태산을 향해 똑바로 날아갔다.

얼굴과 전신의 핏줄이 툭툭 불거지며 탁한 피가 무섭게 질주하는 게 느껴졌다. 혈관이 파열되도록 기의 흐름을 더욱 빠르게 하며, 그 안에서 생성된 자멸의 힘을 검신에 쏟아 부었다.

끼우웅—

좁은 검신을 휘감은 혈광이 더욱 짙어지며 칼 울음소리가 울려 퍼졌다.

"나는 너 따위가 죽일 수 있는 남자가 아니다!"

철태산이 자신을 향해 날아드는 여린의 검봉을 노려보며 활짝 펼친 양손을 가슴 앞에서 빠르게 회전시켰다. 그러자 둥근 궤적을 따라 형성된 열기의 소용돌이 속에서 시뻘건 경력이 폭포수처럼 터져 나와 여린을 향해 쏘아졌다.

콰콰콰콰콰!

지독한 열기를 꿰뚫고 여린은 계속 날아갔다.

치직치직—!

열기에 의해 살가죽이 타 들어가는 소리가 섬뜩하게 들려왔지만 여린은 듣지 못했다. 오로지 죽이고야 말겠다는 일념 때문에 고통을 느끼지도 못했다. 자신이 자랑하는 축융만리의 수법까지 뚫고 여린이 계속 접근해 오자 철태산도 비로소 긴장했다. 새삼 어금니를 사려물며 철태산이 허공 중에 우뚝 버티고 서며 사지를 활짝 펼쳤다. 머리털이 빳빳이 곤두서고 의복이 풍선처럼 부풀어 오르며 철태산의 피부가 극심한 화상을 입은 사람처럼 벌겋게 달아올랐다.

쑤웅—

그의 피부를 뚫고 작고 붉디붉은 구슬 하나가 빠져나와 어깨 위로 떠올랐다.

쑤웅— 쑤웅—

구슬이 하나에서 둘로, 둘에서 셋으로, 셋에서 다시 넷으로 늘어나는가 싶더니, 철태산의 신형 주위는 온통 붉다 못해 흑빛을 띠는 구슬들에 휩싸이게 되었다. 혈마인으로 변한 여린이 핏빛 쇄검을 찌르며 구슬들을 향해 날아들었다.

"퍼억!"

첫 번째 구슬이 검봉에 맞아 터졌다. 순간 붉은 액체가 화악 터져 나와 여린의 팔뚝에 들러붙었다. 용암처럼 뜨겁고 끈적한 액체가 여린의 살 속으로 파고들어 뼈까지 녹여 버릴 기세였다.

"퍼억!"

"퍼억!"

구슬들이 연달아 터지면서 뜨겁고 끈끈한 액체가 여린의 얼굴, 목, 가슴으로 들러붙었다. 만약 몸 안에서 폭주하고 있는 혈령신공의 반발력이 없었다면, 여린은 이미 한 줌 진액이 되어 흘러내려 버렸을지도 몰랐다. 그런데도 여린은 포기하지 않고 쇄검과 일직선을 이룬 신형을 계속 날려갔다. 그의 눈엔 오직 철태산의 얼굴만이 보일 뿐이었다.

"지독한!"

이쯤 되자 철태산도 질려 버릴 수밖에 없었다. 양팔을 휘저어 구슬들을 흩어버린 철태산이 반쯤 오므린 오른손을 앞쪽으로 내밀었다. 막강한 공력이 주입되는 듯 오른 팔뚝이 덜덜 떨렸다. 그의 손아귀 속으로 뜨거운 기운이 둥그스름하게 맺히는가 싶더니, 하나의 막대 형태를 이루며 조금씩 길어졌다. 그리고 마침내는 이 막대기가 한 자루의 예리한 검을 이루었다. 검신 위로 열기가 이글이글 타오르는 완벽한 화검(火劍), 그 자체였다.

이미 이성을 상실한 여린은 자각하지 못하고 있었지만, 철태산은 지금 실로 놀라운 경지를 보여주고 있었다.

통상적으로 고수라함은 단전에 쌓인 기를 신체의 특정 부위로 보내 그 부위를 기로써 단단하게 만들 수 있는 경지에 오른 사람들을 말한다. 이렇게 단단해진 손발로 장작을 쪼개고, 바위를 박살 내는 것이 가능해지는 것이다. 그 바로 윗단계가 바로 손이나 발까지 보낸 기를 외부로 내쏘는 경지다.

장풍과 지풍이 대표적인 예로, 살상 수단으로서의 기를 쏘아 적에게 치명상을 입힐 수 있는 경지의 사람들을 세인들은 일류고수라고 불렀다. 그렇다면 절정의 고수들은 과연 어떤 경지까지 가능할까? 절정의 고수는 손과 발, 혹은 병장기로 보낸 기를 이용해 강기(罡氣)를 뽑아낼 수 있는 사람들을 말한다. 장풍이나 지풍이 눈에 확실히 보이지 않는 암경의 형태라면, 강기는 확연히 볼 수 있고, 그 자체를 병장기처럼 휘둘러 직접 공격을 가할 수 있는 수단인 것이다. 흔히 현 강호에서 가장 강하다고 인정받아 십상성이라 불리우는 열 명의 초고수는 이러한 수강(手罡), 족강(足罡), 검강(劍罡) 등을 자유자재로 사용할 수 있는 사람들이었다.

그런데 철태산은 그들과는 또 다른 경지를 보여주고 있었다. 철태산의 오른손에서 이글이글 타오르는 듯한 저 화검은 그야말로 순수한 기 자체만을 가지고 빚어낸 강검(罡劍)이었고, 강검을 만들었다는 건 그가 이미 모든 무인들이 꿈꾸는 최후의 경지인 입신(入神)의 언저리에 발을 들여놓았음을 뜻했다.

한사코 자신을 향해 쇄검을 찔러오는 여린을 노리고 철태산이 화검을 힘차게 휘둘렀다. 위기를 느낀 여린도 신형을 바로하며 재빨리 쇄검을 휘둘렀다.

서거억—

검날과 검날이 부딪쳤는데 금속성이 아니라 무 베어지는 소리가 들렸다. 철태산의 화검이 여린의 쇄검을 무 썰 듯이 썰어버리고 만 것이다. 쇄검을 자른 화검이 가슴을 한일자 모양으로 깊이 베어버리자 여린은 처절한 비명을 내질렀다.

"으아악!"

상처도 상처였지만 화검을 통해 폭포수처럼 쏟아져 들어온 열기가 심장과 내장을 진탕하면서 너무나도 끔찍한 고통에 혈령신공이 순식간에 깨어지며, 여린은 실 끊긴 연처럼 너울너울 팅겨 날아갔다.

우당탕!

여린이 땅바닥을 정신없이 뒹굴었다. 공교롭게도 여린이 떨어진 곳은 축 늘어진 철려화를 끌어안은 채 풍 맞은 개처럼 떨고 있는 곽기풍의 바로 옆이었다.

가슴이 깊게 베어지고 온몸이 화상으로 뒤덮인 채 여린이 곽기풍을 올려다보며 간신히 내뱉었다.

"폭… 폭구를 던… 던져요… 어서!"

"으으… 으으으……."

하지만 곽기풍은 정신이 나가 버린 듯 화검을 늘어뜨린 채 천천히 다가오는 철태산을 이를 딱딱 맞부딪치며 멍하니 지켜볼 뿐이었다.

"정신 차려, 곽기풍! 항소를 두 번 다시 볼 수 없게 되어도 좋아?"

여린이 폐부에서 끌어올린 듯한 음성으로 절박하게 소리쳤다. 순간 썩은 동태 같던 곽기풍의 두 눈이 번뜩했다. 곽기풍이 바지 안쪽에 차

고 있는 크고 큼직한 전낭 속에서 반철심이 챙겨준 폭구를 하나 끄집
어냈다.

"오지 마! 오면 죽는다!"

콰아앙!

곽기풍이 철태산을 향해 폭구 하나를 집어 던졌다. 철태산이 화검으
로 폭구를 후려치는 순간 굉렬한 폭발과 함께 무수한 파편들이 머리
위로 우수수 쏟아졌다. 철태산이 재빨리 얼굴 앞에서 화검을 휘돌려
파편들을 녹여 버렸지만, 몇 개의 파편이 어깻죽지에 박히는 것까지 막
아낼 순 없었다. 이깟 파편들이 금강석 같은 그의 몸에 치명상을 입힐
순 없었으나, 암기를 사용하는 자를 지독히도 혐오하는 철태산은 타는
듯한 눈으로 또 다른 폭구를 꺼내 들고 고래고래 악을 써 대는 곽기풍
을 노려보았다.

"딸을 놓아주거라. 그럼 넌 살려주마."

철태산이 곽기풍을 향해 화검을 겨눈 채 신중하게 접근했다. 딸 려
화를 끌어안고 있었기 때문에 강기를 내쏠 수가 없었던 것이다.

곽기풍은 철려화를 끌어안은 채 철태산을 향해 되도 않는 욕설을 마
구 퍼부으며 뒷걸음질치는 중이었고, 일어설 힘조차 없었던 여린은 땅
바닥에 등을 붙인 채 기어서 곽기풍을 따라 물러서는 중이었다.

"오지 마! 오지 마, 견자 놈아! 맹세컨대 네놈이 자식을 낳으면 개자
식이고, 그 새끼가 자식을 낳으면 그 새끼도 개새끼이고, 그 개새끼 또
한 자식을 낳으면 개새끼의 개자식이 될 것이다!"

천하의 철태산에게 이런 지독한 욕설을 퍼부은 자는 아직까지 없었
다. 삶에 대한 욕구가 강렬해질수록 천하제일의 고수와 정면으로 맞서

야 하는 이 지랄 맞은 상황에 놓인 자신의 처지에 울화통이 치밀었고, 그 울화를 곽기풍은 반쯤 혼이 나가 버린 상태에서 철혈대제를 향해 여과없이 쏟아 붓고 있었다.

어린은 절박한 눈으로 점점 거리를 좁혀오는 철태산을 바라보았다. 이제 몇 걸음만 더 접근한다면 철태산의 화검은 딸을 피해 곽기풍의 목을 날려 버리고 말 것이다.

"폭구든 뭐든 있는 대로 몽땅 집어 던져, 병신아! 항소를 다시 보고 싶으면, 정신 똑바로 차리란 말이야!"

확실히 항소의 이름은 효과가 있었다. 정신없이 쏟아내던 욕설을 뚝 그치고 곽기풍이 두 개의 폭구를 연달아 내던졌다.

쾅!

콰앙!

폭구가 연이어 터지며 철태산의 걸음을 약간 늦춰놓았다. 반철심이 준비해 주었던 열두 개의 폭구를 모두 집어 던지고 나서야 어린과 곽기풍은 철태산을 스무 걸음 정도 떨어뜨려 놓을 수가 있었다.

"헉헉!"

가쁜 숨을 몰아쉬며 곽기풍은 마지막으로 폭발한 폭구의 자욱한 포연을 헤치고 천천히 걸어 나오는 철태산을 노려보았다.

괴물 같은 놈.

여러 산채를 격파하면서 곽기풍은 폭구의 위력을 실감하고 있었다. 폭구 하나로 무공을 익힌 남자 스물을 상대할 수 있었고, 무공의 무자도 모르는 자신조차 이 폭구를 열 개만 가지고 있으면 작은 산채 하나쯤 단숨에 거덜낼 수 있다고 믿게 되었다. 그런데 철태산에게는 폭구

하나로 한 걸음을 늦추는 것조차 쉽지 않았다.

"던져! 폭구를 던져!"

온몸이 흉측한 화상으로 뒤덮인 채 땅바닥에 드러누워 미친 악을 써대는 여린을 곽기풍이 힐끗 돌아보았다. 누구 때문에 이 모양 이 꼴이 됐는데? 갑자기 여린에 대한 울화와 함께 한사코 자기를 죽이려고 다가오는 철태산에 대한 분노가 치밀었다.

철커덩!

곽기풍이 반철심의 또 하나의 역작, 오안수포를 뽑아 총구를 기절한 철려화의 관자놀이에 틀어박으며 으르렁거렸다.

"한 발짝만 더 다가왔단 봐라! 네놈 딸년의 머리통을 통째로 날려 버릴 테니!"

위협을 느낀 철태산이 우뚝 멈춰 섰다. 처음 보는 이상한 암기를 딸려화에게 겨누고 있는 중년의 관원 놈이 허언을 하는 것으로 보이진 않았기 때문이다.

철태산이 우수를 저어 순식간에 화검을 거두고 곽기풍을 향해 설득조로 말했다.

"나는 저 여린이란 아이에게 화가 났을 뿐, 자네에겐 아무런 원한도 없다네. 자네가 딸을 무사히 풀어준다면 목숨을 살려주는 것은 물론 자네와 나는 좋은 친구가 될 수도 있을 걸세. 이 철태산과 친구가 된다고 생각해 보게. 자네의 관운에도 결코 해가 되진 않을 게야."

여린은 이 다급한 상황에서도 저도 모르게 입가에 실소가 걸렸다. 철태산, 저 강맹한 위인도 딸의 목숨 앞에선 여느 아비 못지않게 다급해지는 모양이라고 여린은 생각했다. 하지만 그따위 감언이설이 사하현의 교활한 너구리 곽기풍에게 통할 리 만무했다.

곽기풍이 핏발 선 눈을 치뜨고 주변을 휘휘 둘러보았다.

주변의 상황은 참혹했다. 애초 봉물 짐 속에 숨어 들어왔던 백여 명의 특무조 중 이미 절반 이상이 핏물을 뒤집어쓴 채 처박혀 있었다. 일당백을 자랑하던 특무조가 불과 여섯 명의 내원 고수들을 당해내지 못하고 궤멸적인 타격을 입은 것이다. 그 시산혈해의 한복판에서 아직도 대치하고 있는 포두 하우영과 철기련의 모습이 들어왔다. 치열한 격전을 치른 듯 두 사람 모두 온몸에 피칠을 한 상태였다.

"크아아! 죽어라, 이놈!"

이때 하우영의 배후를 노리고 둔중한 방태극을 휘두르며 덤벼드는 노인이 보였다. 노인의 이름은 독보광, 내원 소속의 고수로 철태산의 열두 의제 중 한자리를 차지하고 있는 인물이었다. 그가 지금 위기에 처한 소군을 구하기 위해 마지막 힘을 쥐어짜 돌진하고 있었다. 하지만 충성심을 발휘하기엔 때가 좋지 않았다. 오안수포의 위력을 보여주기 위해 본보기를 찾고 있던 곽기풍의 눈에 그만 딱 걸려들고 만 것이다.

투앙!

오안수포의 총구가 불을 뿜었다. 동시에 막 하우영의 머리통을 노리고 방태극을 휘두르는 독보광의 뒤통수에 커다란 구멍이 뚫리며 덜컥 전신을 진동했다. 앞쪽으로 천천히 고꾸라지던 독보광이 땅바닥에 얼굴을 처박으며 절명했다.

포연이 은은히 피어오르는 오안수포를 아직도 독보광 쪽으로 겨누고 있는 곽기풍을 철태산은 긴장된 시선으로 주시했다. 곽기풍의 손에 들린 요상한 쇳덩이가 위험한 암기일 것이라고 짐작은 했지만, 저 정도의 위력이리라곤 상상하지 못했던 것이다. 다시 오안수포의 총구를 딸아이의 관자놀이에 겨누는 곽기풍을 쏘아보며 철태산은 감히 접근할 수 없었다.

"끄응."

여린이 힘겹게 몸을 일으켰다. 사지가 후들후들 떨리고 땀이 비 오듯 흐르고 있었지만 의식만은 뚜렷했다. 가슴의 통증을 가까스로 참으며 여린은 내력을 끌어올려 보았다. 한 줌의 내력도 느껴지지 않았다. 혈령신공의 폭주 덕분에 목숨은 건질 수 있었으나, 지나친 폭주 때문에 내공의 대부분을 완전히 상실해 버린 것 같았다.

사부 당상학이 염려했던 부작용이 서서히 드러나고 있음이 분명했다. 그래도 여린은 포기하지 않았다. 그의 머리 속은 어떻게든 상황을 유리하게 이끌어 철태산을 이 자리에서 당장 죽일 수 없다면, 수포라도 해야겠다는 생각으로 빠르게 회전하고 있었다.

이때 전혀 달갑지 않은 상황이 벌어졌다.

천룡각 주변을 휘감아 도는 운하를 가로지르는 좁은 돌다리를 건너 수백 명에 이르는 내원의 고수들이 달려오는 게 여린의 시야에 들어왔다. 여린은 저도 모르게 어금니를 질끈 깨물었다. 철려화를 볼모로 철태산을 수포하려면 어떻게든 양측 간 힘의 균형이 이루어져야 했다. 그래야 그나마 아주 작은 가능성이라도 바랄 수 있었다.

엎친 데 덮친 격이라고 했던가? 미간을 찌푸리는 여린의 시선 속에 내원의 고수들에 뒤이어 낭아곤을 휘두르며 달려오는, 거의 천여 명에 이르는 외원의 방도들까지 들어왔다. 외원 방도들의 선두에서 성난 눈을 치뜨고 있는 마축지의 얼굴이 보였다.

한편 철태산도 다리를 건너오는 방도들을 지켜보고 있었다. 내원의 고수들이 호응하러 나타났을 때 철태산의 얼굴이 조금은 밝아졌다. 하지만 외원의 방도들까지 이끌고 달려오는 마축지를 발견하곤 그의 낯빛이 다시 어두워졌다.

'그토록 진중하라 일렀거늘.'

철태산은 속으로 혀를 끌끌 찼다. 적도들이 쳐들어왔을 때 가장 중요하게 지켜야 할 장소는 누가 뭐래도 대문이다. 내부에서 아무리 잘 싸워도 일단 대문이 뚫리면 더 많은 적도들이 쳐들어와 결국 내부의 싸움마저 망쳐 버리기 때문이다.

마축지의 충성심은 철태산도 잘 알고 있었으나, 그 지나친 충성심이 어쩌면 일을 송두리째 그르쳐 버릴지도 모른다는 불길한 예감이 엄습하는 것은 어쩔 수 없었다. 그리고 철태산의 예감은 그리 오랜 시간이 지나지 않아 현실로 나타났다.

푸른 도복을 입고 손과 손에 장검 한 자루씩을 꼬나 쥔 도사들이 외원 방도들의 배후를 치며 밀려들어 오는 것이 보였다. 푸른 도복과 아미에 두른 '청(靑)' 자의 영웅건 때문에 철태산은 어렵지 않게 그들이 청성의 문하임을 알아보았다. 청성이 철기방을 향해 칼을 뽑아 든 건 이해할 수 있는 일이었다. 사실 그들은 너무 오랫동안 철기방에 억눌려 지내왔다.

철태산의 시선이 다시 철려화를 끌어안은 곽기풍 옆에 힘겹게 서 있는 여린에게로 꽂혔다.

'아마도 저 영악한 놈이 청성을 충동질했겠지.'

그러면서도 철태산은 크게 걱정하지는 않았다. 청성의 도사들이 개입했다곤 하나 청성은 이미 예전의 기개 높은 도가의 일문이 아니었고, 시간이 조금 걸릴 뿐 내원과 외원의 충직한 수하들이 말코 도사 놈들을 깨끗이 쓸어버릴 것을 믿어 의심치 않았기 때문이다.

"우와아아!"

그러나 뒤이은 함성 소리에는 철태산도 그만 놀라 숨을 흑 들이마시고 말았다. 정체를 알 수 없는 또 한 무리의 무사들이 도, 검, 창을 번뜩이며 청성의 도사들과 합류하는 광경이 들어왔기 때문이다. 금빛 무복에 이마에 금빛 영웅건을 두른 그들의 정체를 파악하는 데는 그리 오랜 시간이 걸리지 않았다. 천하에 금빛 무복을 입고 설치는 무인 집단은 딱 한 군데밖에 없었기 때문이다.

'황금왕 금복황, 이 작자가 겁도 없이 감히……!'

철태산이 저도 모르게 움켜쥔 주먹을 부르르 떨었다. 황금장은 철기방을 유지하는 데 필요한 재원의 삼 할 이상을 공급받는, 중원에서 가장 중요한 철기방의 연합세력 중 하나였다.

그런 황금장 장주의 딸에게 려화가 크나큰 실수를 저질렀다는 사실은 철태산도 알고 있었다. 그러나 철태산은 딸 려화를 크게 책망하지는 않았다. 어린 나이에 어미의 죽음을 묵도한 딸아이를 늘 가엾게 여기고, 웬만한 일이 아니고서는 딸 앞에선 큰소리 한 번 치지 않는 그였기 때문이다.

금복황에게 미안한 마음이 없진 않았으나 따로 사람을 보내 위로의 말을 건네지 않은 것도 다 그런 이유에서였다. 하지만 영악한 장사꾼인 금복황이 가문의 멸문까지 각오하면서 이런 무모한 짓을 저지르리라곤 상상도 하지 못했다.

'좋지 않다, 좋지 않아.'

왠지 일이 자꾸만 꼬여가고 있었다. 예상하지 못한 일들이 연달아 일어난다는 건 아무래도 길보다 흉을 겪게 될 가능성이 높아진다는 뜻이었다. 철태산이 침중한 시선으로 좁은 다리를 가운데 두고 피비린내 나는 혈투를 벌이는 무사들을 바라보았다.

운하를 가로질러 천룡각으로 통하는 이 돌다리의 이름은 용미교(龍尾橋)였다. 용의 꼬리란 뜻으로 방주 철태산이 머무르는 천룡각을 용의 머리라 여기고, 그쪽으로 이어지는 다리를 용의 꼬리라 이름을 붙인 것은 다분히 풍수지리의 영향 때문이었다.

후일 강호의 호사가들이 용미교의 대혈투라 부르게 될 그 치열한 격투는 사월의 어느 봄날 화창한 햇살 아래서 시작되었다. 철기방 내원과 외원의 방도들을 아우른 숫자가 이천이요, 청성의 도사들과 황금장 호가원의 용병들을 합한 숫자가 또한 이천이었다. 총 사천의 무사들이 좁은 다리를 사이에 두고 격전을 벌이니, 다리는 순식간에 피로 넘치고, 그 위에서 떨어진 핏물로 맑은 운하의 물이 금세 벌겋게 물들었다.

무공 수위만을 놓고 본다면, 단연 철기방 쪽이 우세했다. 하지만 좁은 다리가 문제였다. 좁은 활동 공간은 본신의 무공을 제약했고, 그래서 양측은 비슷한 전력을 유지할 수 있었고, 덕분에 사상자만 늘어났다. 다리 위에 시체가 쌓이고 또 쌓여 아예 시체의 다리가 되었고, 그 시체를 짓밟으며 양측 무사들은 한사코 서로를 향해 살수를 펼쳤다. 운하에 둥둥 떠다니는 시체의 숫자도 급속도로 불어나 곧 운하를 가득 메우고 말았다.

철기련은 더운 숨을 몰아쉬며 질린 눈으로 용미교 위에서 벌어지는 처참한 혈투를 지켜보고 있었다. 정면을 바라보자 자신과의 생사투를 잠시 잊고 다리 위의 혈투를 멍하니 바라보고 있는 하우영의 얼굴이 들어왔다.

철기련이 다시 힐끗 좌측 편을 돌아보았다.

거기에는 동생을 볼모로 잡고 있는 곽기풍과 그 바로 옆에서 탈진한 모습으로 힘겹게 서 있는 여린이 들어왔다. 여린과 부친과의 거리는 삼 장 정도. 부친은 려화의 얼굴에 암기의 총구를 박고 있는 곽기풍 때문에 감히 접근을 못하고 있는 상황이었다. 자신과 곽기풍 간의 거리는 부친보단 약간 가까운 이 장 정도. 하우영을 무시하고 신형을 날린다면 단 한 번으로 도약으로 다다를 수 있는 거리였다. 게다가 곽기풍과 여린 모두 자신 쪽으로 뒤통수를 보이고 있는 상태.

'운만 따라준다면……'

어금니를 사려물며 철기련은 다시 하우영을 살폈다. 그는 여전히 다리 위에 온 신경을 집중하고 있는 듯이 보였다. 운만 따라준다면 하우영의 독수를 피해 동생 려화를 붙들고 있는 흉수의 목을 단번에 부러뜨릴 수도 있을 것이다.

촤악!

판단이 내려지자 철기련은 지체없이 신형을 날렸다.

황급히 고개를 돌린 하우영이 곽기풍을 노리고 우장을 내쏘며 날아가는 철기련을 발견하고 다급히 소리쳤다.

"조심해!"

하우영의 외침 소리에 여린이 흠칫 고개를 돌렸다. 놀란 그의 눈에 곽기풍을 노리고 덮쳐 오는 철기련이 보였다. 여린은 무작정 철기련의 앞을 가로막고 나섰다. 몸 안에 남은 마지막 한 줌의 진지까지 끌어올린 그가 양손을 철기련의 우수를 향해 힘껏 내질렀다.

뻐억!

"우엑!"

역부족이었다. 여린의 양손을 거침없이 뿌리친 철기련의 우장이 가슴 한복판에 쑤셔 박혔고, 여린은 핏덩이를 왈칵 토해냈다. 앞쪽으로 천천히 고꾸라지며 여린이 양팔로 철기련의 허리를 와락 끌어안았다.

우당탕!

"지켜요! 그 계집아이를 지켜야 우리 모두가 살 수 있습니다, 곽 총관님!"

철기련을 허리를 끌어안은 채 땅바닥을 나뒹굴며 여린이 절박하게 소리쳤다.

철기련이 움직이는 것과 거의 동시에 철태산도 움직였다. 두 다리는 움직이지도 않고 철태산이 곽기풍을 향해 바닥을 미끄러지듯 닥쳐 들었다.

"오지 마! 오지 마! 계속 다가오면 딸년을 정말 죽일 거야!"

곽기풍이 철려화의 관자놀이에 총구를 박은 채 소리쳤지만, 철태산은 멈추지 않았다. 일순간 부릅뜬 철태산의 눈에서 사이한 기광이 흘러나왔다.

제인마안술(制人魔眼術)!

안광만으로 타인의 행동을 제약할 수 있다는 철태산의 숨겨진 비기 중 하나가 작동하는 순간이었다. 곽기풍은 왠지 온몸이 나른해지는 기분이 들었다. 지금 기절한 어린 계집을 붙잡고 있는 자신이나, 자신을 죽이고 계집을 구하겠다고 달려오는 철혈대제나 모두 현실 밖의 사람들처럼 보였다.

내가 왜 여기 서 있는 거지? 내가 여기서 지금 무얼 하고 있는 거지?

가벼운 현기증과 함께 새록새록 피어오르는 의문 속에 곽기풍은 방아쇠를 당길 마지막 기회마저 놓치고 있었다.

휘잉―

곽기풍이 정신을 차린 건 목전까지 닥쳐 든 철태산이 우장을 휘두르면서 낸 파공음 때문이었다.

"으아아아!"

투아잉!

오직 살아야겠다는 일념으로 곽기풍이 철태산을 향해 오안수포의 방아쇠를 당겼다.

"크흡!"

오안수포에 장전돼 있던 대못이 가슴을 꿰뚫자 철태산은 어쩔 수 없이 신음을 삼켰다. 거리가 너무 가까웠고, 딸의 안위를 먼저 생각하느라 피할 엄두조차 내지 못한 탓에 일격을 감수할 수밖에 없었다. 하지만 대못 따위에 거꾸러질 철태산이 아니었다.

뻐억!

"우왁!"

철태산의 손이 곽기풍의 뺨을 후려치자 그는 오안수포를 놓치며 뒤쪽으로 부웅 튕겨 나갔다. 그러면서도 곽기풍은 철려화를 놓치지 않았다. 그녀야말로 자신에게 남은 마지막 구명 줄임을 너무도 잘 알고 있었기 때문이다.

"려화를 놓지 못하겠느냐, 이놈!"

분노의 일성을 내지르며 철태산이 쫓아왔다. 어깨 너머로 한껏 젖힌 우장에는 이글거리는 열기가 맺혀 있었다.

땅바닥에 등을 처박으며 곽기풍은 이제 정말 끝장이라고 생각했다. 폭구도 다 썼고, 오안수포도 무용지물이 됐다. 새삼 아들 항소의 얼굴을 떠올리며, 눈물이 글썽이는 눈으로 아래쪽을 내려다보던 곽기풍의 눈에 끝이 뾰족한 장화 코가 들어왔다.

"십보살화입니다. 열 걸음 안에 들어온 적은 반드시 죽일 수 있는 장화란 뜻이지요."

자신에게 장화를 건네며 히쭉 웃던 반철심의 얼굴이 떠오르는 것과 동시에 곽기풍이 구두 뒤축으로 힘껏 땅을 굴렀다.

푸슝—

동시에 구두코로부터 가는 은침 하나가 쏘아졌다. 은침은 무방비 상태로 덮쳐 오던 철태산의 얼굴을 노리고 날아갔다. 평소의 철태산이라면 아무리 창졸지간에 날아온 암기일지라도 막아내지 못할 리가 없었다. 하지만 지금 그의 눈앞엔 눈에 넣어도 아프지 않을 딸이 상처를 입고 쓰러져 있었고, 그런 딸을 끈질기게 붙잡고 있는 흥수의 목을 부러뜨리기 일보 직전의 상황이었다. 조급한 마음에 철태산은 미처 은침의 존재를 알아차리지 못했고, 은침은 정확히 그의 이마 정중앙에 박혔다.

퍽!

낮은 타격음과 함께 철태산이 두세 걸음을 쿵쿵 물러섰다. 통증은 느껴지지 않았으나, 이마 주변으로 불쾌한 느낌이 번져 오며 팽팽하게 끌어올렸던 전신의 내력이 불규칙하게 요동치기 시작했다.

'독이 발라져 있었구나!'

철태산은 비로소 은침에 극독이 발라져 있음을 깨달았다. 철태산이 무서운 눈으로 철려화를 끌어안은 채 힘겹게 일어서는 곽기풍을 노려보았다. 당장 운기조식이 필요했지만, 딸아이를 구해낼 때까진 버텨야 했다. 철태산이 곽기풍을 향해 다시 우수를 내뻗으며 달려들었다.

이때 전혀 뜻밖의 인물이 등장하지만 않았어도 철태산은 곽기풍을 목을 분지르고, 딸을 구해낼 수 있었을 것이다.

콰쾅!

허공에서 뚝 떨어진 인영이 갑자기 강맹한 기세에 휩싸인 쌍장을 내질렀고, 그 장을 철태산 역시 장으로 받아내면서 자욱한 폭연이 터져 나왔다.

"크흑!"

신음을 삼키고 두세 걸음 뒷걸음질치며 철태산은 상대가 결코 만만히 볼 수 없는 고수임을 직감했다. 적어도 현 강호의 최강자로 일컬어지는 십상성 중 한 명에 필적할 만한 내력을 소유하고 있음이 분명했다. 게다가 지금 자신은 중독까지 된 상태였다. 빨리 운기조식으로 체내의 독기를 몰아내지 않으면 돌이킬 수 없는 화를 당하고 말리라. 엄정한 눈으로 새삼 안력을 돋우는 철태산의 시야에 앞을 가로막고 버티고 서서 양손을 천천히 휘돌리는 상대의 모습이 들어왔다.

"그, 그대는……?!"

철태산의 입에서 경호성이 터져 나왔다.

금복황.

무공의 무자도 모른다고 알려진 황금장의 장주 금복황이 자신의 앞을 가로막은 장본이었던 것이다. 철태산은 잠시 멍해졌다. 금복황은 평생 장사와 돈놀이로 잔뼈가 굵은 장사치였다. 금복황이 무공을 익혔다는 사실은 풍문은 들어본 적도 없었다. 그런데 그가 갑자기 자신과 맞수를 이룰 정도의 고수가 되어 나타나다니.

철태산이 새삼 금복황의 신색을 살폈다. 아무리 봐도 금복황은 정상적인 상태가 아닌 것 같았다. 머리카락이 듬성듬성 빠지고, 두 눈엔 광인처럼 핏발이 잔뜩 곤두섰으며, 굵은 핏줄이 흉측하게 불거진 얼굴에선 *끈끈한 점액질이 질질 흐르고* 있었다.

"흐흐! 잡아먹어 버릴 테다."

자신을 노려보며 흉측하게 웃는 금복황의 얼굴을 바라보며 철태산은 지옥의 무저갱 밑바닥에 웅크린 악귀의 모습을 떠올렸다.

아마도 원한 때문이겠지.

저 여린이란 놈이나, 금복황이나 자신을 향한 지독한 원한 때문에 종국에는 스스로를 파괴시킬 것이 분명한 마공을 익혔으리라. 그리고 그들의 치열한 복수심은 어쩌면 원하던 결과를 얻을지도 모른다. 독기는 빠르게 퍼지고 있었고, 하단전에 충만하던 공력마저 서서히 흩어지는 게 느껴졌다.

시간을 끌수록 불리하다.

양팔을 풍차처럼 빠르게 휘돌리는 금복황의 신형 주위로 검은 안개 같은 기운이 꾸물꾸물 피어오르는 중이었고, 철태산은 직감적으로 금복황이 비장의 초식을 준비하고 있음을 깨달았다. 초식이 완전히 발동되기 전에 끝장을 보겠다는 결심과 함께 철태산이 오른 손바닥을 활짝 펼쳤다. 잠시 후 손바닥 위로 화검이 다시 피어올랐다.

온몸 깊숙이 퍼진 독기 때문에 화검을 만들어내는 것만으로도 땀이 비 오듯 흘렀다. 단 한 수로 끝을 내겠다는 결심과 함께 철태산이 화검을 휘두르며 금복황을 향해 똑바로 짓쳐 나갔다.

"우워어억!"

동시에 금복황이 쌍장을 쭉 내질렀고, 그의 신형 주위를 맴돌던 검은 안개는 일제히 악마의 얼굴을 한 수십 마리 뱀의 형상이 되어 철태산을 노리고 날아들었다.

캬오오오!

악마의 울부짖음 같은 기분 나쁜 파공음과 함께 날아드는 검은 뱀들을 향해 철태산이 화검을 크게 휘둘렀다.

서걱! 서걱!

모든 악을 정화시켜 버릴 듯한 뜨거운 화검에 뱀의 몸통이 양단되어 흩어졌다. 하지만 흩어진 뱀들은 다시 두 마리의 뱀으로 늘어나 철태산에게로 덤벼들었다. 미친 듯 화검을 휘두르고 있었지만, 허공을 뒤덮은 뱀의 숫자는 점점 불어났고, 철태산은 슬슬 피로를 느꼈다.

그는 금복황의 기세를 완전히 소멸시키지 못하는 것이 자신이 본신내력을 끌어올리지 못하기 때문임을 알았다. 그러나 여기서 더 공력을 끌어올리면 자칫 독기가 단전까지 침범할 수 있었다. 그리되면 주화입마를 피할 수 없으리라. 정신없이 화검을 휘두르며 금복황을 향해 두세 걸음을 힘겹게 전진하던 철태산은 마침내 주화입마를 감수하고서라도 금복황의 목을 베고 딸아이를 구해낼 결심을 하기에 이르렀다.

"보잘것없는 재주로 태산을 넘보았으니, 죽어도 할 말은 없을 것이다."

이를 악문 소리로 씹어뱉으며 철태산이 오른손에 극대치로 끌어올린 공력을 주입했다.

화르르륵—

동시에 화검의 검신 위로 시퍼런 불길이 삼 장 높이까지 치솟았다.

불과 열기에 휩싸인 검봉을 쭉 내지르며 철태산이 금복황의 가슴을 노리고 날아들었다. 뱀의 형상을 한 사악한 기세가 사방에서 덤벼들었지만, 감히 화검에 접근하지도 못하고 녹아버렸다.

퍼어억!

"케헤헥!"

가슴에 처박힌 검봉이 등짝을 뚫고 나오자 금복황이 처절한 비명을 내질렀다.

금복황이 찢어질 듯 부릅뜬 눈으로 철태산을 노려보며 가래 끓는 소리로 내뱉었다.

"네, 네 딸만 귀하냐… 내, 내 딸도 귀하다… 나, 나는 죽지만 너, 너도 곧 죽을 것이다, 철태산……."

퍼픽!

더 이상 듣고 싶지 않았던 철태산이 오른손을 한 바퀴 회전시키자 화검이 휘돌며 금복황의 등짝에 아예 커다란 동굴을 뚫어버렸다.

철퍼덕!

금복황은 한 줌 핏물이 되어 땅바닥에 처박혔다.

"콜록콜록."

철태산의 상세도 심상치 않았다. 잦은 기침을 토할 때마다 검붉은 핏물이 섞여 나왔고, 눈가로 피눈물이 고이는 것으로 보아 독기가 이미 단전까지 스며든 게 분명했다. 지독한 현기증과 함께 치미는 구토를 간신히 참으며 철태산이 곽기풍을 향해 돌아섰다.

"어어… 어어어……."

곧 쓰러질 줄 알았던 철태산이 다시 자신을 향해 다가서자 곽기풍은 사색이 되어 철려화를 더욱 단단히 끌어안은 채 주춤주춤 물러섰다.

"딸아이를 놓아주라고 했다, 더러운 놈아!"

철태산이 이글이글 타오르는 화검으로 곽기풍을 겨누며 노호성을 터뜨렸다.

딸을 잃은 아비의 분노 어린 노호성을 여린은 철태산의 바로 등 뒤에서 듣고 있었다. 철기련의 손에 죽음 직전까지 내몰렸던 여린을 바람처럼 달려온 하우영이 구해냈다. 쌍도끼와 주먹으로 격돌하는 하우영과 철기련을 뒤로하고 후들거리는 두 다리를 간신히 움직여 여린은 막 금복황을 죽인 철태산을 향해 휘적휘적 걸어갔다. 그의 오른손에 부러진 쇄검이 들려 있었다.

살가죽은 물론 내장까지 극심한 화상을 입은 여린이 쇄검을 땅바닥에 질질 끌며 다가가고 있었지만, 철태산 역시 독에 중독당한 상태라 기척을 알아차리지 못했다. 곽기풍을 향해 한 발 한 발 다가가는 철태산의 신형은 곧 쓰러질 듯 위태롭게 흔들리기까지 했다. 그러나 여린은 철태산의 이러한 변화를 알아차리지 못했다.

그저 죽여야겠다는 일념뿐이었다. 이번 기회를 놓치면 다시는 기회가 찾아오지 않을 것 같았고, 반드시 오늘 죽여야 한다는 일념 하나로 여린은 쇳덩이처럼 무거운 발을 움직였다.

주위를 가득 메운 병장기 소리와 기합 소리, 처절한 비명 소리도 깡 그리 지워졌다. 고요한 정막에 휩싸인 천지 간에 오직 자신과 자신을 향해 등을 보이고 있는 철태산이 있을 뿐이었다.

'아버지, 제게 힘을 주십시오.'

아버지의 얼굴을 떠올리자 거짓말처럼 검병을 잡은 손아귀에 힘이 들어갔다. 그 힘이 사라져 버리기 전에 여린은 철태산의 뒷등을 향해 힘차게 검을 찔렀다.

푸욱!

"으허헉!"

여린의 부러진 쇄검이 등을 뚫고 폐까지 관통하는 순간 철태산이 처 절한 비명과 함께 피분수를 뿜어냈다.

"아버지이이—!"

하우영과 격전을 벌이고 있던 철기련이 부친을 돌아보며 애끓는 비 명을 내질렀다. 일순간 용미교와 천룡각 광장에서 피 튀기는 혈전을 벌이고 있던 좌중들의 창검이 멈추었다. 수많은 사람들의 시선이 일제 히 철태산의 뒷등을 검을 찔러 넣고 있는 여린에게로 쏠렸다.

한동안 더운 숨을 몰아쉬고 있던 여린이 기다란 혈선을 그리며 검을 뽑아냈다.

철태산은 한동안 쓰러지지 않고 눈을 홉뜬 채 서 있었다. 핏발 선 그 의 눈이 아들 기련에게로 쏠렸다.

철태산의 입술이 힘겹게 달싹거려졌다.

"련, 련아… 부디 네 동생을 무사히……."

그 말이 끝이었다. 두 발로 땅을 밟고 선 자세 그대로 철태산은 고갤 푹 떨구며 절명했다. 천하의 효웅이 남긴 마지막 유언치고는 참으로 보잘것없었다고 할 수도 있었으나, 철기련은 아버지가 끝맺지 못한 말뜻을 너무도 잘 알고 있었다.

동생을 무사히 구해내거라. 아버지는 마지막 힘을 쥐어짜 아들에게 그 말을 유언으로 남겼다. 천하를 차지하라는 것도 아니고, 복수를 해 달라는 것도 아니었다. 그것이 세상 사람들에게 철의 심장을 가졌다고 불리는 아버지의 마음이었다.

겉으론 무관심한 척하면서도 늘 자식들 걱정이 앞서는 아버지였다. 어머니의 죽음을 묵도하고 심한 우울증에 실어증까지 걸린 동생 옆에 붙어 열흘 밤낮을 손수 간호한 사람도 아버지였고, 무공을 혐오하며 바깥으로만 도는 아들의 마음을 헤아려 자신의 본신 무공이 아닌 무적권왕 동태두의 무공을 익히도록 배려한 사람 역시 아버지였다. 그가 아는 아버지는 자식들의 끼니를 걱정하며 밤잠을 설치는 어염집의 여느 아비의 모습과 크게 다르지 않았다.

심한 자책이 철기련의 가슴을 휩쓸었다. 십여 년 전 그 밤 여린을 살려달라고 떼쓰지 않았다면… 자신이 진작 아버지의 무공을 전수받았다면… 아니, 스승 동태두의 무공을 조금만 더 완벽하게 익혔더라면, 오늘과 같은 비극은 일어나지 않았으리라.

철기련은 피눈물을 머금고 아버지의 시신 뒤에 서 있는 여린을 노려보았다. 아버지의 태양신공에 제대로 당한 여린 역시 오래 살 것 같아 보이진 않았다. 그래도 죽이고 싶었다. 반드시 자신의 손으로 아버지의 원수를 끝장내 버리고 싶다는 욕망과 함께 내력이 자동으로 끌어올려지며 장포가 풍선처럼 부풀어 올랐다.

내원 원주 구일기와 외원 원주 마축지 역시 눈물을 머금고 분노하는 소군의 모습을 지켜보고 있었다. 이제 곧 소군의 입에서 원수들을 한 놈도 남기지 말고 주살하라는 명령이 떨어지면 야차처럼 달려가 씨를 말려 버릴 각오였다.

하지만 끌어올렸던 내력을 애써 갈무리하며 철기련이 나직이 내뱉은 말은 전혀 뜻밖의 것이었다.

"동생만 풀어준다면 조용히 돌려보내 주겠다."

오히려 놀란 쪽은 여린이었다.

원수를 처치했다는 희열과 오랜 염원을 이루고 난 후의 피로감이 한꺼번에 밀려들어 힘없이 주저앉아 있던 여린이 놀란 눈으로 철기련을 바라보았다.

"그대들은 내 아버지를 포박하러 왔다. 그리고 그 목적은 달성되었다. 그렇지 않나?"

한동안 벙찐 눈으로 철기련을 바라보던 여린이 고개를 끄덕였다.

"그렇소."

"그럼 우린 더 이상 피를 볼 필요가 없겠군. 동생을 풀어주고 물러가라. 그럼 쫓지 않겠다."

"진심이오?"

"나는 너처럼 한 입으로 두 말을 하는 남자가 아니다."

여린은 철기련의 말이 진심이란 걸 알았다. 장가구에서 겪어본 바에 의하면, 그는 결코 허언을 입에 담을 사람이 아니었다.

여린이 구명 줄처럼 아직도 철려화를 꽉 끌어안고 있는 곽기풍을 돌아보며 나직이 말했다.

"날 좀 부축해 주십시오, 곽 총관님."

"……."

곽기풍은 여린의 말을 알아듣지 못했다. 자신이 지금 살아 있는 것인지, 죽은 것인지조차 구분할 수 없는 혼란 속에 한사코 철려화만 더욱더 단단히 끌어안을 뿐이었다.

"날 일으키라고 하지 않나, 곽 총관?!"

여린이 뺙 소리치자 그제야 곽기풍이 철려화를 버려두고 여린을 향해 네 발로 엉금엉금 기어왔다. 곽기풍의 부축을 받으며 여린이 힘겹게 일어섰다. 하우영과 애꾸눈이 된 장숙을 부축한 단구, 그리고 살아남은 이십여 명의 포두들과 포사들이 여린의 주위로 모여들었다.

곽기풍과 하우영의 부축을 받으며 여린이 철기련의 앞으로 다가섰다.

한동안 철기련의 얼굴을 응시하던 여린이 힘겹게 입을 열었다.

"당신과 려화에겐 정말 미안하게……."

"그 입 닥쳐라!"

철기련의 성난 고함이 여린의 말문을 막았다.

철기련이 원독이 뚝뚝 흐르는 눈으로 여린을 노려보며 씹어뱉었다.

"십 년 전 그날 밤 널 죽였어야 했다. 한 번의 동정이 멸문의 화로 이어질 수 있다는 아버님의 말씀을 새겨들었어야 했다. 내가 동생을 망치고, 아버지를 죽게 했다."

"미안하오."

짧은 사죄의 말을 남기고 여린이 사하현의 관원들을 이끌고 천천히 걸음을 옮겼다. 여린이 용미교에 이르렀을 때 구일기와 마축지가 앞을 가로막고 나섰다.

"살아서는 돌아갈 순 없다!"

"방주님의 혈채는 네놈들 모두의 목숨 값으로도 턱없이 부족하다!"

철기련이 구일기와 마축지를 향해 사납게 일갈했다.

"보내주라고 했소!"

구일기와 마축지가 땅바닥에 엎드려 이마를 쿵쿵 짓찧으며 분루를 터뜨렸다.

"안 됩니다, 소군!"

"이대로 원수들을 돌려보낼 수는 없습니다!"

연이어 주변에 둘러서 있던 수천의 철기방 방도들이 일제히 무릎을 꿇으며 철기련을 향해 절절하게 외쳐 댔다.

"부디 방주님의 복수를 허락하십시오!"

"원수들을 이대로 보낸다면 철기방의 미래는 없습니다!"

한동안 그들을 지그시 노려보던 철기련이 나직이 내뱉었다.

"날 아버님의 후계자로 인정한다면 물러서라. 너희들이 내 명을 끝까지 거역한다면, 나 역시 철기방을 버릴 것이다."

그것으로 끝이었다.

눈물을 삼키며 구일기와 마축지가 길을 트자, 다리 위에 있던 나머지 방도들도 난간 쪽으로 물러서서 여린 일행이 지나가도록 해주었다. 다리 중간쯤에 이르렀을 때 여린이 문득 고개를 돌려 철기련 쪽을 보았다. 혼절한 여동생을 끌어안은 채 부친의 시체 옆에 서서 그는 멍하니 하늘을 올려다보고 있었다.

'운 좋게 살아난다 해도 머지않아 저 남자의 손에 의해 죽게 되리라.'

서늘한 자각과 함께 여린도 하늘을 올려다보았다. 푸른 사월의 하늘이 눈을 시리게 했다.

『법왕전기』 3권에 계속…